お話しをつくる人が好き

JN230439

『ハムレット』と『かもめ』

シェイクスピアの『ハムレット』、この戯曲には、少なくとも十一の筋書きが巧妙に溶かし込まれている。この十一の筋書きを、五つのグループに分けて考えてみると、第一群は「仇討ち、あるいは復讐の物語」である。

まず、主人公のハムレットは、亡き父、デンマーク前国王を毒殺した現王の叔父（前王の腹黒い弟）クローディアスを狙っている。そして、そのハムレットは、この国の宰相の息子であるレアーティーズ（オフィーリアの兄）に狙われている。ハムレットは、レアーティーズの父のポローニアスを——誤ってではあれ——殺しているのだから、仇と思われても仕方がない。さらに、ノルウェー王子のフォーティンブラスも復讐を誓っていた。彼の父は、かつてハムレットの父に殺されていたのだ。

ここまでをまとめれば、『ハムレット』という劇は、父の仇を討つことを使命づけられた三人の息子の物語ということになる。つまり『ハムレット』とは、三つの復讐の筋書きが、デンマーク王子を中心に展開する悲劇なのである。

第二群は「狂気の物語」で、筋書きは二つ。ハムレットは狂気を装うのに、彼の恋人オフィーリアは本物の狂気に陥るという手の込んだ拵《こしら》えになっている。

第三群は「家族崩壊の物語」で、これも筋書きは二つ。父を叔父に殺され、母をその叔父に奪われて、ハムレットの家は崩壊する。同時に、ハムレットに父を殺され、妹のオフィーリアを狂気で失ったレアーティーズの家も全滅する。

第四群は「友情物語」で、これまた筋書きは二つ。ハムレットをいつも温かく見守り、そして親身な忠告を惜しまぬホレイシオ。このヴィッテンベルク大学の学生は、劇の結末で、ハムレットの死を看取《みと》るという大役をも果たす。彼はハムレットの、文字通りの親友であり、この悲劇を後世に伝えるべく用意された語り部でもある。ちなみにホレイシオという名には「語る」という意味が隠されている。

シェイクスピアはもちろん悪友も用意していた。ローゼンクランツは、ギルデンスターンとともにハムレットの旧友であるが、二人してクローディアス王のスパイになり、ハムレットの真意を探る。そればかりか、二人はクローディアス王のハムレット謀殺計画に加担し、逆にハムレットの計略に嵌《は》められて死んでしまう。真の友情とニセの友情の撚《よ》り合せが、この第四群である。

第五群は「王子としての生き方の物語」で、デンマークの王子ハムレットが思索する王子であるとするなら、ノルウェーの王子フォーティンブラスは行動する王子である。

フォーティンブラスの名に「強い腕」という意味があることからも、それは明らかだろう。

……このように、五群十一の筋書きを一つにまとめて織り上げたものが、この『ハムレット』であって、いうなら一本の芝居で十一の物語を堪能できるわけだから、おもしろいのは当たり前である。いくつもの筋書きをみごとに束ねてしまったシェイクスピアの腕力には、いまさらながら敬服するしかない。

シェイクスピアには敵《かな》わぬまでも、いい話が書きたい、読者におもしろい物語を提供したいと、わたしもまた、それだけを目標に掲げて、ものを書いてきた人間の一人だが、いつだったか、「チェーホフも好きだ」と云って、そのとき集まっていた人たちから、「チェーホフの『かもめ』や『三人姉妹』のどこに筋書きがあるんだね。チェーホフこそ、物語性を否定した一方の旗頭ではなかったかね」と、軽くからかわれた。

そうだろうか。チェーホフも結構、物語が好きだったような気がする。しかし、そう反駁《はんばく》できるような確かな証拠がなかったので、そのときは黙っていた。ところが、こんど、ある必要からチェーホフの『かもめ』を読んでいるうちに、思わずあっと叫んでしまった。『かもめ』の造りが『ハムレット』とそっくりなのだ。主人公のトレープレフ青年、作家志望の彼は正しくハムレットである。彼の母親である女優のアルカージナは、文士のトリゴーリンと怪しい。これはハムレットの母のデンマーク王妃と叔父王との関係に酷似している。そして裕福な地主の娘のニーナはオフィーリアに相当する。

ハムレットは叔父王の犯罪を暴くために、旅役者の一座に「王が殺され、王妃がその殺人者に口説き落とされる」という芝居を上演させる。つまり劇中劇の手法が用いられているが、『かもめ』でもトレープレフ青年は自作の劇を上演する。チェーホフも劇中劇の手法を採用しているのだ。相似点はまだまだあるが、とにかくわたしは『かもめ』を書いているチェーホフの机の上に、シェイクスピアの『ハムレット』がひろげてあっただろうと、ほとんど確信した。つまりチェーホフもまたシェイクスピアの筋書きの巧さに憧れた一人だったのだ。

……ただ、これだけの話だが、好きな作家がともに筋書きを重視していたことを知って、それからのわたしは、しばらく幸福だった。

チェーホフの机

農奴の孫だったチェーホフは、三十二歳（一八九二）で、領主の身分になる。モスクワの真南七〇キロ、当時、汽車で二時間半のメリホヴォ村に、森と庭と果樹園と川と二つの池、そして十部屋もある平屋建ての家屋をそなえた二二五ヘクタールの領地を買い入れたのだ。

前の持主はソロフチンという画家、売値は一万三千ルーブル。この金額はチェーホフの平均年収の約三年分にあたるが、すぐにも現金で払わなければならない四千ルーブルはペテルブルグのA・S・スヴォーリンから借りた。スヴォーリンは、そのころのロシアの最有力の出版業者、同時にチェーホフの庇護者の役もかねていた。チェーホフはこの出版社社長のことを「スヴォーリン銀行」と呼び、いろいろと都合をつけてもらっていたようだが、領地に着いた翌日に書かれた、このパトロン宛ての手紙を、アンリ・トロワイヤの『チェーホフ伝』（村上香住子訳・中央公論社刊）から引こう。〈三方に窓のある僕の書斎に腰掛け、安泰この上なしです。日に五回も庭に出て、池に雪を投げ捨てては面白がっています。屋根はひどく汚らしいが……今のところ僕は上機嫌です……僕はいろいろ動き廻っています。ふき掃除をしたり、洗ったり、ペンキ塗りをしたり、あちこちの床板を変えたり、離れの家屋に台所を移したりしています。これで原稿書きがなかったら、僕は一日中庭に出て過ごしているでしょう〉（三月六日付）

新米領主の浮き浮きした気分がよく表われていて、チェーホフ書簡の中でも、もっとも好きな一通だ。なによりも、三方に窓のある書斎とはすばらしい！　チェーホフの命があと十二年しかつづかないことを、すでに知ってしまっているわたしたちとしては、思わず、「よかったですね、チェーホフ先生」と声をかけたくなるような手紙である。

ところが、去年（二〇〇一年）の六月、こまつ座の『父と暮せば』モスクワ公演に同行したのを機会にメリホヴォを訪ねてみると、三方に窓はなかった。玄関から玄関の間に入り、そこを通り抜けたところが、屋敷で一番大きな部屋、すなわちチェーホフの書斎だが、窓があるのは一面だけで、あとは壁と書棚である。別に大発見をしたわけではないが、ずいぶん長いあいだ、「われらのチェーホフ先生は、三方に窓のある、明るい書斎で仕事をしていたのだ」と思い込んでいたので、不意打ちをくったようになり、ちょっとたじろぎ、しばらく入口に突っ立っていた。もっとも、その代わり……というのも変だが、窓辺に置かれた書き物机が、ばかに大きかったのにほっとした。

メリホヴォ時代のチェーホフは、作家であると同時に、熱心かつ万能の社会改革家でもあった。まず、午前中の屋敷は診療所になる。〈誰でも応診してくれて、ちゃんと用意した薬までくれる。しかもこれがまったくの無料〉(マリヤ・チェーホワ著・牧原純訳。『兄チェーホフ』筑摩書房)なので、毎日、空が白むころにはもう患者たちが行列をつくっていた。そのほか、近隣二十五の村落にコレラ患者の隔離施設をつくり、学校を二つつくり、学校の近くに図書館をつくった。さらに、全国国勢調査に協力、十五人の調査員が集めてきた調査票を整理した。調査票の整理は客間でやったという説もあるが、とにかく、チェーホフの机には、これらの仕事をやり遂げるために必要な書類が山と積まれていたはずで、もちろん原稿を書き、下書きを記す場所もなければならない。したがって、机は大きければ大きいほどいいのだが、目の前の机は畳が一枚と半分はのせることができるぐらい、十二分に大きかった。

「大きな机でよかったですね、先生」

呟きながら観察すると、その詳細はこうである。まず全面にミドリ色の薄ラシャが敷いてある。左手奥に四角の笠をのせたランプ、その反対側にローソク用の燭台。正面に小さな写真立て。その中からやさしくこちらを睨んでいるのは、例のスヴォーリンである。付けペンで書いていたらしく、右手にインク壺と黒軸のペンが置いてある。

椅子の左右の肘掛けはチェーホフの肘や手首で何億回となく擦られて変色した上、いまなおテロテロと光っている。そして、机の前面の縁は、これもまた主人の手首や肘で擦られて塗りが剝げ落ち木目が現われ、その木目も三ミリほど削り取られたようにへっこんでいる。学芸員のおばさんの許しを得て、机の、そのへっこみにさわらせてもらった。

たとえば、ここへ住みついて三度目の十二月、それも吹雪の夜、チェーホフは持病の痔の痛みをこらえながら、そして結核からくる喀血の予感にかすかに怯えながら、スヴォーリンに宛てて、この机の上でこう書いていたはず。

〈この前のお手紙で、あなたはこうきいておられる。――「今ロシア人は何を望むべきか?」と。僕の答はこうです。――望むことだ、と。ロシア人に必要なのは、何よりも望むことです、情熱です。苦い落胆などもううんざりですよ。〉（中公版チェーホフ全集第十六巻『書簡Ⅱ』池田健太郎訳）。

「どんなときでも希望をもつこと」

机のへっこみをなでたときのかすかな音のなかから、そういう声が聞こえてきたような気がしたが……。

魯迅の講義ノート

一九〇四年（明治三十七年）九月から一年半、仙台医学専門学校に籍をおいた魯迅の講義ノートはすべて失われたと考えられていたのであるが、じつはそのうちの六冊が、彼の故郷の紹興で眠っていた。発見されたのは一九五一年のことである。いま、そのノートは北京の魯迅博物館にあるが、一九九一年九月、彼の生誕一一〇年を記念して仙台の藤崎デパートで公開された。

ガラスのケースに収められ、しかも開いて置かれていたので、表紙がどんな色かよくはわからないが、暗色の厚い表紙に守られたノートである。「全六冊九五四頁」と解説が付けられてあり、だとすると一冊が一五九頁ということになる。だが、どう眺めてみてもそうは思えない。一冊で三〇〇頁はありそうなほど部厚く、頑丈なつくり。紙は、ボンド紙かケント紙かはっきりしないが、すこぶる上質、罫は横罫二十三行、背は丸背のタイトバック、昭和の三十年代まで銀行が使っていた出納帳のような拵《こしら》えで、これなら何百万回、開閉しても、こわれてばらばらになる気遣いはない。明治のノートはほれぼれするほど立派である。

　仙台医専に無試験、学費免除で入学してきたこの中国人留学生は、右に傾いた細字で丹念に講義を書き取っているが、そのインクの色は九十年近くたっているのに、つい今し方書いたように鮮やかな青、明治のインクも立派である。

　各頁に一つか二つ、人間臓器の絵が描いてあるが、どの絵も黒インクでくっきりと輪郭を取り、赤、紫、緑の三色の色鉛筆を使い分けて、丁寧に彩色がほどこされている。まるで図版でも見ているような美しさ。描いた魯迅も立派だが、いつまでも色の褪せない明治の色鉛筆も立派なものだ。

　しかし、六冊の講義ノートの美しさを、ほんとうに支えているのは、頁のいたるところに赤インクで太く書き込まれた金釘文字の行列である。これこそ、魯迅をあっといわせた、あの藤野厳九郎先生の筆跡なのである。

《「私の講義だが、君は書き取ることができますか」と先生が言った。

「はい、いくらかは」

「では、持って来て見せなさい」

　私が筆記したノートを提出すると、先生はそれを受け取って、二、三日して返してくれた。そして、今後、週に一度は持って来て自分に見せるようにと言った。それを持って帰り、開いてみて、私はあっと思った。同時に、一種の心苦しさと感激とを覚えた。

私のノートには初めから終りまで一面に朱筆が加えられ、書き落としたところがすべて埋められていたばかりでなく、言葉遣いの誤りまで、いちいち訂正してあったのである。これは先生が担当した授業――骨学、血管学、神経学が終了するまで、ずっと続いた。》(立間祥介訳『藤野先生』)

藤崎デパートで買ってきた目録に、解剖学ノートの一四一頁の写真が載っているが、虫眼鏡で見ると、藤野先生は魯迅にこんなことを書いてやっている。

「注意　素人目ニハ大脳半球ガ脳髄ノ幹ノ様ニ思ハレルモ　実ハ脳幹前端ノ両側ヨリ出タル突起ト思ヒ　内部ノ空洞即チ側室ナルモノハ脳幹腔洞（第三脳室、ジ氏管、第四脳室）ノ支洞ニ外ナラザルモノデアル事ヲ忘レルベカラズ」

こういう朱筆がびっしりとちりばめられ、頁が赤く見えるほどだ。明治の教師も立派だったのである。

後に魯迅という筆名を用いて、中国文学史で初めての現代小説を書き、百四十あまりの筆名を駆使して論敵たちの顔色を失わしめることになるこの二十三歳の青年は、最初の二ケ月、仙台の市街地の西の外れを流れる広瀬川べりの木賃宿「佐藤屋」に下宿していた。真向いが仙台監獄署で、佐藤屋はそこの未決囚のための差入れ弁当屋も兼ねていた。そこでこの留学生は未決囚と同じものを食べさせられていたらしい。

仙台時代の魯迅を精密に探索した『仙台における魯迅の記録』（仙台における魯迅の記

録を調べる会編、平凡社刊）によると、当時の仙台には、別に四人の中国人留学生がおり、第二高等学校で学んでいた。だが、彼らは魯迅とさほど親密ではなかった。この年、中国人留学生は千人を超え、その翌年などは爆発的に増えて八千人に達しているが、その大部分が学業はそっちのけでダンスに現《うつ》つを抜かし、帰国後は「日本留学」の勲章をたよりに出世の階段をよじ登ろうという功利主義者、残るは革命運動に熱中する行動主義者、魯迅はどちらにも同調できず、どこか遠くの、なるべく同胞のいない土地の医学校を選ぼうと考えて、東北の「杜《もり》の都」へやってきたのである。だから同胞の二高生たちと深くつきあおうとはしなかった。

その年の十一月、藤野先生が、《この下宿屋は囚人の差入れ弁当も請け負っているので、私がそこに下宿するのは好ましくないと言い出し、それを何度も何度も言うのである。私は下宿屋が差入れ弁当屋を兼業したところで自分とは関係ないのにと思ったが、好意黙《もだ》しがたく、ほかに好もしい下宿を捜すことにした。かくて別の下宿に引っ越した。監獄からも離れていたが、参ったのは、どうにも喉を通らない芋がらの味噌汁を毎日飲まなければならないことだった。》（『藤野先生』）

仙台の冬は、風が冷たい。学校から帰ると、魯迅は、唐辛子を齧《かじ》りながら布団にくるまって本を読んでいた。唐辛子をたべると体がぽかぽかしてくる。唐辛子が彼のストーブだったわけだ。お金がなかったのかというとそうでもない。清国政府は、彼に年四百五十円もの留学費を与えていた。少なくない額である。ちなみに下宿料は月十円、また、藤野先生の俸給は高等官八等十二級俸（『仙台における魯迅の記録』）、というとなんだか偉そうだが、これは教授としては最下位の俸給で年額六百円だった。どうやら魯迅は、衣類に充てるべきお金を、本代に回していたようだ。

もうひとつ、魯迅を熱くしていたものがあったかもしれない。講義ノートに書き込まれた藤野先生の朱筆が魯迅の心を熱くしていたのではないか。黒い詰襟の服の上につんつるてんの古外套をまとい、色黒の痩せこけた顔に馬鹿でかい八字髭を生やし、ずり落ちそうになる眼鏡を直しながら、自分の研究のためにいつも頭蓋骨を抱えて学校と自宅とを往復するので、しばしば巡査に怪しまれ、誰何《すいか》されている、ちょっと眇《すがめ》の、七つ年上の日本人教授の姿を思い浮べるたびに、魯迅は芯から暖かくなったのではないか。〈隙間風の吹き込む下宿の一室、布団にくるまって唐辛子を齧りながら本を読み、ときおり机上の講義ノートへ目をやっては、そのたびに頬笑む中国の青年〉

この光景が、私に『シャンハイムーン』という戯曲を書かせてくれたといってよい。

魯迅の五十六年の生涯を貫くものの一つに「一般論は危険だ」という考え方があったのではないかと、私は思う。「日本人は狡猾だ」、「中国人は国家《くに》の観念がない」、「アメリカ人は明るい」、「イギリス人は重厚だ」、「フランス人は洒落ている」という言い方は避けよう。日本人にも大勢の藤野先生がいる。中国人にも売国奴がいる。日本人はとか、中国人はとか、ものごとを一般化して見る見方には賛成できない。彼の膨大な雑感文には、この考え方がつねに流れている。火事場泥棒風に中国大陸に「進出」してくる日本を彼は心底から憎んだ。がしかし、晩年の九年間、国民党政府の軍警の目を避けるために、郵便物の宛先を内山完造が経営する書店にしていた。百四十の筆名を使って書き分けていた雑感文の原稿料の振込み先も内山書店だった。また、彼は五つも六つも病気を抱え込んでいたが（とくに胃をひどく損ねていた。少年時代から青年時代にかけて、唐辛子を食べすぎたのが病因の一つになっていたにちがいない）、主治医も日本人の須藤五百三《いおぞう》だった。泉彪之助《ひょうのすけ》さん（福井県立短期大学教授）の調査によると、須藤医院の、《昭和十四年ごろ一日の患者数は一四〇人ないし一七〇人であった。》（「須藤五百三――魯迅の最後の主治医」福井県立短期大学研究紀要第一〇号、昭和六十年三月）

かなり流行っていた病院であると思われるが、須藤院長は熱心に魯迅のところへ往診にでかけている。日に二度も魯迅を診て、過労から引っくり返ってしまったこともあったらしい。魯迅の絶筆は内山完造に宛てた走り書きの手紙であるが、それにはこう認《したた》めてある。

「……お頼み申します。電話で須藤先生に頼んでください。早速みて下さる様にと」

それから、魯迅のデスマスクをとったのも奥田愛三という日本人の歯科医だった。このように、臨終近い魯迅の周辺を日本人が守り固めていたのである。抗日統一戦線の政策を支持しながらも、良質の日本人がいることを知っていた魯迅も立派だが、当時の日本人の合言葉「不潔なシナ人」にとらわれることのなかったこれらの日本人もまた立派だった。こういった上等な日本人にはげまされ、そのおかげで書き上げることができたようなものである。

末尾ながら、私の筆の遅さに耐えて静かにじっと待っていてくださった関係者のみなさまに、そして、この作品に目をとめてくださった谷崎賞選考委員のみなさまに、心から感謝いたします。

風景はなみだにゆすれ

　昭和二十八年七月から昭和三十一年三月まで、すなわち十八歳の夏から二十一歳の春まで、わたしは岩手県の東海岸にある鉄と魚の港釜石市に住んでいた。せっかく入った大学の哲学科の講義がひどく白けたもののように思われ、学校に休学届を提出し、母親が屋台店を出している釜石市に引き揚げてしまったのである。

　この人口七万の港町での最初の三ヵ月間はさまざまな仕事を転々と移り変った。船舶代理店の走り使い、母親の屋台のお燗番、地方巡回衣服商の助手、書店の配達員、洋品店の店員、寿司屋の板前見習、どの仕事も二週間とは続かなかった。続かなかった原因はいくつもあるが、そのうちのひとつは読書癖である。たとえば、書店の配達員になる。配達すべき本や雑誌を途中で全部読んでしまう。読み上げぬうちは配達しない。では配達すべき本や雑誌をどう読むか。主人から本や雑誌を預かる。一瞥して、読みたいものと、読まなくていいものの区別をつける。そして、読まなくていいものはさっさと配達し、読みたいものは家へ持って帰り、一晩かかって読むのである。このときは仕合せだった。なにしろ新刊書が自由に読める、雑誌にもゆっくりと目が通せる。一生、書店の配達員をやろうと思ったほどだった。が、間もなくこの方法を主人に知られてくびになってしまった。

そのうちに、釜石市と遠野市との間に、病床数二百の国立療養所ができるらしいという噂が立ちはじめた。噂を耳にしたとたん、療養所の事務員になれば本を読む時間が充分にとれるのではないかと思いつき、すぐに職安へ行った。療養所で職員を公募するとしたら、きっと職安を通してくるにちがいないと考えたのだ。案の定、職安の壁には療養所の職員試験のポスターが貼ってあった。わたしはその試験を受け合格した。

読者の中には「それと宮沢賢治とどういう関係があるのかね」とおっしゃる方もあるかもしれない。なかには賢治に詳しい方がおいでになって「釜石市には宮沢薬局という薬屋があるはずである。その宮沢薬局の主人はたしか賢治の血縁だったと思う。井上某は療養所に入って、薬品購入係かなんかになり、その宮沢薬局に出入りをするようになる。そのうちに、そこの令嬢に丘惚れかなんかして、けっきょく、『わたしはもうひといきで宮沢賢治と親戚になれるところだった』などと言いたいのではないかしらん」と深読みをなさっておいでかもしれない。

が、残念ながら両方とも外れである。

療養所に勤めるようになって、わたしの読書癖はしばらく熄んだ。療養所には看護婦さんが大勢いた。麻雀もさかんだった。野球部もあった。朝は野球、昼は看護婦さんのための仕事（わたしは看護婦さんたちの給料計算係だったのだ）、夜は麻雀で、もう読書どころではなくなっていたのである。療養所の野球チームではわたしは投手をつとめた。自分で言うのも気がひけるが、そのころはまだ肩をこわしていなかったのでかなりの速い球を投げていた。

あくる年の春、花巻市の郊外にある国立花巻療養所で、岩手県下の国立療養所野球大会が開かれることになり、わたしたちは前日、花巻療養所へ発った。宿泊所は所内の空《から》社宅である。あくる朝、洗顔をすまし、飯を喰い、腹ごなしに散歩に出かけた。試合開始までにまだ二時間はたっぷりある。三十分も歩いたら戻ってこよう、そういう心づもりだった。

しかし、療養所の正門の傍に掲げてあった住所表示標を見て、わたしはびっくりしてしまった。そこには「花巻市下根子○□×△番地」とあったのだ。

（宮沢賢治の、あの下根子とはここだったのか）

わたしはあちこちに点在する松の疎林を眺めながら、心の中で大声をあげていた。

（賢治が毎日のように眺め暮した下根子の風景を、いまおれが眺めている。なんという奇蹟であろうか）

冷静に考えればべつにこんなことは奇蹟でもなんでもありゃしない。が、小学五年に

「注文の多い料理店」や「どんぐりと山猫」を読んでいらいずーっと賢治に狂い続けていたわたしにとっては、やはりこれは大へんなことだった。

（この風景のどこかに羅須地人協会があるはずだ。この下根子のどこかからあのくらかけ山が見えるはずだ。「額はきざみその眼はうつろ／夜とあけがたに草を刈り／冬も手織の麻を着て／七十年を数へたひと」すなわち野の師父が、いまもそのへんを歩いているかもしれない。そして、賢治がイギリス海岸と名付けた北上川河岸はこの近くだろうか）

わたしは東に向って歩きはじめ、しきりに口のなかで、

（いかりのにがさまた青さ／四月の気層のひかりの底を／唾《つばき》し　はぎしりゆききする／おれはひとりの修羅なのだ）

と、「春と修羅」の一節を呟いていた。十九歳のにきびの青年はそのときとても涙もろくなっていたので、〈風景はなみだにゆすれ〉て、歪んで見えていた。

昼近くまで歩きまわった末、ようやくわたしは白い泥岩層の河壁を見つけた。そこが、賢治の名付けた「イギリス海岸」かどうかはわからなかったが、わたしは勝手にそうだと思い込むことにした。またひとしきり、白い河壁が涙にゆすれた。

療養所に戻ったときは試合が終っていた。しかも主戦投手のわたしがいないのに勝っていた。そのときから野球がなんとなくつまらなくなり、わたしはまた例の読書癖へ戻った。

忘れられない本――宮沢賢治『どんぐりと山猫』

生れてはじめて、雑誌ではなく単行本を、それも自分自身の判断で、しかも貯めておいた自分の小遣いで買ったのは、一九四六年（昭和二十一年）の四月、国民学校六年生になってすぐのことである。その単行本というのは中央公論社から出た「ともだち文庫」第一回配本の『どんぐりと山猫』で、定価は七円五十銭、十二キロほど離れた米沢市のヤミ市では万年筆が三十円だったから、この七円五十銭は決して安くはない。しかしこの「ともだち文庫」は、当時としては信じられないほどの上質の紙を使用しており、この本が中央公論社から届いた日は一日、中身を読むよりもページを弾いて紙がぽんぽんと音をたてるのをうれしがったり、鼻先でページ風をおこしてインクのにおいにうっとりしたりしてすごした。

いま「中央公論社から届いた日」と書いたが、わたしの生れた町には書物だけを扱う本屋がなく、書物は文房具店や運動具店のすみにごく小規模に並べられているにすぎず、それに書物といっても戦前戦中から持ち越しの机上辞典や略画辞典の類、新刊書は何種類ものマッカーサー元帥の伝記が主力で、ちょっと踏み込んだ書物を手に入れるには米沢市の本格的な書店に依頼するか、発行所へ郵便為替を送って取り寄せるか、どっちかしか方法がなかったのである。

自前で買い求めた最初の書物が、なぜ宮沢賢治の『どんぐりと山猫』だったのかは思い出せない。またそのときのわたしがすでに賢治の名前を知っていたのかどうか、さらにそのときまでに「雨ニモマケズ」ぐらいは読んでいたのかどうか、それらについても記憶がない。この書物についての記憶はすべてこの書物が届けられたあとのことばかりだ。

読み終えたとき、わたしはぽかんとしていた。そうか、そうだったのかと感心し、それでぽかんとしていた。その町は山とほとんど接しており、わたしたちは日課のように裏山へ出かけて行き、枝を渡る風の音や、草のそよぐ音や、滝の音を頭のどこかで聞きながら遊んでいた。しかし、それまでわたしたちは、風が「どう」という音で吹き、草が風にそよぐときは「ざわざわ」で、くりの実は「ばらばら」と落ち、きのこが「どってこどってこ」と生え並び、どんぐりのびっしりとなっているさまを音にすれば、それは塩がはぜるときの「パチパチ」と共通だ、とは知らなかった。

加えてわたしたちは、秋の、晴れた日の山のすがたを〈なんともいえずいいものだ、とても気分がいいものだ〉とは思っていたが、その気分を「まはりの山は、みんなたつた今できたばかりのやうに、うるうるもりあがつて、まつ青な空の下にならんでゐました」と、しっかりとコトバでとらえられるとは思っていなかった。〈なんともいえずいいもの〉だからなんともいえない、つまりコトバではつかまえられないのだ、と考えていた。しかし、ここに、わたしたちがなんといっていいかわからなかったものに、ちゃんとコトバを与えている人がいる。それに感心し、ぼうぜんとなったのである。むろん国民学校六年生のときにしかと右のように考えたわけではない。そのときの〈ぽかん〉を、いま、整理して表現すればそうなるだろう、といっているのだ。

三十一年たったいま読み返してみて、賢治がまことに周到な計算のもとに擬声語を使っていることに気がついた。この、短い作品のなかには五十五個の擬声語が用いられているが、主人公である人間の一郎のためには、わずかに「眼がちくつとしました」「汗をぽとぽと落しながら」「ぎよつとして」の三個が用意されているだけである。残りの五十二個は、風に草の「ざわざわ」と鳴るうつくしい黄金《きん》色の草地におうように立って、陣羽織を「ばたばた」させながらマッチを「しゆつ」とつけ、煙草の煙を「ふう」と吹き、ひげを「ぴん」とひねる、あの山猫を大将とする〈大自然〉のために充てられている。賢治は、生きものや、山や、草や、光や、風を擬声語でとらえたわけだが、彼はこの方法で、周囲の自然をどう名付けてよいのか（つまりどう認識すべきか）わからないでいた山間《やまあい》の小さな町の子どもに、自然との関係のつけ方をたくみに教えてくれたようにおもう。

この書物がすっかり気に入ってしまって、わたしは家にあった蔵書印をトビラに押し、〈ひさし一号〉と書き入れた。そしていまだに所持している。

人文一致のひと

そのころの小説家はよく下駄を履きまちがえて帰ったものらしい。たとえば尾崎一雄。家に帰ってふと気がつくと駒下駄が不揃いである。片方の裏をひっくり返してみると、〈荻窪駅西口、何々屋〉という商標が貼ってある。

「あ、これは井伏のだ」

そこで速達を出し合い、下駄交換に集まる。集まれば当然のごとく酒になる。酔って履きまちがえては、また集まる。こんなことを繰り返していたようである。ほんとうにまちがえたのか、呑む口実をこしらえるためにわざとまちがえていたのか、それはわからないが、この挿話の飄々《ひょうひょう》としてとぼけたところはもうほとんど井伏文学の世界ではないか。

下駄の交換場所は新宿の樽平《たるへい》という酒場だった。この店は山形県米沢市に近い造り酒屋樽平の直営店の一つ、お通しの玉コンニャクの煮付けが小説家たちに気に入られていた。わたしはこの玉コンニャクの煮付けを名物とする町で生まれ、その樽平から分かれた薬局の子、酒樽置場を遊び場にして育った。そんな事情もあって、樽平主人の招きで町にこられた井伏鱒二さんを見たことがある。

「本家に東京から偉い小説家の先生が見えてござる」

という噂にさっそく駆けつけ、座敷の障子の隙間から覗き見したのだ。小説家というからは痩身蓬髪で神経質な人だろうと予想していたが、それはみごとに大外れ、ふっくらとした丸顔の人がにこにこしながら盃をゆっくりと口に運んでいた。なんだかほとけさまを拝んでいるようだと思ったのを覚えている。

それから四十年たった平成元年（一九八九）の秋、もう一度、井伏さんにお目にかかる機会に恵まれた。座付作者をつとめるこまつ座で太宰治の評伝劇（『人間合格』）を上演することになり、そのときの劇場用パンフレットに登場していただくことになったのだ。若き日の太宰治について井伏さんほど詳しい方はいらっしゃらないし、対談のお相手をお願いした長部日出雄さんは太宰と同郷、しかも太宰についての著作もお持ちで、これぞ最高の組合せ、お二人が引き受けてくださったときは嬉しくて眠られなくなったほどだ。

対談の場所は荻窪の井伏さんの書斎。井伏さんは焼き松茸を肴にウイスキーを召し上がりながら薄く開いた目で長部さんを見ておられた。丸々とした顔、目に宿るやさしい光、やはりほとけさまのようである。その慈顔のせいもあって対談は和やかに進んだが、一度だけ座が緊張で凍りつきそうになった瞬間がある。長部さんがこう質問したのだ。

「……太宰さんがパビナール中毒で東京・武蔵野病院に入院したときも、先生が結局みんなに頼まれて入院させる役をされましたね。あのとき太宰の入院をもっとも強く主張したのは佐藤春夫さんだったという人がありますが、先生はどうお考えでしょうか」

周知のように、ある時期の佐藤春夫は太宰の度外れたやんちゃに手を焼いていた。そうして渋面の佐藤と暴れる太宰の間で、なにくれとなく骨を折ったのが井伏さんである。ほとんど誤解に等しいのを承知の上で分かりやすく図式化すれば、井伏さんにとって佐藤春夫は兄貴分であり、太宰は弟分である。しかもこの関係に芥川賞がからんでいた。「佐藤さんが、この自分に芥川賞をやると言っていた。それなのに賞から外れたのはどういうことだ」と太宰が騒ぎ立て、その喚き声を封じ込めるために佐藤春夫が井伏さんに頼んで精神病院に閉じ込めたのだという憶説があり、これを踏まえた質問だったのである。井伏さんのお答え次第では、日本近代文学史上最大の憶説が文学史の常識になるかも知れない。新聞でいえば大スクープであるから、膝の上に置いた手がぶるぶる震えた。

井伏さんは、

「うーん、それはねえ……」

とおっしゃりながら松茸を口にお入れになった。わたしたちは固唾を呑んで井伏さんのお答えを待った。ゆっくり松茸を嚙むこと約三分ばかり、やがてごくりとお呑み込みになると、井伏さんは軽くこうおっしゃったのである。

「……忘れてしまった」

一座の者は、浅草の軽演劇の用語で言えば、一斉にズッコケタのであるが、もちろん井伏さんがほんとうに忘れてしまわれたのか、兄貴分と弟分の名誉を守るために忘れたふりをなさったのか、それはわからない。ただ、長部さんと井伏さんの問答に、わたしは飄逸とした味わいを感じた。退去するときに、

「これからもお元気で」

と挨拶すると、井伏さんがおっしゃった。

「それが生憎と悪い病気にかかってしまってねえ」

ぎょっとなって立ちすくんでいると、さらにこう続けられた。

「じつは死ねない病というのに取り憑かれているのだよ」

井伏さんは井伏文学の世界の住人、いわば御自分が紡ぎ出した世界に住まっておいでになるのである。小説家としてこれほどみごとな生き方はないのではないか。

みごとな音の構築

茂吉の随筆に溺れていた時期がある。いや、「溺れていた」は正しくない。今も熱中しているからである。茂吉の随筆は都会で心屈したときのなによりの慰めだ。とりわけ「三筋町界隈」という一篇などは何十回、読み返したか分らない。

明治二十九年の夏、山形市の在の、数えで十五歳の茂吉少年は父に連れられ徒歩で仙台に出る。仙台の〈旅館では最中といふ菓子をはじめて食つた〉という茂吉少年に、少しばかり畏れ多いことではあるが、はじめて仙台に入ったときの自分、昭和二十四年の秋の自分を重ねてみる。自分は仙台駅前ではじめて市街電車と黒人兵を見たのだった。そう考えると、疲れてこわばった心が自然にほぐれてくるのだ。あの茂吉でさえ最中に魂消《たまげ》たのだ、自分が市街電車や黒人兵に胆を潰すのは当然だろうと思えて、なんだか心が安らいでくるのである。山地の少年が二人、文字を通して心を結び合う。それでホッとするのだ。〈私と同様出京して正則英語学校に通つてゐた従弟が、ある日日本橋を歩いてゐて握鮓の屋台に入り、三つばかり食つてから、蝦蟇口に二銭しか無くて苦しんだ話をしたことがある。その話を聞いて私は一切すしといふものを食ふ気がしなかつた〉という数行などは、「わかる、わかる」と思わず五、六度は頷いてしまう。都会で恥をかくまいとして常に身構えている東北出の青年の警戒心、これを自分も持ち合せている。だから何度でも頷いてしまうのである。そして頷きながら心は郷里の山地へと飛び、やがてしみじみと懐しい気分が訪れてくる。こういう次第で、私は茂吉の「三筋町界隈」を帰省切符のように大事に扱ってきた。これは死ぬまでかわるまい。

もっとも最近では茂吉の短歌をも読むようになった。茂吉の短歌の持つ「音」の秘密に、ぼんやりとではあるが気がつきはじめたせいだろう。それで茂吉の短歌が興味深く思われだしたのである。

短歌の門外漢が云うことだから当てにはならぬが、たとえばあの雄渾の名作、

最上川逆白波のたつまでにふぶくゆふべとなりにけるかも

これの「音」の響きに注目しよう。とくに母音の並び方が大事だ。【Mogamigawa/sakashiranamino/tatsumadeni/fubukuyufubeto/narinikerukamo】五七五の上句には圧倒的に「ア」の母音が多い。十七音のうち九音までが「ア」の母音を含んでいる。半分以上が「ア」の音だ。「ア」は大きく、広く、すべてを包み込む音だ。最上河畔の吹雪

という雄大な風景が「ア」の音でしっかりと捉えられている。だが、下句の頭の音の並びはどうだ。「ふぶくゆふべと」の七音のうち五音（！）までが「ウ」という母音を持っている。「ウ」は籠った音、吹雪の凄さに息もつけず唸っている。そして最後の七音には「アイウエオ」の母音が全部登場し、歌は閉じられる。じつに見事な母音操作である。「三筋町界隈」に〈爾来四十年いくら東京弁にならうとしても東京弁になり得ず、鼻にかかるずうずう弁で私の生は終はることになる〉という一節があるが、山形弁が捨て切れなかったからこそ逆に、共通語の「音」の構造がよく見えていたのだろうと思う。だからこそこれほど見事に「音の構築」をなし得たのだと思う。

この調子で茂吉の短歌を腑分けして行くと一生かかることだろう。そしてそれでもいいと思っている。茂吉はそれだけのことはある確かな文学者なのだから。真実、茂吉は私には巨きな存在である。

太陽の季節　石原慎太郎

昭和三十一年

昭和三十一（一九五六）年五月十七日、筆者は、午前十時四十分に浅草フランス座に着到《ちゃくとう》した。隣の浅草日活は『太陽の季節』の封切初日、切符売場には長い行列ができていた。行列には女性の姿が多く、それはこの時刻にしては珍しいことであった。劇場の前には巨大な障子が立てかけてあり、その横で呼び込みのおじさんが塩辛声《しおから》で原作の問題の場面を読み上げていた。

《風呂から出て体一杯に水を浴びながら竜哉《たつや》は、この時始めて英子《えいこ》に対する心を決めた。裸の上半身にタオルをかけ、離れに上ると彼は障子の外から声を掛けた。

「英子さん」

部屋の英子がこちらを向いた気配に、彼は勃起《ぼっき》した陰茎を外から障子に突き立てた。障子は乾いた音をたてて破れ、それを見た英子は読んでいた本を力一杯障子にぶつけたのだ。本は見事、的に当って畳に落ちた。

その瞬間、竜哉は体中が引き締まるような快感を感じた。彼は今、リングで感じるあ

のギラギラした、抵抗される人間の喜びを味わったのだ。》

　このくだりは、当時、知らぬ者のない有名な個所、にやにやしながら聞いているところへ、どこの婦人会かPTAか、数人のおばさんがメガホン片手にやってきて、「お若いみなさん、不良映画をみるのはやめましょう」と行列に呼びかけた。——ばかに詳しいようだが、当時の、日録がわりの手帳が残っているのである。そのころ、筆者は大学に復学して仏語科の一年生、生活費を稼ぐために浅草フランス座の文芸部で働いていた。月給は月に五、六回の徹夜稽古手当を入れて五千円前後。ひきかえ出費の部は、四谷若葉町の文化放送の敷地の隅に傾きかけ壊れかけた木造の二階建てがあって、ここがカトリック学生のための寮、その二階の端の八畳間に社会党代議士の事務所でアルバイトをしている法大生と同居して、寮費は二千五百円だった。朝夕二食付きで二千五百円というのは破格の安さであって、筆者たちがその前を通るたびにツバをのみ、条件反射的に、「一度でいいからたべてみたい」と願うのが常だった表通りの鰻屋のうな重が三百五十円という史実から、この安さをご想像いただきたい。ちなみに、この年に二六万七六〇〇部も売れてベストセラー第一位となった問題の『太陽の季節』（新潮社発行）の値段は二百五十円だった。こういったことから寮費を現在の物価に換算すれば、一、二万円というところだろうか。そんな安い寮費でさえ、東大医学部学生から予備校生までを含む三十数名の寮生のほとんどが滞納していたのだから、筆者たちはよほど金に詰っていたにちがいない。中には当番学生から、「きみは入寮以来、一度も寮費を払っていない。ひと月分でもいいから払って誠意を示せ」と詰め寄られるのに、「ほう、ここは寮費を取るのか」と堂々と空とぼけたことをいって応対する猛者もいて、ほとんど落語の中の桃源境「貧乏長屋」の雰囲気。詰め寄る当番も滞納組なので取り立て態度にいちじるしく迫力を欠き、「そういうきみこそ寮費を完納してはどうだ」と逆ねじを喰うと、口の中でムニャムニャぼやきながら引きさがり、すべてがうやむやになるのがきまりだった。筆者なども払うのは二回に一回、浮いた金はすべて昼食代や間食費に注ぎ込んでいた。大家《おおや》はイタリア人神父たち。月末、惨憺たる寮費納入率をみて当番に悪罵の雨を降らせるが、それもほんの一瞬、五分も怒鳴ると、かえって学生たちが可哀想になるらしく帰りにスパゲッティを二束か三束、持たせてくれた。以来、筆者は身分不相応にもイタリア製の靴をはいたりしているが、これにはその時分、世話をしてくれたイタリア人神父たちへの報恩という気持がはたらいていると思われる。そして右に記したような金欠状況は、四谷の一学生寮の住人たちばかりではなく全国の大学生の大半に共通していたのではないかとも思われる。そういう若者たちにとって『太陽の季節』の世界が実在するとはほとんど青天の霹靂《へきれき》、当時の大人たちはこの作品のもつ「反倫理性」に驚愕したようだが、筆者たちはもっと単純に小説の登場人物たちの「豊かで優雅な暮しぶり」に仰天したのである。

たとえば登場人物たちは一切アルバイトをしていない。それどころか金の苦労をしている形跡がない。多少、苦労するとしてもそれは遊ぶ金の工面で、一例をあげれば、
《……土曜日、週末の慣例で、例の如く家で着替えて東京へ出直した彼のグループが持ち合せた金を調べると案外少なく、八千円そこそこでは五人でとても思い切り遊べないので、今日は一つ女給相手は止めにして、何処か素人《しろうと》のお嬢さんとでもと言うことになった。》
といった具合。だいたい「着替えて」がぴんとこない。学生服の着た切り雀、ほかにジャンパーか背広があれば御《おん》の字だが、それらはたいてい質屋の蔵の中に仕舞いこまれているから、着替えようがないのである。「持ち合せた金が五人で八千円」というのにも驚いた。一人平均千六百円も持っていて、それを土曜の夜ひと晩で使ってしまうという勇気に感動するばかりである。週二回家庭教師をして一ト月で得る謝礼がちょうどそれくらい、とうてい筆者たちには一ト月の労苦を半日で使い切る度胸はなかった。たしかに週末になるとわれわれも遊んだ。寮で夕食をすませた後、表通りのそば屋で三十五円のかけを喰い、それだけで二時間近くも粘る。テレビをただ見しながらそば屋の娘に見とれているわけだ。そば屋から四谷三丁目の映画館へ邦画三本立ての深夜興行に行けるのはよほど金回りのいいとき、たいていは寮の一室でトランプのナポレオン（五人ブ

リッジ）で夜を明かす。賭ける金がないので寮のメシを賭けた。翌日からの食事を、朝食二十円、夕食三十円とみなして賭けるのである。ツキのない晩は翌年の三月末までの食事を全部取り上げられたりして、当人たちにしてみればそれこそ喰うか喰われるかの大勝負だったが、考えてみればこんなものは中学生の遊び、『太陽の季節』の登場人物たちの遊びの前では、いじましいだけである。さらに驚いたことに、太陽の若者たちは遊び相手を物色するに際して、「先《ま》ず顔を良く見て、面《ラツ》がハクけりゃつきあうことにしよう」などと軽く云ってのけるのだった。寮の住人たちが「顔などはありさえすればいい。とにかく女友達がほしい」と切に願いながら、どこの娘《こ》からも鼻もひっかけられないでいるのに、なんというちがいだろう。太陽の若者たちは夏の夜、海辺の別荘から涼み客の出ている森戸や逗子の海岸へ「処女撲滅運動万歳！」と歓声を上げて繰り出して行くが、寮の住人にはそんな勇気も才覚もない。盆踊りの晩、近くの小学校の校庭をうろうろしながら、「娘たちが童貞撲滅運動をはじめてくれたらどんなにいいだろう」と虫のいいことを夢想するのが精一杯。とにかく『太陽の季節』に登場する若者たちなど作りものにちがいないと決めてかかっていた。いや、正直に告白すれば、同世代に、海辺の別荘やホテルやクラブを根城にして、昼はヨットで遊び、夜は自家用車つきの金持令嬢と遊ぶ若者がいることなど認めたくなかったのである。もっと単純にいえば、太陽の若者たちを、そして彼等の親玉と思われる石原慎太郎を嫉妬していたのだ。そこで筆者たちは『太陽の季節』という小説にも背を向けた。昭和三十一年五月十七日の日録には、「障子を立てて客を呼ぶとは唾棄すべき商業主義である」などと書きつけてある。

それにしても若い人たちにあのときの「慎太郎ブーム」を正確に伝えるのはむずかしい。なにしろあれは想像を絶するほどの騒動だった。若冠二十三歳の新進作家！　もっとも谷崎潤一郎は二十三歳で『刺青』を、宮本百合子は十八歳で『貧しき人々の群』を書いているし、三島由紀夫にしても二十四歳で『仮面の告白』を書いているのだから、若いというだけで世の中が騒ぎ出したわけではない。石原慎太郎は若い上に、すこぶるつきの美青年だった。いま、国会中継でわれわれは大臣席でにこにこしている石原運輸大臣を見ることができるが、当時の彼はあんなものではなかった。あんなものとは失礼な言い方だが、当時の彼はずっと痩せていて、その痩せ方もスポーツで鍛えた頼もしい痩身、しかも育ちのよさがその痩身を産毛のように柔かく覆っていた。すぐ後に「慎太郎刈り」と呼ばれ、真似をする若者が続出したその髪型は、大工の若棟梁のように生きがよくいなせで、ボクサーのように精悍であった。それもそのはず一橋大学ではサッカー部や柔道部に所属し、とりわけ柔道は二段の腕前。柔道部での綽名は「内股の慎ちゃん」、あるいは「ジェット機の慎ちゃん」。投げられるときの様子がジェット機が飛ぶときのように恰好がいいから、そういう綽名がついたのだという。それまでの小説家といえば少数の例外はあっても、「文学修業、すなわち人生修業」だの、「苦節十年」だのを金看板に、社会的に無能、卓球のラケットを持つのも億劫、青白く病的で被害妄想、大学はたいてい中途退学、もじゃもじゃ頭に無精髭、原稿用紙を前に唸ったり喚いたり鼻毛を抜いてそれを机の縁《へり》に植えてみたりフケを掻き落したりが通り相場だったが、石原慎太郎はこういった小説家のイメージをすべてひっくり返してしまった。それが彼の髪型に如実にあらわれていたのである。

大学といえば、彼は一流官学をきちんと卒業しており、この年の一月、『太陽の季節』で芥川賞を受けてから三月まで、四編の提出論文と卒業論文とを書き上げている。試みにその論文題名を記せば、「労働争議の社会学的考察」、「独占禁止法における公共の利益の法的意味について」、「マルキシズム経済哲学における方法論の考察」、「大衆感情のアイデンティフィケーションに於ける現代の危機性」(以上、提出論文)、「ロマンチック――日本人の感情風土」(卒業論文)。

そのころ、彼が前年の秋、東宝の入社試験を受けたときのことがすでに伝説として世の中に流布されていた。ちなみに彼の一挙手一投足は細大漏らさず新聞や週刊誌に載《の》ったが、それらは右から左へ消えてしまうことなく、その場でただちに英雄伝説となり、黄金伝説になった。いわば人びとの心の中で結晶化し、あとあとまで残ったのである。こういうことはそうたびたび起るものではない。ところで東宝入社試験伝説とはこうである。筆記試験を通った学生が何十人か一室に集められ、「紺の背広」という題で映画用のシノプシスを書かされた。時間がきて試験官が入室、ひとりずつシノプシスを読み上げることになった。彼のシノプシスはとてもおもしろいものであったが、その読み方がどうもおかしい。むやみに途中で引っかかるのである。試験官の一人がそっと立って彼のうしろに回り、シノプシスをのぞき込むと何も書いていない。試験官が驚いて、「きみ、それじゃまるで勧進帳じゃないか」と詰問すると、彼の答えはこうであった。「頭の中に幾通りも筋書がつくってあるのです。みなさんの反応をみながら、その筋書を切り貼りして、できるだけおもしろいものを半ば即興的におきかせしているわけです」。ある試験官は「きみは頭が切れすぎる。じつに危険だ」と興奮して怒鳴り、別の試験官は「きみこそわれわれが待ち望んでいた人材だ」と叫び、試験官同士が口論をはじめたという。

この、彼を支持する者とそうでない者との対立という図式は、第三十四回芥川賞選考会（一月二十三日、築地「新喜楽」）の席上でさらに劇的に繰り返される。『太陽の季節』を積極的に推したのは舟橋聖一、石川達三の二人。不賛成は佐藤春夫、丹羽文雄、宇野浩二の三人。消極的に渋々支持したのは瀧井孝作、川端康成、井上靖、中村光夫の四人。舟橋聖一が「私は若い石原が、世間を恐れず、素直に生き生きと、『快楽』に對決し、その實感を用捨なく描き上げた肯定的積極感が好きだ」と主張するのに対し、佐藤春夫は「この作者の鋭敏げな時代感覚もジャナリストや興行者の域を出ず、決して文學者のものではないと思つたし、またこの作品から作者の美的節度の缺如《けつじょ》を見て最も嫌悪を禁じ得なかつた。これでもかこれでもかと厚かましく押しつけ說き立てる作者の態度を卑しいと思つたものである」と反論し、真正面から対立した。結局、佐藤春夫が譲って、『太陽の季節』の受賞が決まったが、舟橋と佐藤の論争はその後も続き、そこへ別の観点から中村光夫と亀井勝一郎とが論を戦わせ合い、さらには石原作品を認めた小田切秀雄と、「基本的にはナニワブシから出ていない」と批判した中野重治の間でも議論が行われるというふうで、文壇は騒然。これでは評判にならないわけがない。

ここで当時の大状況をちょっとおさえておくと、戦後の政治的大変動時代がひとまず一段落をみた時期に当る。極左冒険主義に走って国民から見捨てられていた共産党がようやく立直る気配をみせ、筆者たちをよろこばせた。がしかしこの年二月の、フルシチョフのスターリン批判でもう一度、筆者たちは前につんのめることになる。ついでにつけ加えておけば、この年秋のハンガリー事件で、筆者たちは社会主義にほとんど失望してしまうだろう。カトリック学生がなぜ社会主義に好意を寄せていたのかと問われても困る。亡父が農民運動家だったことも影響しているだろうし、敗戦を境に崩れ落ちた天皇信仰の代償を社会主義信仰に求めたということもあるだろう。獄中で十何年間も非転向を貫き通した志士を師父としてあがめたいという気持はたしかにあった。一方ではカトリックの絶対神に対する憧れもあり、以上をひっくるめて何かたしかなものへの渇望、それが未成熟な精神の中に社会主義とカトリックとを同居させていたのだと思われる。加えてイタリア人神父たちは社会主義に対して意外に寛容だった。「修道院は共産制が基本です」、「イタリアにはカトリックの共産党員が大勢います」、「なんならイタリア語を勉強してグラムシを読んではどうですか」などと教えてくれるのである。筆者と同室の法大生などは、「カトリックと社会主義とを、この五尺の体の内に融合させてみせる」と宣言して砂川闘争に深くかかわっていた。しかし前述したように、スターリン批判とハンガリー事件によって筆者たちの社会主義信仰にひびが入った。これを大袈裟にいえば、大正七（一九一八）年の新人会創設以来の「前衛党のエリートが大衆に御託宣を下す」構造が崩壊しはじめたのである。

一方、保守派は財界からの再三の圧力によって自由民主党を発足させることに成功していたが、その過程ときたら惨にして醜、政策論争など何ひとつみられず、人事をめぐる派閥争いと妥協と寝業とに終始し、若い人たちがまともにつき合えるような代物ではなかった。社会党の統一にしても事情は似たようなものだった。つまり形としては「五五年体制」が成って政治的大変動の時代は小康を得たものの、若者にとって、あるいは人々にとって師表となるべきものが何ひとつないという新しい次元に時代はすべり込んでいた。
《彼にとって大切なことは、自分が一番したいことを、したいように行ったかと言うことだった。》(『太陽の季節』)
《我々の世代が現代に持つ意味は、我々が共通して抱く、既成價値に對する不信とある面では生理的な嫌悪である。》(「僕にも言わせてもらいたい――價値紊亂者の光榮」中央公論一九五六年九月号)

そして時代は右のような新しい処世訓を求めてもいた。貧乏寮の寮生がどう思おうが、エリートの御託宣だの、前衛党の指導原理だの、既成の常識だのでは動かない、大衆の欲望が主役をつとめる時代が到来しようとしていたのである。これを是とするか否とするかで、全国で大小の論争が生起し、舟橋・佐藤の論争も、もちろんそのうち代表的なものの一つであった。この年の石原慎太郎の活動もまた「自分が一番したいことを、したいように行う」という原理にきわめて忠実に展開された。すなわち、受賞後の半年間に十七編の小説を発表し、評論を書き、詩をつくり、ラジオドラマに手を染め、飜訳をこなし、挿絵を描き、シナリオをものにし、映画に主演し、自分で組織するサッカークラブ「湘南キッカーズ」の全試合に出場し、一日だけ出社して辞《や》めた東宝とは製作嘱託契約を結ぶなど、「そのうちのひとつでいいから、こっちにも仕事を分けてくれ。ただし映画の主役は除く……」と云いたくなるような目ざましさだった。

しかも彼は程なく強力な援軍を得る。慶応高校時代はバスケットの名選手で（オリンピック候補は確実と目されていた）、練習中に左足の骨を挫いて以来、酒と女と麻雀とヨットと喧嘩の、『太陽の季節』そのままの日々を送っていた弟の慶大生裕次郎が不敵な面《つら》構えの隅に人懐っこい微笑を浮べつつ、その悪い左足を少し引きずるようにしながら映画界に登場してきたのである。その年から数年間、全国各地にサングラスに慎太郎刈り、そして左足を少し引きずるようにして歩く若者が氾濫した。筆者と同室のあの法大生も、その年の秋の砂川闘争に『太陽の季節』を上衣の下に忍ばせて出かけて行き、党の指導に頼ることをせず、若さにまかせてただむやみに警官隊と殴り合う毎日を送った。そして筆者などもそのころ髪型を慎太郎刈りに変えていた。やはり焼餅など思想の敵とはなり得ないのである。

この稿のために、『太陽の季節』を読み返してみて、夏の夜の海での竜哉と英子のラブシーンの美しさに深い感動をおぼえた。そして既成価値そのものになってしまっている作者に対して、彼の過去の作品がナイフを突きつけていると感じた。時間というやつはいつも皮肉な仕掛けを用意しているもののようである。

「先生」と呼ぶわけ

いつも私は「宇野先生」と呼ばせていただいてきました。昭和三十六年（一九六一）の夏に、NHK教育局の仕事でご一緒してから現在まで半世紀近く、宇野先生で通してきましたので、ここでもそういたします。

あの『ひょっこりひょうたん島』の音楽打合わせは、毎週月曜午後八時と決まっていました。刷り立ての台本一週間分（五本）の頁をめくりながら、担当ディレクターが宇野先生にブリッジ音楽を注文する。ブリッジとは場面転換用の短い音楽のことですが、これが何十本もあり、その上、台本にはすでに二十曲前後の挿入歌が載っています。ところが音楽録音は翌火曜の午後、写譜に必要な時間を勘定に入れると、宇野先生は月曜深夜から火曜明け方までの十時間足らずで、何十本ものブリッジと二十曲前後の歌を作曲しなければなりません。こんな人間業とは思えないような仕事を五年間、いつも涼しい顔で済ませてしまう人物を、「先生」と呼ばずに、ほかになんと呼べばよいのでしょうか。

宇野先生とは、これまで少なくとも一千回以上は音楽の打合わせをしました。話のあいだに食事をとることも多いのですが、宇野先生の注文はいつだってラーメンです。半世紀近くもラーメンを食べつづける人を、私は宇野先生以外に知りません。だいたい、宇野先生の怒った顔を見たことがありません。怒鳴る声も聞いたことがない。それどころか声を荒げる場面も見たことがない。自分の欲と感情をここまでみごとに制御できる人物はもう、「先生」と呼ぶしかないのではないでしょうか。

なによりも、宇野先生ほど台本や戯曲が読める人を、私はほかに知りません。では、読むとは何か。これには少し説明がいるかもしれません。たいていの作曲家は――演出家にしても俳優にしても同じことですが――テキストに沿って、悲しい場面には悲しい音楽を、明るい情景には明るい音楽をお書きになります。一段腕が上がると、悲しい場面に明るい音楽を、明るい場面に悲しい音楽をお使いになる。この手法は黒澤明監督が愛用していたもので（たとえば『野良犬』の最後、三船敏郎と木村功の格闘シーンに流れる明るいピアノ曲）ときにはすばらしい効果をもたらしますが、宇野先生のやり方はこれとも違います。

その時代が作者を使って何をいおうとしているのか。もっといえば、作者は時代のお筆先であるというのが宇野先生の考え方のようです。

「井上ナニガシは、時代に流されたり、ときには逆らったりして、とにかくここまで生きてきた。その作者がいま、この作品で、時代を、社会を、そして人間をどう考えているのか」と、いわば作品を突き抜けて、時代そのものへ、社会の骨組みへ、人間の真実へまでさかのぼって、そこから音楽を作る。これが宇野先生のやり方です。これを私はひそかに宇野方式と名づけています。

宇野方式が判るにつれて、作者のほうも時代と社会と人間を見据えた作品を書こうと努力し始めます。つまり私は、半世紀近くにわたって、宇野方式に鞭打たれながら戯曲を書いてきたのかもしれません。そして、これがもっとも大事なことですが、宇野方式が「作品を突き抜けて時代を撃つ」ものである以上、最後の最後には作品そのものがいらなくなるわけで、劇音楽が、音楽そのものとして自立することになる。みなさんがこれからお聴きになるのは、劇とは無関係の宇野音楽そのものです。これほど高い境地で音楽を作ってきた方を、私はそう多くは知りません。それで私はいつも「宇野先生」と呼んでいるのです。

作曲家ハッター氏のこと

一人の人間の生死によって、時間に「明治」だの、「大正」だの、「昭和」だのといった枠をはめられるのはいやだ。そんなものでわれわれのかけがえのない時間を勝手に区切られたくない。そう考えているので、昭和が終わろうが、平成が始まろうが、なにひとつ特別な感慨がない。昭和回顧はそういうことのお好きな向きにおまかせして、私は読みたい書物をゆっくり読んでいたい。――以上で私の感想はおしまいだが、これではあんまり曲がない。小学生のころの思い出話をひとつして、責を果すことにしよう。

生家は田舎の薬局である。文房具や書籍雑誌も商い、レコードも売っていた。昭和十五、六年（こうやっていちいち年号を書かねばならぬのは、いつものことながら苦痛である）になると、蓄音機用の鉄の針は姿を消した。かわりにピックアップに竹針をさしこみ、その尖端でレコードの溝《みぞ》から音を取り出していた。店の一角で、この竹針が小山に盛られて客を待っていた光景がいまでも眼の底にあざやかである。レコードの枚数は高割当制だった。売れたから追加注文、という具合には行かぬ。人口六千の田舎町には高峰三枝子の「湖畔の宿」は二枚しか出せないというふうに、向うから数を限ってくるのだ。レコードは入るとすぐ売れた。そこで私たち流行歌好きの子どもは忙しい。その日のうちにレコードを聞いてしまわなければならぬ。ぐずぐずしていると聞き逃してしまう。母親から「お客様にお渡しする前に一回だけ聞かせてあげる」という許可が出ていたので、それをあてにして近所の好きものの子どもがこっそり集まってくるわけである。

もっともなかにはひと月もふた月も買い手のつかないレコードがある。土地柄のせいもあってか、洋盤レコードは売れ行きが香しくなかった。そういった洋盤のなかで忘れられないのは、「私の好きなワルツ」という曲だった。軽快だが、どこか哀愁を含んだ旋律をスチール・ギターやバイオリンやアコーディオンが何回も繰り返し、おしまい近くになって男声が英語でうたい、口笛がそれに続くという構成であったと思う。これを毎日のように竹針で聞き、聞くたびに好きになり、みんなで口笛を吹けるようにまでなった。「作詩ハッター・マクスウエル、作曲ハッター」というラベルの文字もおぼえた。このレコードと私たちとの蜜月は三ヶ月ばかり後、町の図書館長がこれを半値に叩いて買っていってしまうまで続いたのだが、ついこの間、作曲家服部良一の自叙伝を読んでいるうちに、「ハッター・マクスウエル」も「ハッター」もともにこの人の変名だったと知り、仰天してしまった。

事情はこうである。このレコードの発売は昭和十六年七月だが、そのころ輸入制限措置がいちだんときびしくなって洋楽原盤の輸入が極端に減った。そこで国内でつくった偽の洋盤が出回り、服部良一はそうした偽洋盤のヒット・メーカーだった。軍国歌謡の苦手な彼は、こうした変名で口を糊していたのである。才能のある作曲家が変名で仕事をしなければならなかった時期が昭和という時代にあったこと、そういったことが頭に刻みつけられているあいだは、少くとも私は昭和という年号を使うことに抵抗を持ちつづけるだろう。

藤沢さんの日の光

昭和四十八年八月の直木賞贈呈式で、素直に懐かしげに受賞の挨拶をする藤沢周平さんを会場の隅から眺めているうちにふと、「もしや……?」と思いあたることがあって、胸の奥に小石でも抱え込んだように、わたしは一瞬、体を硬くした。藤沢さんの上半身のこなしが、皮膚の下に衣紋掛けでも隠しているかのようにかすかにギクシャクしているばかりか、左肩がやはりかすかに上がっている。贈呈式につづくパーティでも、まるで密偵のように、ある距離をおきながら藤沢さんの体のこなしから目を離さないようにしているうちに、「まちがいない。このひとは肺葉切除の手術を受けている。となると、肋骨を数本は失っているはずだ」と確信した。

藤沢さんと初めてことばを交わしたのは、そのころの日録をたしかめながら記すと、それから三年後の、オール讀物新人賞選考会の席上だった。選考が終わって座が雑談に移ったとき、わたしは隣の藤沢さんに、「ひょっとしたら、肺葉手術や成形手術をなさっていませんか」と訊いた。すると藤沢さんは、剣の使い手が秘太刀の筋でも見破られたときのようにギクリとなっていきなり傍らの刀を……と書ければおもしろいのだが、じつはまったくそうではなくて、ごく自然に、

「ええ、手術をしました」

と答えてくださった。そこで重ねて、「手術をなさったのは、いつごろでしたか」と訊いた。

「昭和二十八年ですから、二十三年前になりますね。でも、どうして手術をしたと判ったのですか」

「まったく同じころ、国立療養所で働いていました」とわたしは答えた。「三陸海岸に迫った山山の間の病床数二百の小さな療養所でしたが、いつも三、四十名の患者さんが藤沢さんと同じ手術を受けて退所の日を待っていました。それで日に何百回となく手術患者のみなさんの立居振舞いを目にしていたわけですが、みなさんに共通していたのは、肋骨を失った側とは反対の肩を上げ、全体に衣紋掛けを仕込まれたように動きがわずかに機械仕掛けのようになることでした。その姿と藤沢さんの姿が重なって見えたことがあったのです。その後はいかがですか」

「なんということもありません。重いものも持てますし、たまには徹夜をすることもありますよ」

「それならいいんです。そういえば、わたしがいたころの療養所長は、東北大学医学部

教授も兼ねた成形手術の大家でしたが、退所患者にいつも『ひるむな』と書いた色紙を贈っていました」と当時を思い出しながらいうと、藤沢さんはちょっとのあいだ物思い顔になり、それから、おだやかな、相手のこころを開かずにはおかないあの笑顔になった。

「ひるむな……いいことばですね」

こうして藤沢さんとの付合いが始まった。付合いといっても、出会ったときに一、二分の立ち話、故郷の新聞に乞われて対談、わたしの芝居を観にきてくださったあとのコーヒー茶碗を間においた二、三十分の雑談といった淡いものだったが、それはとにかく、初めてことばを交わしたときに、いかにも心配そうな口をきいたのにはわけがある。

療養所では叱られてばかりいた。宿直の夜は、患者自治会から原稿を預かって「療友会ニュース」という週刊新聞のガリ版切りや印刷に熱中したが、紙もインキも謄写器も療養所の、ひいては厚生省のものだから、これは叱られても仕方がない。しかも新聞には、療養所への批判や注文がたくさん載っている。そんな新聞に療養所の職員が加担するのはなにごとかと、いつも叱られた。

面会時間のこともある。療養所は街からバスで三十分、さらに山道を三十分も歩いたところにあった。ところが面会時間は午後五時までだったから、ご主人に代わって働いている奥さんたちは、どう頑張っても間に合わない。普通人がタクシーを使う習慣はまだなかった。そこで、「夕食後の七時半まで面会時間を延長してあげてください」と上司に訴えた。そのたびに、「国立療養所の面会時間は全国一律に夕食前の五時までと決められているから、だめ」と斥けられたが、根気よく訴えているうちに、所長が間に入って、「若い人たちの言う通りにしてはどうか。その責任はわたしが持つから」といってくださって、訴えが通った。上司から見れば、いかにも生意気で、扱いにくい職員だったにちがいない。

やがて、患者さんが残した食べ物はだれのものかという闘争が、国中の療養所でおこった。患者さんたちは「自分たちが食べ残したものだから患者の所有物」と訴え、所側は「ごみ箱に捨てられたものはすべて国のもの」と譲らない。療養所の残飯は養豚業者にけっこうな値で売れたから、こんな闘争がおこったのである。残飯の代金が患者自治会に入れば、卵代や鼻紙代ぐらいにはなるので、患者さんたちも必死だった。

そのうちに霞が関にじかに掛け合おうということになり、わたしたちの療養所からも患者さんが上京して厚生省の前に座り込んだ。わたしは上司に無断で患者さんたちについて行き、減給処分になった。自分は国家公務員向きにはできていないとわかって、それを機会に療養所を辞めたが、こういったことが機縁で患者さんの何人かと長く文通するようになった。そして、年月を重ねるうちに、肺葉手術患者の予後があまりよくないのを知ることにもなった。

病巣を切り除けば隙間ができる。そこで肋骨を切って支えを外し、周りからの肉の圧力で肺を押し潰す。素人の解説で恐縮だが、肺葉手術と成形手術はそのようなものらしく、これは血液をおびただしく失ってしまう大手術だから、大量の輸血が必要になる。所長の話では、「残念ながら、戦争のたびに外科手術は革新するのだ」そうで、輸血技術も朝鮮戦争で進歩して、その技術が民間でもさかんに使われるようになっていた。藤沢さんもわたしも、この新技術の全盛のときに療養所にいたのである。

不幸なことに、そのころ使われていた血液には不良なものが多く、わたしと文通していた患者さんたちも、十年、二十年とたつうちに、そのほとんどが慢性肝炎を抱えて苦しむようになっていた。長い話になったが、贈呈式の藤沢さんを見て体を硬くしたのには、こんなわけがあったのである。

生死をかけた手術を切り抜けても、待ち受けているのは悪い予後とは、恐ろしい話であるが、そのほかにも患者さんたちの前にあるのは、ただただ不遇な茨の道だった。結核は長くかかる病気だから、たいていの患者さんが職を失い、新しい就職口を求めて苦心しなければならないし、たとえ運よく元の職場へ戻れても閑職へ追いやられてしまう。藤沢さんにしても事情は同じだったようで、それは『半生の記』の、

〈……それはともかく就職依頼の話は難航した。……私が就職を頼んで回った郷里の人たちは、結核をわずらって手術で回復した人間が、はたして人なみの仕事が出来るもの

かどうかと、内心の危惧をおさえられなかったのではなかろうかと思う。〉
というくだりからも察することができる。

もちろん、この不遇感を藤沢さんが作品のための強力無比な原動力に転化したことは、読者諸賢の広く知るところで、それは、『蟬しぐれ』に、とりわけはっきりとあらわれている。

〈……文四郎には父助左衛門の唐突な死と、うす汚れた長屋に捨て扶持で養われている現在がもたらす不遇感があった。要するに前途に何ののぞみも見出せず、まわりには罪人の子を白眼視する気配だけがあるのに苛立って、文四郎は兵馬とのはげしい闘争にのめりこんで行ったのである。〉

誤読という読者の特権をかざすなら、このときの文四郎は、たしかに手術前後の藤沢さんである。しかもわたしたち読者は、たいていなにかの意味で不遇感をもっているから、文四郎こそわたしのことだと気合いが入る。

いや、この作品に二度も三度もあらわれてくる〈はかない世の中〉という台詞を手がかりにするなら、この世に生まれてきたことがすでに不遇なのだ。二十余年あと、ようやく文四郎と会うことができたお福さまもこう言っていたではないか。

〈「うれしい。でも、きっとこういうふうに終わるのですね。この世に悔《く》いを持たぬひとなどいないでしょうから。はかない世の中……」〉

それなのに、この作品の清清しい哀しさをともなった突き抜けたような明るさはどうだろう。いったいどんな仕掛けになっているのか。そのなぞを解く手がかりの一つが、じつにしばしば現われる「日の光」の様子である。

〈じっと動かない霧も、朝の光をうけてかすかに赤らんで見える。〉〈西にかたむいてもまだ暑い日射しが河岸通りに照りわたり、〉〈日の位置はいよいよ低くなって、〉〈粗末な門のあたりにはまだ強い夏の日射しがはじけていた。〉など、人物の心理を自然描写に転写する名手の藤沢さんが、文四郎の心と体の動きを描くときは、すべてといってよいほど、注意深く日の光をからませている。不遇の谷間に突き落とされた文四郎を、日の光がたえず励ましているようだ。むろん文四郎もその日の光をめざして着実に歩んで行く。それで明るいのだ。そして事件は主に、日の光の失われた夜におこる。この配分のみごとさに、何度読んでも唸ってしまう。

ところでわたしはこの名作を郷里の新聞に連載されていたときに読んでいた。結末の名場面はこうである。

お福さまはうつむくと、盃の酒を吸った。そして身体をすべらせると、助左衛門の腕に身を投げかけて来た。二人は抱き合った。助左衛門が唇をもとめると、お福さまはそれにもはげしく応《こた》えて来た。愛憐の心が助左衛門の胸にあふれた。

どのくらいの時がたったのだろう。お福さまがそっと助左衛門の身体を押しのけた。乱れた襟を掻きあつめて助左衛門に背をむけると、お福さまはしばらく声をしのんで泣いたが、やがて顔を上げて振りむいたときには微笑していた。ありがとう文四郎さん、とお福さまは湿った声で言った。

「これで、思い残すことはありません」

幸いのうすい恋人たちに何があったのか。だいたいの見当はつくけれども、気になって仕方がなくていたところへ、たまたま藤沢さんが芝居を観にきてくださったのでこう訊いた。

「二人は思いをとげたんですね。つまり、二人は体を重ね合わせたんですね」

藤沢さんは、めずらしく迷惑顔になって、

「さあ、わかりませんね」

いやなことを訊いてしまったなと後悔したが、その後悔はいまもつづいている。

池波さんの振り仮名

池波正太郎さんを慕《しの》んでお通夜のつもりで本棚にあった鬼平犯科帳を読み返した。小説家はそれぞれ固有の文体を持つが、その中でも池波さんのそれは一種独得であった。

もっとも目立つ特徴は、

「句点《マル》で改行する」

という原則である。たとえば、名作『本門寺暮雪』の決闘場面。

ぱっと、燕《つばめ》のごとく飛びちがった。

平蔵は、石段へ落ちてすぐさま、片ひざをたてて向き直った。

向き直ったが大刀を抜きはなつ姿勢ではなく、また、その余裕はない。

平蔵は辛うじて、差しぞえの小刀《しょうとう》を抜いてかまえた。

凄い奴が、にやりと笑い、大刀を上段にふりかぶった。

片ひざをついたままで身うごきもならず、

（ああ……これでは、こやつの太刀を、とうてい受けきれまい。おれも、これが最後か……）

と、平蔵は感じた。

このとき、はじめて凄い奴の顔を平蔵は見た。

文の構造は、すべて〈題目語＝主語＋その説明〉と単純で、かつ同一である。しかも句点《マル》ごとの改行――。そこから、なによりも読み易いという利点と、速度感が生まれてくる。読み易くテンポがあること、ここに大勢の読者が惹《ひ》かれたのだろう。

次に目立つのは、重要なメッセージを改行して書く手法である。（傍線井上）

そのころのお勝は、小柄な、細っそりとした愁《うれ》い顔の、それでいてくろぐろとぬれている双眸《ひとみ》で見つめられると、見られた男は、

「どうしようもなくなってくる」

ほど、いじらしげな色気がただよってい、そこがまた〔女の引きこみ〕としては、またとない武器だったともいえるのだが……。

（「山吹屋お勝」）

作者の後藤兵左衛門は〔名人〕とうたわれた煙管師で、亡父は、この銀煙管をあつらえるのに金十五両を投じたそうな。

「さがせ。もっとよく、さがして見よ」

尚も平蔵は、久栄《ひさえ》（平蔵の妻）にいいつけたが、

「ないものはない」

のである。


（「大川の隠居」）

この、重要な事柄をふっと改行して記すことで読者の注意を促すと同時に、文体の調子を変えてしまう手法は、大勢の読者をかかえる小説家の必須の武器であって、たとえば吉川英治もこの妙手であった。

……このごろ時折、往来を歩いていても、京都や奈良の女性がはっと美しく眼に——
というよりは肉感にひびいて来る時がある。
そんな時、彼はいつも、
〔お通《つう》〕
をふと思い出すのであった。

（「宮本武蔵」水の巻）

その文体の第三の特徴は——いや、最大の、と言い直した方がよいかもしれないが——振り仮名の多いことである。池波さんほど振り仮名を多用し、かつ活用した小説家は、最近、稀だろう。さかのぼれば昭和十三年（一九三八）、作家山本有三の「ふりがな廃止論」がたいそうな評判を呼んだ。山本によれば、振り仮名は「むづかしい漢字をやたらに使つたために、そこからわき出たボーフラ」「不愉快な小虫」であり、その小虫を廃止すれば、たとえば次のような利益が発生するという。むずかしい漢字が使われなくなるからごく自然に漢字制限が行われる。執筆者も印刷工も校正者も手間がはぶけて時間の節約になる。多数の活字と人手が不用になるから経済的でもある。作家たちが誰にでも読めるような文章を書こうとつとめるから新しい文体が生まれる。そして視力を損うことが少くなる——。

この山本説を支持する声が多く、さらに内務省警保局が幼年・少年雑誌からの振り仮名追放を決めたこともあって、振り仮名悪玉説が定着した。戦後は、例の当用漢字表が、その使用上の注意事項の中で、

「ふりがなは、原則として使わない」

とうたって振り仮名廃止の線はいっそう強く定着したわけだが、池波さんはあえてこ

の常識に逆らって振り仮名を愛用した。まず、

「読者の読みを少しでも助けたい」

という熱い思いが池波さんにはあった。独学者であったこの小説家は振り仮名のありがたさを骨身にしみて知っていたのだ。

なにしろ振り仮名は、文字が貴族や僧侶から民間へその享受者を広げて行くときの必要から発達したという歴史をもっている。別に言えば、人びとと漢字とを結びつけたのが振り仮名なのであって、そのピークは明治前期である。

圧抑《アツヨク》スル《オシツケル》（『西国立志編』）

物価《ぶっか》沸騰《ふっとう》《ショシキカウジキ》（『安愚楽鍋』）

右に読み、左にその意味と大活躍した。池波少年が本を読むときの教師は、おそらく振り仮名だったにちがいない。その記憶がこの小説家に振り仮名を多用させたのではないか。

さらに池波さんは振り仮名の使用にさまざまな工夫をこらした。

熱い酒《の》をくれ

女より、酒《これ》さ

若い女《の》でも出来たのかえ
この土地《ところ》でとれました野菜さ
あの近辺《あたり》の魚はうまい
ためこんだ金《もの》を出しな
あずけておいた金《ぶん》をもらうぜ

こういった工夫によって、読者は漢字で意味をとりながら、振り仮名でその人物の口調をたのしむことができるのである。新国劇の狂言作者をしていた頃の修練が振り仮名の中でみごとに生きていると思う。この池波式振り仮名法の極致は人名に対するそれで、たとえば、

辰蔵（平蔵の嫡男）は、親類の間でも、
「平蔵《おやじ》の若いころとはちがい、実にそれは、まじめでしっかりしたものだ」
などと好評を得ているが……

（「盗法秘伝」）

「おい忠吾《うさぎ》。おれはゆるりと行く……」

（同右）

つまり池波さんは、むずかしい漢字を使いたいから振り仮名を、というのではなかった。読者の読みを助けると同時に、振り仮名の、意味を漢字で、音は仮名で、という二行併読・二重表記の構造を、一つの芸にまで高めて読者に少しでも楽しんでもらおうとしていた。こうして、この小説家の文体上の特徴は、ことごとく読者のためのものだったことがわかるのである。得難い星がまた一つ消えた。

あの黄金週間

いまから二十二年前、昭和六十一年（一九八六）の秋、健康診断のために御茶ノ水《おちゃのみず》のN大病院に入った。小腸がすこし捻《ね》じれていることがわかり、十日ばかり五階の個室で手当てをすることになったが、じつはこの一週間が、めったにない黄金週間だった。

入院した日の夕方、廊下のすみの灰皿の前で煙草《たばこ》を吸っていると（当時はまだ院内で喫煙させてくれていた）、突き当たりのガラス戸から出てきた紫色のネグリジェの、やや太り気味《ぎみ》の小柄なひとが声をかけてきた。

「井上さんが入っているという情報をいまつかんだところ。それで、井上さんの病室へ見舞いに行こうとおもって出てきたんだけどね」

ネグリジェのひとは赤塚不二夫《あかつかふじお》さんだった。

ガラス戸の向こうは特別病室になっている。もちろん料金は高い。赤塚さんはガラス戸を入ってすぐの広い病室で酒気《さけけ》を抜いているのだといった。

「それでさ、今夜、映画会があるんだよ」

「映画会って……どこで」

「ぼくの病室で。煙草が自由に吸えるから、おいでよ」

ここで話はさらにさかのぼる。昭和三十年代のおしまいのころ、「朝日ソノラマ」の仕事をしていたことがある。いまのひとには事情がよくわからないとおもうけれど、人気マンガをラジオドラマふうに脚色して、それを声優さんたちに音にしてもらい、ぺらぺらのビニール円盤に刻《きざ》み込《こ》む。これがソノシートというしろもので、大いに売れていた。わたしが脚色したのは赤塚さんの『おそ松くん』と『ひみつのアッコちゃん』で、ホームドラマという穏やかな体裁《ていさい》をとってはいるが、中身は、なにがなんだかわけのわからないことが続けざまに起きるふしぎなマンガだった。なによりも吹き出しのセリフがおもしろい。それをさらに誇張《こちょう》した上で（これはわたしの趣味で）バカな唄をたくさん入れた。

編集長は台本を読むたびに、「いくらなんでもやりすぎだ！」と怒鳴《どな》っていたが、赤塚さんはいつも、「これでいいのだ」と喜んでいる。たちまち親しくなって、『ひみつのアッコちゃん』がテレビアニメになるときは、主題歌までつくった。「少女のみなさんのための秋田おばこみたいなものを書きました」といって歌詞を持って行くと、「わけのわからないところが、おもしろいよね」と喜んでいた……と、まあ、そんなわけで、ひところは赤塚さんと月に一度は会っていたのである。そのころ、こんなやりとりをしたのを憶えている。

「井上さん、ぼくのマンガのことを『不条理で、すばらしい』と褒《ほ》めてくれた学者がいたんだ。不条理ってなんなの」

「フランス生まれの文化用語のようなもので……ばかばかしさ、といったところじゃないですか」

「ふうん……ぼくはもう、ばかのずっと先を走っているんだけどねえ」

赤塚さんは自己分析のできるひとだった。

ところで、赤塚さんは病室の窓の外にコーヒーの空缶《あきかん》を針金で吊《つる》していた。先生や看護婦さんがいなくなると、空缶を吊《つ》り上げて灰皿にする。また、扇風機《せんぷうき》を何台も持ち込んでいた。煙草の煙が籠《こ》もったときは、一度に扇風機を回して、煙を外へ追い出す。戸棚にはミニバーのようなものがしつらえてあって、赤塚さんは酒を飲みながら、つづけざまに煙草をふかしていた。

消灯後はベッドの下に隠しておいた映写機を引っぱり出して、スクリーン代わりの病室の壁へ赤塚さんが自主製作したギャグ映画が上映される。驚いたことにそのころになると、何人もの入院患者が集まってきていた。仕事先からタモリさんが駆けつけた夜もある。

この人たちの話がまたおもしろい。たとえば、こんな話をしてくれた患者がいた。

「この特別病棟でも一番上等の病室にいるのは、やくざの大親分なんだけどさ。こないだ、手術室へ運ばれて行くときに大暴《おおあば》れしていた。『おれはドスは平気だが、メスはこわいんだ。手術室には行きたくねえ。サブ（付き添いの幹部の名）、おめえが代わりに行ってこい』ってわめいているんだよ」

当直看護婦が二時間ごとに見回りにくる。そのときは全員が洗面室に隠れることになっていた。特別病室だから洗面室が付いていたのだが、それにしても、赤塚さんというひとはみんなでにぎやかにしているのがほんとうに好きなんだなあと、そのとき、つくづく感じ入った。そのことにすべてを、命までもかけていた。

一週間後、わたしは小腸が捻じれたまま、赤塚さんは酔っぱらったまま、病院から追い出された。病院側の言い分は——当時のわたしの日録にはこうある。

「いくらなんでも、夜中にラーメンの出前をとるのは、ひどすぎる」

フウ

色川武大さんが「持ち時間が残り少なになってきた。これからはもっと文学に腰を入れたい」と宣言して岩手の一関市に居を移されたことは、全集の読者には「常識」に属することがらといってよいだろう。色川さんがどのような経緯で一関市を選ばれたのか、その経緯については疎いが、この土地を多少は知っている者の一人として（わたしは中学三年の春から秋にかけてこの町に住んでいたことがある）、色川さんのたしかな目に舌を巻いたものだった。一関市は海の幸と山の幸とに恵まれた水のよいところである。大気は清らかに澄んで四季の巡りも穏やか。その上、賢治や啄木の生地に近く遠野物語のふるさとともに山脈《やまなみ》がつながっており、文学的な霊気に充ちた土地でもある。なにより人の情けが篤いところだ。もとより少しは寒いかもしれないが、あの静かな町で仕事をなさるのはすばらしいことだ、よいところを選ばれた。色川さん一関市に移住の知らせを聞いたとき、そう思った。もっとも、天がこの町で仕事をすることを色川さんに許さなかったのはどう考えても口惜しいことであったけれど。

「人の情けが篤い」と書いたが、それは色川さんが亡くなられてからひそかにこの町で続けられている地道な、しかし、たしかな一つの運動を見ても明らかだ。どんな運動かというと、町にのこっている大きな酒蔵を色川文学記念館にしようというもので、おもな陳列物は孝子未亡人が寄贈された色川さんの映画やレコードの膨大なコレクションである。

「色川さんは自分たちの町を仕事場に選んでくれた、それならばそのことにお返しをしよう」と、町の色川文学の愛好者たちが講座や講演会を開いてはその収益を記念館建設のための資金として積み立てているし、その熱意はやがて行政側を動かさないではおかないはずだ。近い将来、きっと立派な記念館ができあがることだろう。……と、ここまでは報告である。

ところで、色川さんと初めてお目にかかったのは、女優の渡辺美佐子さんの『化粧』の幕が開いて数日後のある夜のことで、終演後の三越ロイヤルシアターの楽屋に色川さんが入ってきた。「色川です」「井上です」「いや、いい芝居でした」「それはどうも。作品はいつも読ませていただいております」「どうも」と型通りの挨拶があって、順番としてはわたしが何か言わなければならないところなのに話の接ぎ穂を失ってしまった。作品の感想を述べるなり、食事に誘うなりすれば話は繋がるのだが、人怖《お》じのする質《たち》で次の一句がどうしても出てこないのだ。

これだから友だちがなかなかつくれないのであるが、その夜も言葉に窮して立往生してしまった。もっともわたしの様子を見ていた美佐子さんとさる雑誌の編集者が、「みんなで食事でもしましょうか」と続けてくれたので話はうまく繋がり、劇場に併設されている食堂で四人でビールを飲んだ。

色川さんがアメリカ映画のコメディものやミュージカルものに詳しいことは、その作品から見当がついていたので、話題はおもにその方面のことに集中したが、ひとことで言えば、「うーむ、これはおそるべき好敵手」という印象を受けた。たとえば、「月光価千金」というジャズ小唄（と色川さんは言っていた）の話になったとき、巷間で流布されているエノケンの訳詩、「ただ一人さみしく悲しい夜は／帽子を片手に外へ出てみれば……」は、あまり感心しないということで意見が合った。あれはどう考えても岸井明の唄う歌詞、「お月さまいくつ、十三、七つ／あたしのあの娘《こ》も、十三、七つ」の方が感じが出ている。そのほかにも「ガーシュインがわからないとブロードウエイ・ミュージカルはわからない」とか、「フレッド・アステアは完璧な形式主義者で、ジーン・ケリーは体育会の汗臭い天才」とか、よく意見が合った。

二人とも『虹の女王』というアメリカ映画が好きだということもわかった。これはブロードウエイのスター、マリリン・ミラーの伝記映画で、作品として別にどうこう言うようなものではないが、中でレイ・ボルジャーによって唄われていた「フウ」という曲がよかった。この曲について後に色川さんが次のように書いている。
〈「フウ」は英語の Who?――のことで、夢に出てくる何だか正体のわからない理想の女のことを唄ったもので、ジェローム・カーンの曲。／私の子供の頃は誰も彼もが実によく唄っていた曲で、日本語に意訳した歌詞もたくさんあるが、総じてこれも内容がない。／くどく念を押すが、そこがいいのである。〉（『唱えば天国ジャズソング』）
主演はジューン・ヘイヴァで、劇中、彼女は「ルック・フォ・ザ・シルヴァ・ライニング」という唄をうたう。この唄はミラーのテーマ曲で、気分が落ち込んだときは雲の峯の光り輝くあたりを見るようつとめよう、陰鬱な雲の向こうには太陽が照っているのだし、やがてあの雲も流れ消えて、その太陽が顔を出してくれるはずだ、悪いことはそう長くつづくものではない、だからできるだけものごとの明るいところを見るようにつとめよう……と言った式の他愛のない唄だが、色川さんは突然、この唄を口遊《くちずさ》み出し、わたしもそれに唱和した。この時分には、例の必要以上に人怖じするという悪い性格はどこかへ消え、色川さんの温かくて深いふところに完全に飛び込んでしまっていた。
編集者が「ぜひともミュージカル映画の対談を」と言ってくれたが、その企画は実現しなかった。こんな途方もない物知りと対談するためには相当の準備がいる、そう思ってわたしが二の足ばかり踏んでいたからだ。いまさら後悔してもはじまらないが、色川さんと対抗しようとして出渋っていた自分が恨めしい。

それにしても、ばくち打ちで、ばかに物知りで、戯文の名手で、なおかつ小説の極北を究めようとする書き手でもあった色川さんとは、いったいなにものであったのか。フウ？　その答はやはり全集の中にしかないだろう。一関市の有志たちと力を合わせて記念館をつくる仕事をつづけながら、わたしはこれからもフウと呟きながら全集を何度も読まなければならない。

迂闊迂遠

さる出版社から三年前に書き下しの童話を依頼され、ある迂闊者《うかつもの》の哀れな一生を書こうと思い、あれこれ思案しているのだが、まだ一行も出来ていない。ずいぶんと迂遠《うえん》なはなしである。

もっとも文字にはしていないが、頭の中には、あっちの部分がひとかたまり、こっちの部分がふたかたまりという具合に形をなしている。それを無理矢理、いまここに書きつけてみると……。

……あるところに、時計の竜頭《りゅうず》を巻こうとしていつもうっかり自分の首を巻いてしまうのが癖の青年と、雨の日に外出から帰るたびにいつもうっかり自分と傘を間違えて、傘をベッドに入れ、自分は部屋の隅に寄っかかっているのが癖の娘がおりました。二人ともうっかりしてばかりいるので、会社に入ってもすぐお払い箱、恋人が出来てもすぐ袖にされたり肘鉄《ひじてつ》をくらったりで、とうとう生きる望みを失い、あるとき偶然にも、同じ駅の同じプラットホームの、しかも三米《メートル》と離れていないところから、線路の上に身を投げました。つまり電車の前に飛び込み自殺をしたわけです。

ところが、二人はうっかりして気がつかなかったのですが、電車は入れ替え作業のためにバックしているところでした。そんなわけで二人は命拾いをし、これが機縁になってつきあうようになりました。

何回目かのデートのとき、二人はうっかりして待ち合い場所を連れ込み旅館の前に決めてしまい、落ち合ったとたんにそれに気づいて顔を赤くし、走るようにしてそこから立ち去ろうとしたのですが、ついうっかりして連れ込み旅館の門の中に手をつないで走り込んでしまいました。二人に「いらっしゃいまし」と女中さんが声をかけました。青年は「そんなつもりできたのではない。立ち去るつもりだったのについうっかりして飛び込んでしまった」と説明しました。娘もそばから「もめていないで早く帰りましょうよ」と言うつもりで口を開きましたが、ついうっかりして「もめていないで早く入りましょうよ」と申してしまいました。

こうして二人は連れ込み旅館の一室で何時間か過すことになったのですが、そのとき青年は例のゴム帽子を装塡《そうてん》するつもりでついうっかりしてそれを忘れてしまいましたので、十ケ月後に、娘はひとりの赤ん坊を生み落しました。がしかし、この赤ん坊には生後、六ケ月で孤児になるという運命が待っておりました。というのは、ある夜、停電があり、赤ん坊の母親はベッドの横でローソクの火をたよりに本を読んでいたのですが、そのうちにねむくなり、彼女はついうっかりローソクを布団に入れ、自分をふっと吹き消してしまったのです。父親の方もまたその数日後、ネクタイを締めようとして、ついうっかり自分の首を締め、帰らぬ人になってしまいました。こうして、ひとりぼっちになった赤ん坊は不幸にも両親に輪をかけたうっかり者で……

……とまあ、こんな具合にして物語がはじまるのだが、連れ込み旅館が出てくるような童話には問題があるだろうと思われる。やはりもうすこし考えなくてはなるまい。しかし、なんでまたわたしはこんなに迂闊者にこだわるのだろう。ひょっとしたら自分も迂闊者だからではないだろうか。そういえばこの話を考えついたのはさる市民公館ホールのトイレの中、講演を終えて謝礼を貰い、その中身を確めようとトイレに入ったわたしが、中身を確めた後、ついうっかりして捨てるべきのし袋をポケットにしまい、お札を流してしまったときだった。

定期預金

放送の台本を書いていたころ、わたしは次の目標を映画台本に置いていた。つまり映画のシナリオ作家になりたかったわけだ。

そして、その機会は意外に早くやってきた。ある大手の映画会社からシナリオの注文が舞い込んだのである。いそいそと打合せの席に出かけて行くと、プロデューサー氏が言った。

「なにしろあなたは新人である。いくらなんでもいきなり本篇の台本をまかせるわけには行かない。まず、ウォーミングアップがわりに二十分のPR映画の台本を書いてほしい。その出来栄えによっては、次回から本篇の台本をおねがいすることになるかもしれない」

わたしはすこしがっかりした。が、すぐPR映画も映画のうちだ、と思い直し、プロデューサー氏に、そのPR映画のスポンサーはなんという会社か、とたずねた。彼はこう答えた。

「S銀行だ。S銀行では来年から無記名定期預金を扱う。その無記名定期預金のPR映画の台本をあなたにお願いしたいのだが……。台本料は十万円でどうだろう」

十数年前の十万円は大金だった。わたしはふたつ返事で引き受け、一週間ほどかかって、大略次の如き台本を書きあげた。

……東京の下町の木造アパートの一室に眼付の鋭い男たちが数人集まっている。眼付の鋭いのも道理、この連中は銀行強盗団なのだ。

連中はアパートの壁に8ミリ映画を映写しはじめる。その映画の内容はS銀行に関するあれこれ。つまり、銀行強盗団が襲撃予習のためにS銀行の業務内容その他を研究しているという仕掛けをかりて観客にS銀行のPRをするわけである。

いよいよ、強盗団は銀行破りを決行する。研究の成果あがって襲撃は成功、強盗団は、お金の入った大袋を担《かつ》いで銀行を出ようとする。

だが、このとき、縛られていた女子行員が、

「あのう……」

と、強盗団に声をかける。

「そんな大金を持ち歩いて、もし落したらどうなさいます。それに紙幣の番号はすべて控えてありますから、すぐに捕まってしまいますよ。ほとぼりのさめるまで、当銀行で定期預金になさったら?」

「冗談じゃねえ」

強盗団員たちはこの提案を一笑に付する。

「定期預金に組むときに名前がばれらあ」

「ところが今度、無記名の定期預金ができたのですよ」

女子行員はここで、無記名定期預金の利点を懸命にまくしたてる。これまた、強盗に説明するという設定をかりて、この映画の観客に無記名定期預金の利点を説くという仕掛けである。

さて、強盗団は説明を聞くうちにすっかりこの定期預金が気に入り、たったいま盗み出した金を一文残らず、定期に組んでしまう。そして、銀行を出たところで連中はいっせいに首を傾げ「でも、なんか変だな」と異口同音に呟くところへ、エンドマークが出る……。

これなら無記名定期預金のPRにもなるし、おもしろい。プロデューサー氏も喜んでくれるだろう。そう考えて自信満々で台本を提出した。が、一月たち二月たってもプロデューサー氏からはなんの連絡もなかった。すこし心配になって首尾を聞きに行くと、彼はわたしにこう怒鳴った。

「あんまりふざけた台本を書くものではないよ。あんなもの、スポンサーに見せられるものかね。いま別の台本屋さんに真面目なものを書いてもらっている。さあ、あんたは

早く お帰り」

……という次第でわたしは映画のシナリオ作家になるのは諦め、やがて今度は戯曲の勉強をしはじめた……。

漱石の「浪漫主義」

小さいときから小説や戯曲を書く人たちのことが好きで、それら「お話をつくる人たち」の背の高さはどれぐらいで、好物は何で、何歳まで生きて、どんな病気で亡くなって、お話をつくるときにどういう苦心をしたかといったようなことに異常に興味を持った。中学や高校では、肝心の作品はそっちのけで彼等の年譜ばかり調べていた。そんな具合だから、自分がそのお話をつくる人になってしまったのは誤算と言って言えないこともないのである。

この「お話をつくる人好き癖」はいまも跡を引き、作家の生涯をしばしば戯曲にしたりしているが、愛用する字引きにせっせと、ある発見を書き込むのもやはりその病気が依然として治っていないせいにちがいない。その字引きをちょいとめくってみよう。「微苦笑」という見出しの上には、〈久米正雄の造語〉という書き込みがある。「ロマンスグレー」には、〈昭和二十九年に劇作家の飯沢匡がつくった和製英語〉と書いてある。以下、列挙すると、

「慕情」は高見順の造語。

「小説」はたぶん逍遙の発明。

「……のような気がする」を最初に使い出したのは武者小路実篤。

「人類の意志」というのも実篤用語。

「美学」はどうやら中江兆民の造語。

「主義」そのものは昔から漢籍に頻出。それを基に「個人主義」をつくったのは北村透谷、時は明治二十七年。

「純文学」は山田美妙の作。

「野球」ということばをつくったのは子規ではないが（一高野球部員の中馬庚《ちゆうまかのえ》の造語）、しかし彼はたくさんの野球用語を発明した。たとえば「死球」「満塁」「飛球」など。ただし、彼がつくった「除外《アウト》」「外曲《アウトカーブ》」「内曲《インカーブ》」などは使われなかった。


ところで、国語学者の飛田良文さんの「近代語彙の概説」（『講座日本語の語彙』第六巻、明治書院）で教わったことだが、大正七年前後まで漢語による新造語がどしどしつくられていたが、その造語法には法則のようなものがあって、（たとえば訳語の場合）まず、山、川というように、日本と西洋とでもともと指示する内容に相違ない訳語は、和語を中心とした日常語が当てられるのが普通だったのだそうだ。そして、日本文化に存在せず、西洋文化の移入によって生じた訳語は漢語であることが多い。この場合、次の三つの規則がある。

第一、西洋文化がすでに中国に移入され、中国でつくられた訳語（中国語）があるときは、それをそのまま借用する。「銀行」や「保険」などがそう。

第二、すでに日本に似た意味を持つ漢語があるときは、それを使って新しい意味合いを付ける。「自由」や「演説」がそう。ちなみに一般に「演説」は福沢諭吉の造語と信じられているが、事実はそうではないようである。幕末の長崎で「演舌《えんぜつ》」ということばがむやみに流行っていた。それを諭吉がスピーチの意味を付けて転用したのである。ときに「むやみ」は丸谷才一さんの愛用語だ。

第三がこの稿では大事で、日本人が新しく造語した語、「神経」や「哲学」などがそうである。広田栄太郎さんの『近代訳語考』（東京堂出版）には「蝙蝠傘《こうもり》」もそうだと書いてあった。

新しいことを思いついたり、考え出したりするのは大変な難事業、日頃からそう考えているので、新造語をつくり出す人には一も二もなく最敬礼をすることにしているが、わたしの字引きでみるかぎり、新造語の大親分は疑いもなく森鷗外である。シンフォニーに「交響曲」の訳語を与えたのは鷗外である。「詩情《ポエジー》」「空想《ファンタジー》」「民謡《バラード》」「女優」「男優」「長編小説」「短編小説」など、みんな鷗外の造語である。不発に終わったのは「感銘派」ぐらいなものだろう。アンプレッショニスト（後にだれかが「印象派」という訳語を当てたが）を彼は感銘派とやったのだが、これはまるで流行らなかった。

鷗外を尊敬することには人後に落ちないつもりでいるが、しかしわたしが真実好きなのは漱石で、じつを言うと、この点でわたしは多少、口惜しい思いをしてきた。贔屓《ひいき》の漱石先生が新造語では振るわないのはまことに残念だなあと、……タイガース贔屓の北杜夫さんや山藤章二さんのような心境でいたわけだ。

まあ、しょうがないや。漱石先生は当て字の名人、音さえ合っていれば字なんかどうでもいいという一派の大親玉、字を組み合わせて新しい漢語をつくるなんて面倒なことはやりたくなかったんだ。「音」で書いたのが漱石先生、一方、「眼」で書いたのが鷗外先生、その差が造語能力に出たのだ……。

そう考えて諦めていたが、この間、漱石が明治四十四（一九一一）年六月に長野県会議事院で行った「演説」、「教育と文芸」を読み返しているうちにある数行が目に止まり、思わず飛び上がって喜んでしまった。演説に鉤括弧を付けて強調したのは、漱石が講演のことを常に演説と言っていたからであるが、それにしても明治の政治家というものは偉かった。県会に小説家を招いて、その話に耳を傾けようというのだからたいしたものである。さて、その箇所を引くと、

〈さて一方文学を攷察《こうさつ》して見まするにこれを大別してローマンチシズム、ナチュラリズムの二種類とすることが出来る、前者は適当の訳字がないために私が作って浪漫主義と

して置きましたが、後者のナチュラリズムは自然派と称しております。この両者を前に申述べた教育と対照いたしますと……〉

この日は一日中うれしくて、だれかと乾杯したくなって困った。字引きの浪漫主義の見出しの横に、〈漱石の造語〉と書き込みながら、「先生、あなたも偉い」と呟いたことを覚えている。

西洋の造語の名人のことは知らないが、暇潰しに講談社の『医科学大事典』を読んでいて、ガブリエッロ・ファロピオ（Gabriello Fallopio 一五二三—六二）というイタリアの解剖学者に逢着した。ちなみに、この「逢着」も漱石の愛用語で、「彼はとある看板に逢着した」などとよく使っているが、話を戻して、ファロピオ先生は十六世紀最大の解剖学者で、とくに「女性生殖器官の解剖においてすぐれた成果をあげた」そうである。たとえば、卵管を発見した。そして卵管を「ファロピオ管（tuba Falloppii）」と名付けた。そのほかにも「膣（vagina）」や「胎盤（placenta）」はファロピオ先生の造語（正確には命名というべきだろうが）である。彼もまたこの道の大名人と言ってよさそうだ。

そのぼんやりしたものは名付けられて初めてはっきりと存在することになる。海鼠《なまこ》のように摑みにくいものが名付けられて初めて見えてくる。やはりわたしたちにすばらしいことばを恵んでくれた人びとには一も二もなく最敬礼しなければならぬ。（93・2・18）

ことば・コトバ・言葉

わが言語世界の旅

中学三年の秋、ぼくは軽度の吃音症患者になったが、これは半ば作為的なものだった。この年の春から秋にかけて、山形南部の山村から八戸、八戸から一関、そして一関から仙台へと、言葉のまるでちがう四つの地方を転々と渡り歩いたのだが、この矢継ぎ早の移動が、ぼくの唇を引きつらせ、その地方にそぐわない言葉をもつれつつ、しどろもどろでしゃべって他人に笑われるよりは、吃音症を装った方が、より安全、より気楽だと思ったからである。むろん、吃音症を装うのを決心する直前まで、ぼくなりの努力は試みた。

たとえば、英語の単語帳をつぶしてこしらえた私家版の辞典がそうだった。山形から青森へ引っ越したとき、ぼくは生まれたときから使いこなし、すっかり軀にしみ込んでいた山形南部方言のひとつひとつに対応する青森南部方言を単語帳に書き込んだ。つまり、山形南部方言で「おどっつぁ」と呼ばれていたものが、青森南部では何というのか、「おどっつぁ」の項を引けば「とっちゃ」と出ている体裁だ。同じ要領で

「かちゃ」は「かっちゃ」、「おぼこ」は「おんぼこ」、その収録語数は五十語に達した。

この私家版方言辞典については前にも書いたことがあるので詳しくは書かないが、二か月後、青森から岩手に転校した時、「山青辞典」は「山青岩辞典」になり「おどっつぁ＝とっちゃ＝おどっつぁん」「かちゃ＝かっちゃ＝おがさん」「おぼこ＝おんぼこ＝おぼこ」などと内容を一層充実させ、そしてまたさらに四ヵ月後、岩手から宮城の中学校に移ったときは「山青岩宮辞典」へと発展した。「おどっつぁ＝とっちゃ＝おどっつぁん＝とーちゃん」「かちゃ＝かっちゃ＝おがさん＝かーちゃん」「おぼこ＝おんぼこ＝おぼこ＝あがっこ」。四つの地方の方言が一目瞭然であり、その収録語数も八百近くに達していたと思う。

そんなわけで、半年間、辞典作りに夢中になっていたのだが、そのうちに、ぼくは、自分が級友たちと話をする時に、奇妙な思考をする癖を身につけていることを発見して、愕然となった。

なんでもいい、なにかしゃべろうとする前、咄嗟の間に、ぼくはいつも「これはぼくの生得のコトバ＝山形南部方言でコレコレシカジカと言うが、青森南部方言ではムニャムニャと言い、岩手南部方言ではゴニョゴニョと言ったはずだ。では、コレコレシカジカでムニャムニャでゴニョゴニョというこのコトバは今のこの宮城方言では、一体なんと言うのであろうか」と、考え込む癖がついてしまっていたのだ。

そして、脳裏に「山青岩宮辞典」を思い浮かべ、そのページをひそかにめくって、その場にふさわしいコトバを捜し出そうと脂汗をかいているのだった。そのコトバは見つからぬ時の方が多かった。見つかった時でもそのコトバを発すると級友に笑われることがあった。やはり、どこか変に聞こえるらしいのだった。そんなことを繰り返しているうちに、ぼくはコトバ捜しにすっかり疲れ果ててしまい、吃音症患者になった方がよほど気が楽だと思いはじめていた。

吃音症患者もコトバを捜す。たとえば彼は「体育の時間が休みだそうだ」と言おうとする。がしかし一瞬蒼くなって思いとどまる。「体育」は「た行」の音で始まる。「た行」で始まるコトバは彼にとって鬼門だ。「た行」で始まるコトバに彼はきっとどもってしまうからだ。そこで彼は脳細胞を総動員しつつようやくのことで「運動の時間」というコトバを見つけだす。「あ行」で始まるコトバは「た行」で始まるコトバほどには彼の唇をひきつらせず、彼をつまずかせないだろう。咄嗟の間にコトバを捜し出そうとするあの辛さは、吃音者もぼくも同じだ。

しかし、吃音者は滅多に笑われないのにくらべ、ぼくは嘲笑の的になる。同じように辛いのなら、笑われないで暮らした方がよかろう。そこで、ぼくはある夜、つくづく吃音者になりたいと願ったのだが、不思議なことに、翌朝から、ぼくは願いどおりにどもるようになっていた。それに気づいたとき、すこしあわて、そして、大いに安堵したことをおぼえている。

ぼくが吃音症と縁を切ったのは世の中に「紋切り型」のコトバというものがあることを知り、それを使いこなすことを覚えたときだった。ある局面と馴れ合っていて、いわばその局面とワンセットになっているようなコトバ、それが「紋切り型」のコトバだと思われるが、その好例が「流行語」だろう。そのとき「アジャパー」というコトバが全国を席巻していたが、あるとき、教室で何の気なしにこのコトバが口をついて出、数人が笑った。途端に、ぼくは他人を笑わせることの快感にしびれてしまい、それからは、はやりコトバをいちはやく蒐集し、それを連発するおどけものに転向していた。生得の山形南部方言を手放して以来、なんとなくうとんじ合っていたコトバとぼくは和議を結んだわけだ。

むろん、この和議をほんとうならしりぞけるべきだったといまは思う。そればかりではなく、吃音者を装うべきでもなかった。その局面、その情況、その物自体にふさわしいコトバを執拗に捜し出す苦しみをもっと味わうべきだった。「紋切り型」のコトバでは、未来永劫その局面は変わりはしないのである。

ある不始末を追及されて「まだ報告は聞いていない。事実とすれば大変だ。さっそく調べて善処する」と七五調の紋切り型で答弁をする政府高官は、何も感じてはいやしない。構造改革左翼が「世界革命戦争への飛翔などという恥知らずな夜郎自大的な革命幻想をふりまいた一部の新左翼とジャーナリズムは、ふたたびアジア諸国人民の血を要求しつつある日本軍国主義の潜在的な尖兵だとさえ言うことが可能である」とこの情況を紋切り型で斬るとき、未来への展望はすこしもひらけることはない。台風は、紋切り型の新聞用語によれば、いつも「ツメあと」を残して去り、そのあとでは必ず「復興の槌音」が高く響くことになっている。飛行機事故で身よりを失った遺族はいつも、ことばは「とぎれ勝ち」であり、表情は「沈痛な面持ち」である。

その他「脱○○」「○○戦争」すべて紋切り型。紋切り型で情況をなで回している間はなにもかわらない。「紋切り型」のコトバのひとつである流行語も氾濫しているが、かくも「紋切り型」が多いのは、おそらく、日本人がコトバを捜しあてることに疲れ果てているせいだろう。しかしたとえ、疲れ果てていようが、虫の息だろうが、日本人生得のコトバを正しくその物自体に対応させるべく辛くて長い旅に、そろそろ出かけなければならない時ではあるようだ。

カ゜キ゜ク゜ケ゜コ゜

表題のカタカナの右肩に丸がついているのは、ご存じのように、鼻濁音ですよという印である。鼻濁音とは、これもご存じのとおり「鼻に抜けて柔らかく聞こえる音」のことで、語頭以外のガ行音にあらわれる。「ガッコウ（学校）」では、ガは語頭にあるからこれは硬い音、しかし「オンガク（音楽）」では、ガは語中にあるので柔らかい音、すなわち鼻濁音になる。

ところで、言葉についての調査があると、決まって、「このごろの若い者はあの美しい鼻濁音が使えなくなった。これ一つとってみても日本語が乱れていることがわかる」という意見が寄せられ、たいてい第二位、悪くても第三位の座は確保する。まるで日本語の美しさをこの鼻濁音が代表しているような塩梅《あんばい》だ。ちなみに最近の調査で第一位を占めるのは、例の「ら抜き言葉」である。

鼻濁音は美しいとする意見を一つだけ引用すると、彼《か》の「国民的」歌手で、紅白歌合戦で「蛍の光」の大合唱の指揮をとる藤山一郎氏は次のように言う。

〈鼻濁音はいうまでもなく美しく響きます。鼻濁音がないと、荒くて言葉をぶっつけているような感じがします。たとえていうなら、汚れた手でおむすびを食べているのを見ているような気がするといったらいいでしょうか。〉(読売新聞社会部『東京ことば』読売新聞社)

東北は山形県南部で言葉を覚えた筆者などは、こういう鼻濁音讃美を耳にすると背中を不意に叩かれでもしたようにドキッとなる。というのは他でもない、あのあたりこそ、この種の「鼻にかかる音」の本場だったからである。

「カンギ(鍵)」

「クンギ(釘)」

「ハンゲ(禿)」

「ミンズ(水)」

「カンド(角)」

「エンポ(疣)」

ガ行ザ行ダ行バ行のすべての濁音の前に鼻母音をつけ、鼻にかけてしまうのだ。とくにガ行にそれが強く出た。そのころ、国民学校低学年生の重大な任務は、毎朝、竹帚《たけぼうき》と塵取りをもって道路の馬糞を集めることだった。町の主たる運搬機関は馬力であったから、一日で道路が馬糞だらけになってしまうのである。集めた馬糞は叺《かます》に入れて、学校

の裏の肥塚《こえづか》へ運ぶ。肥塚で藁や草と共寝させて堆肥《たいひ》にして、春先、学校田に撒く。筆者たちが宿直の先生に、

「マングソ持って来たっす」

と報告すると、かならず先生から注意を受けた。

「こら、また、マングソと言う。マグソと言え。なんべん教えたらわかるのだ」

校長先生も月に一度は、こう講話した。

「一億一心ということは、一億の民が同じ言葉を使って心を一つにするということです。それにはわたしたちの悪い癖であるあの鼻にかかった言い方を改めなければなりません」

難儀なのは掛け算の九九だった。

「ニニンガス、ニサンガログ、ニシンガハヅ、ニゴヅー……」

と全員で唱えるのだが、徹底的に鼻濁音を直された。しまいには、九九の稽古をしているのか、発音の練習をしているのか、解らなくなるぐらいだった。そういう次第で、「鼻濁音は汚い」と信じ込んでいる。そこで「鼻濁音は美しい」という発言に接するたびに面食らってしまうのだ。

東北の片田舎で、筆者たちが「鼻にかかる音」を直されていたころ、すなわち昭和十六年、東京では、府立十中（いまの都立西高）の国語教師が、「鼻濁音がなくなりつつ

あるのではないか」という疑問を抱き、二年生に、「鏡」「忠義」「泳ぐ」「上着」「皮ごと」など十三語を発音させ、鼻濁音の有無を調査した。この教師というのが後の国語学者の金田一春彦氏だが、調査結果は、すべてを硬い濁音で発音する生徒が三〇％、鼻濁音で発音する生徒が二八％、混用派が四二％だった。このときすでに鼻濁音は危機にあった。鼻濁音の危機はなにもいまに始まったことではないのである。

もう一つ、大事なことがある。それはこの鼻濁音が東北から関東にかけて見られる現象だということである。その昔、全国的に行われていた古い音韻が、東北や関東で保存されたものらしい。すなわち、鼻濁音は、たとえば東京語の一つということになり、そうなると、東京方言に日本語の美しさを代表させていいものかしらという疑問も浮かぶ。

それにしてもなぜ鼻濁音が壊滅状態にあるのだろうか。これを正確に保存しているのは、いまやＮＨＫのアナウンサーぐらいなものであり、「鼻濁音が滅ぶ。美しい日本語が失われる」と憂い顔の方も、果たして鼻濁音をきちんと発音することがおできになるかどうかは解らない。どうしてこんなことになったのか。

たちまち思いつくのは、ニホンとニッポンの二本立てのことである。ニホンもニッポンも文字にすると「日本」と書く。はっきりと文字にできれば発音はどっちでもいい。これがわたしたちの考え方であるが、鼻濁音の場合もそうなので、「ガ」と硬く言おうが、「ガ」と鼻に掛けようが、文字では「が」と書く。文字でしっかり固定してあるのだから、どう発音してもかまわないと、わたしたちは考えているのではないか。

次に、硬い濁音と柔らかい鼻濁音とを区別しないと意味が通じないという言葉が少なくなったということも考えられる。たとえば「十五夜」の「ゴ」を鼻に抜こうが、硬く言おうが、意味は通じる。それならばなにも言い分ける必要はあるまいとなったのではないか。

鼻濁音が「美しい音」ではなくなったとも考えられる。いまの若い歌い手たちは、演歌歌手を除いては、鼻濁音を使わない。彼らにしても自分が歌う歌詞を美しいと思ってもらいたいにちがいないが、それなのに鼻濁音を使わないのは、この音を美しいとは思っていないからである。むしろ「あいまいである」「弱い」「気が抜ける」「湿っている」などと感じているかもしれない。だいたい鼻濁音はいまの若い人たちが好む旋律に乗りにくいところがある。

ここまでをまとめると、鼻濁音派と濁音派が共生しており、どちらかと言えば、濁音派が有利といったところだろうか。そこで筆者は、ごく当たり前の意見ではあるが、二つの言い方があるときは、その二つとも認めるのがいいと思っている。それに筆者は、少なくとも格助詞の「が」だけは、まだ、鼻濁音で言いたいのだ。それから、「……のごとく」も「……ぐらい」も、鼻濁音の方がいい。筆者の内部でも両派が共生しているらしい。

（93・1・7）

擬声語

さいとう・たかをの劇画『ゴルゴ13《サーティーン》』には、国語学者山田孝雄（一八七三—一九五八）の言う〈状態を委《くわ》しくする副詞・そのうちの口項〉に該当するコトバが氾濫《はんらん》している。などと始めるといかにも厳《いかめ》しいが、種明しをすれば擬声語（擬態語も含む）のことで、さいとう・たかをはこれの案出の名人上手である。ゴルゴ13は本名を東研作という国際的な殺し屋で、神出鬼没に三ツ揃《ぞろい》のスーツを着せたような男であるが、彼が生きて行動するのは、ジェット旅客機がグオオーッと飛び、自動車がブィーッと疾駆し、それが曲り角ではキキキィーッときしみ、ドアがチャと開き、ひかり号がピィ——ッと走る擬声音の世界だ。その世界でこの男は、銃をタッと構え、ドキューン、あるいはズキューンッと必殺の銃弾を放ち、その銃弾はビルの窓ガラスをビシッと射抜き、犠牲者の額にバッとめり込む。犠牲者はカッと目を見開いたまま、ズズ……と崩れ落ち、……ドオ……と仆《たお》れる。ゴルゴ13はそれを見届け、煙草《たばこ》をくわえてシュバ！　とデュポンのライターで火を点《つ》ける。そうしてフウ——ッと深ぶかと一服。ところが油断大敵、背後から相手方の殺し屋がタッタッタッと走り寄り、彼の後頭部めがけ、ソフトボールほどもある拳骨《げんこつ》をシュッシュッシュッとくり出す。ゴルゴ13はそれを間一髪のところでヒョッと躱《かわ》すが、相手はさらにザウッ、ビュッ、ザッと鉄拳による攻撃をやめない。ゴルゴ13は次第に追いつめられて行くが、土壇場でシェッと乾坤一擲《けんこんいってき》の反攻、彼の拳骨は相手の顴骨《けんこつ》にグワシッとぶち当り、ビィーッと血反吐《ちへど》をはいて敵の殺し屋はひっくりかえる……。

この劇画が発表されて間もないころ、わたしたちのあいだで、百円の使い捨てライターの発火石をカシャカシャとこすりながら、口で価数万円也の最高級ライターの着火音シュバ！　を模写するのが流行《はや》ったが、間もなく四十に手が届こうといういい大人どもがどうしてそのような子ども染《じ》みたことに熱中していたのかといえば、他の擬声語はともかくも、このシュバ！　という語音には、それによって表現される自然音——すなわち、銀座和光の貴金属品売場に黄金色の光を放ちつつ燦然《さんぜん》と君臨する巴里《パリ》直輸入の金張り手彫りの最高級ライターが立てるにちがいない豪奢《ごうしや》な着火音——との間にある種の、たしかな必然の関係、べつに言えば音象徴が存在していたからだろう、と思われる。

音そのものとその音を人声にかえてできた擬声語、このふたつの関係が必然であれば、その擬声語は、わたしたちのコトバを豊かにする力をもつが、文学者たちにはこの擬声語はずいぶん評判がよくないようで、たとえば三島由紀夫は親の仇《かたき》にでも出逢ったように擬声語を叩《たた》く。

擬音詞の第一の特徴は抽象性がないといふことであります。それは事物を事物のままに人の耳に伝達するだけの作用しかなく、言語が本来の機能をもたない、堕落した形であります。それが抽象的言語の間に混ると、言語の抽象性を汚し、濫用されるに及んでは作品の世界の独立性を汚します。(『文章読本』第七章)

副詞というのは、動詞や形容詞による表現にさらになにものかを加えるコトバである。文章がだらんと寝《ね》ている。それを別のコトバでもってしっかりと引きおこし、文章に奥行きや時間を与える仕事をする。その場合、文章を、

① より具体的に富ましめるか

② より抽象的に高めるか

どちらにするかによって、使おうとする副詞を選ばなければならない。①の場合は状態を委しくする副詞を、②ならば程度を委しくあらわす副詞を。つまりあることがらをできるだけ委しく、生き生きと、そして具体的に語って、聴き手や読み手を自分のつくった世界に引き摺《ず》り込みたいなら、擬音語や擬態語をどしどし使って構わないのだ。抽象性がないからこそ具体的なのである。さらにいえば具体的だからこそ有効なのである。抽

三島由紀夫はこの引用の直前で、擬音詞というものは、表現を類型化し卑俗にする、鷗外《おうがい》はこのような擬音詞の効果を嫌って、なるべくこれを使わぬようにした、そのために彼の文章は格調の高いものになった、ということも述べている。なるほど、たしかに鷗外の文章には格調があるかもしれない。しかし、それを擬声語が少いせいである、とするのは早計のそしりをまぬがれないだろう。というのはわたしたちは鷗外の逆を行く、宮沢賢治という擬声語のすぐれた使い手を知っているからだ。賢治は、たとえば『どんぐりと山猫』という短い作品をじつに五十五個の擬声語で飾っている。これらの擬声語のはたらきによって、わたしたちは山や、草や、光や、風を生きもののように、具体的に感じることができるわけであるが、さらに忘れてならないのはこの作品の抽象度がとても高いということだ。もうひとつ、そんなに格調とやらが欲しいのなら自由にお持ち帰りくださいと言えるぐらい、この作品は格調だらけなのである。

もっともこの小文で扱おうとしていたのは文学者たちの擬声語差別ではない、じつは日本人の音感と擬声語との関《かか》わりあいである。先へ進もう。ちかごろのスナックやバーでマイク片手に恍惚《こうこつ》として歌らしきものをガナル人たちを見るたびに、こんなことをいっていいのかどうかと迷うのだが、いまのわたしたちはとにかく、かつての日本人たちはかなり音に対して鋭い耳を持っていたように思われる。例証は山ほどあるが、たとえば、落語における擬音語の工夫に、

「一方の手をあたしの恥かしどころへ滑り込ませてきて……。一本の毛にさわられたらビリンとしちゃった。二本になったらゾクン、三本いっしょで軀《からだ》がバラバラになりそう。四本でグラーッとし、五本でガタッと気が遠くなって、ここまでまとめてビリンゾクンバラバラグラーッガタン」

さかのぼって江戸期の滑稽《こっけい》本に、

「……二人とも松明《たいまつ》に股火《またび》をして煙草のみゐたり。此《この》時まだ茶屋は起きざりしが、向ふの内より嬶衆《かかしゅ》と見ゆる女、戸を明けて表へ出《い》でしが、二人がゐるとも知らず、寐《ね》とぼけた顔で用をたす。シヤリ〳〵〳〵〳〵ザラ〳〵〳〵〳〵シヤア〳〵〳〵〳〵ヂウ〳〵〳〵〳〵シイシ〳〵トツクリ〳〵ポトン、チヨビン」

いずれも品の悪い例で恐縮であるが、いつの時代にも自然音模写の名手はいるらしい。

歌舞伎芝居となるとこれはもう擬声語の宝庫で、大太鼓と細大長短各種の撥《ばち》で、水音、波音、風音、雨音を表現する。とくに秀抜なのは雪音と谺《こだま》（もっともこれには三味線と小鼓を二挺《ちょう》用いるが）である。音もなく降る雪の音がドンドンドンドンと柔かに連打される大太鼓でたしかに聞えてくるような気がするからふしぎだ。物音ひとつしない深山をあらわす三味線と小鼓《こつづみ》の音もまた同じ、こうなると擬声語はすでに抽象言語のはたらきをしており、〈擬声語＝抽象性がない〉という常識は完全にひっくりかえってしまう。さらに殺しの場での音頭、世話狂言の立廻りの場の風音など、ワーグナーもたいしたものだろうが、こちらも充分それに拮抗《きっこう》し得るのではないか。
和歌や俳句で扱われた擬声語にも唸《うな》らせられるものが多い。なかには実朝《さねとも》の、

大海の磯もとどろによする波
われてくだけてさけて散るかも

のように、歌全体が一個の擬声語の如き役目を果しているのさえある。颯田《さつた》琴次《ことじ》はこの歌について「実朝のような音に敏感な詩人も、邦語に於《お》ける同一母音のニュアンスの追求迄《まで》には立ちいたってはいない。同一子音の重複乃至《ないし》は繰り返しをもって音響効果を挙げているのみである」(『かたい声、やわらかい声』七九頁)と書いているが、これは音響学の大家としては浅い見方であるといわれなくてはならないだろう。試みに右の歌を発音記号に書き改めてみよう。

o:umino isomo todoroni yosuru nami
warete cudakete sakete tzirukamo

はじめのうち耳につくのはオという音である。はじめの十七音のうちにオという母音

が八音もある。わたしたちは、このオという母音の群によって、文字通り〈大海〉へ誘われる。さて次の十四音には、〔＊a＊ete〕という音の連らなりが三回繰返されるが、エという、母音のなかではイと並んでもっとも鋭いひびきを持つこの音の二連打（しかもその二連打が三回反復される）は、わたしたちに波の動き——それも波打際《ぎわ》への——を彷彿《ほうふつ》とさせる。そして結尾の〔tzirukamo〕のオで、ふたたび波が大海（すなわち、オという母音の支配する世界）へ回帰するだろうことが暗示される——。こんなに見事に音が組み立てられているのだから、これは歌というよりは一個の擬声語である、と読みちがえても仕方がないではないか。

さらにさかのぼれば、ひとびとがしきりにコトバをつくり出していたころのことが思い泛《うか》ぶ。〈……めく〉は、『岩波古語辞典』によれば〔擬音語・擬態語について、……という音を立てる。……という動作をする〕という意味の接尾語である。ひとびとはそこで、ウーッと唸って苦しんでいる者を見て〈うめく〉というコトバを発明したかもしれない。またざわざわしている様子を見て〈ざわめく〉を、キラキラと輝くものをみて〈きらめく〉を、さっと顔色を変えた者がいたので〈いろめく〉を、どーっと挙った喚声を耳にして〈どよめく〉を案出したのかもしれない。そしてわーっと叫び声をあげるものがあったので〈わめく〉を考えついたのかもしれない。柳田國男は、こういう擬声語の達人たちが各地方にいて、いくつも擬声語を連発し、そのなかのよいものを時の用に応じてその地方の共通語に昇格させていったと書いているが（『新語論』）、とすれば古代にもやはりさいとう・たかをはいたのだ。

状態を委しくする副詞の代表格ともいえる擬声語を、コトバ作りの原初までさかのぼって考える、そしてさいとう・たかをがいつの時代にもいたことを確認する。たとえばこのような文法授業の一時間があったら、自分はもっとましな日本語の使い手になったのではあるまいかと思うのだが、いかがなものであろうか。

夢想

日本語は五万字にも及ぶ漢字群を持つ。お金とちがって漢字は多ければよいというものではない。受け手が読めなければ何の役にも立たないからだ。そこで政府は、ときには監督官として、ときには指導者として、役所や裁判所、新聞やテレビ、そして学校など、日常生活で使う漢字の範囲を定めてきた。

戦後にかぎっていえば、それが「当用漢字」（昭和二十一年十一月告示）の千八百五十字であり、「常用漢字」（昭和五十六年十月告示）の千九百四十五字である。

そしてこのほど、文化審議会国語分科会の漢字小委員会は、常用漢字表を二十九年ぶりに改訂するにあたり、二〇〇九年三月に『新常用漢字表（仮称）』に関する試案」を公《おおやけ》にした。

その試案を見て、「追加漢字候補百九十一字に〈俺・誰・麺〉が入ったのはいい。でも、〈妖・艶・股・弄・勃・淫・萎〉が加わったのは……こりゃどういうことだい」などと茶化《ちゃか》すのは簡単だが、しかし分科会の議事録を子細《しさい》に読めば、そんな態度をとったことが恥ずかしくなるだろう。たくさんの委員たちが、足掛け五年にわたって、ときには七時間も議論を尽くし、その末に成った苦心の試案だからである。漢字を使って仕事をしている者の一人として、心から「ご苦労さまでした」と敬意を表して脱帽する。

ところで、これは筆者のよくない癖だが、「もしも自分が委員に呼ばれていたら、どんな発言をしていただろうか」と夢想した。筆者はたぶん、こんなことを発言したにちがいない。

「御一新《ごいっしん》以来、この国の識者は、民衆には漢字はむずかしいと言いつづけてきました。たとえば明治六年（一八七三）、かの福沢諭吉《ふくざわゆきち》先生は、『文字之教《もじのおしえ》』の中で、〈漢字は二千カ三千ニテ沢山ナルベシ〉と唱《とな》えております。敗戦直後は、こんなややこしい文字を使っているから戦さに負けたのだと主張する論者がたくさん現われて、日常で使う漢字を制限しようという風潮がいっそう強くなりました。

また明治以来、この国の漢字教育は〈読み書き並行《へいこう》、読み書き不分離《ふぶんり》〉を金科玉条《きんかぎょくじょう》として進められてまいりました。つまり、読める漢字は書けなければならないという方針がそれであります。この方針が、わが国の学童諸君にどのような苦行《くぎょう》を強《し》いたか。

学童諸君は『活字のように正確に書きなさい』と不可能な要求を突きつけられて、点《てん》画《かく》の長短、その方向、その曲直《きょくちょく》、つけるか、はなすか、はねるか、はらうかに神経を磨《す》り減らしてきました。このような漢字教育は、漢字嫌いをふやすことに役立っただけではなかったでしょうか。

最近の電子機器の発達は、右の〈読み書き不分離の原則〉がまったくの理想主義であったことを証明しております。ワープロソフトや携帯電話機を用いれば、『読めさえすれば書ける』ようになりました。もっと正確には、日本語でモノを書こうと思えば、その読み通りにキーを打てばよい。いわば日本語は、読む、書く、そして打つの、これまで想像もしなかった次元に突入した。すなわち読み書き分離の時代に入ったのです。

そんな時代に、日常で使う漢字の範囲を定めることになんの意味があるでしょうか。これまでの、読める漢字は書けなければならないというやり方は破産したのです。とするならば、これからの漢字教育は、

一、日本国憲法で使われている漢字、六百三十字の偏旁冠脚《へんぼうかんきやく》（漢字の構成部分）を徹底して教えて、それを通して漢字の骨組みそのものを体得させ、

二、日本語で書かれた作品（日本語のリズムのおもしろさや心地よさを盛ったもの、日本語の明快さをよく発揮したものなど）を暗唱朗読《あんしようろうどく》させて、日本語の発音を教えながら漢字の機能を感じ取らせ、

三、国語辞典の使い方を丁寧に教え、

四、そして役所や裁判所の公文書や新聞雑誌では振《ふ》り仮名を多用する。なんとなれば、

〈振り仮名というものは漢字教育において常に傍《かたわ》らにいる教師〉（原田種成《はらだたねしげ》編『漢字小百科辞典』三省堂）だからです。

つまり私の結論はこうであります。読める漢字は打って書けるという時代がきた以上、もはや誰かが漢字の使用範囲を示すことは無意味でありますから、私はこの小委員会が招集された目的を、たとえば、漢字の骨組みをおもしろく教える読本をどうすれば作れるかといった方向へ転換されることを希望いたします」

まちがいなく、筆者は委員を辞《や》めさせられるにちがいないが、委員会のみなさんのご苦労は十分に承知した上での、筆者の夢想である。

十二年前の怪事件

（上）

新聞雑誌の切り抜きや思いつきを走り書きしたメモ、あるいは書物からの書き抜き、こういったものをどう保存し、整理し、活用するか。これが筆者にとっては生涯の難問、いまだにコレという解決法が見つからないでいる。大学時代は手帳に片っ端から書き込んでいた。アルバイトで忙しいとはいうものの、まだまだ暇がたくさんあったのでしょうね。彼《か》の魯迅先生の、

「頭の痛いときは良い文章を読んで治し、暇なときは良い文章を書き写す」

という消光法に影響されていたのかもしれない。そのうちに忙しくなりいちいち書き付けるのがまだるっこしくなってきた。折も折、川喜田二郎さんのＫＪ法や梅棹忠夫さんの京大式カードによる〈情報の処理↓整理↓総合↓創造〉術が評判になっていて、そ

こは定見がないということの哀れさ、すぐさまカードを大量に購入、切り抜きや書き抜き、それからメモなどをむやみやたらにカードに貼り込み書き込んだ。しかしカードは分類が大切、もっと言えば小忠実《こまめ》に分類し整理してくれる有能な秘書が必要であって、ただ箱に放り込んでおくだけでは再活用が利かない。まごまごしていると情報が団体で失踪してしまう。そのうちに、昔、店にあった漢方薬用の薬簞笥を思い出し、「あ、あれだ」と一尺は飛び上がった。よほどうれしかったわけです。店の奥でなにやらおごそかに黒光りしていたあの簞笥には小さな引出しが五十も六十も付いていたのではなかったか。あの引出しに項目見出しを貼りつけておいて、切り抜き書き抜いたそばから該当する引出しに放り込むならば情報の分類なぞ居ながらにして成るのではないか。さっそく家具屋さんに百二十の小引出し付きの簞笥を拵《こしら》えてもらった。けれどもこのやり方にも落し穴があった。たとえば、

〈長嶋茂雄氏、野球実況解説中に、大リーグ球団ドジャースをダジャースと発語。〉

というカードは「プロ野球」の引出しに入れるべきか、それとも「名言珍言」の方がいいか。コピーをとって両方に放り込めばいいのだが、そんなもったいないことが昭和九年生まれにできるわけがない。そこで「未決」、さもなくば「雑」の引出しに放り込む。そうこうするうちに「未決」と「雑」の引出しばかりふえて、結局は大事な情報が大きな団子になって行方不明、そこで今は、最初の、大学時代のやり方に返って、すべ

てを手帳に書き込むことにしている。原始的ではあるが、やはりこれにはこれの長所があって、なにしろ手で書くのだからどうでもいい情報は捨ててかかるし（すなわち情報の精選）、手が情報を記憶している（この点ではワープロもパソコンもかなわない）。そのうちまたこのやり方にも飽きるだろうと思うが、当分は手帳に縋《すが》ることにしよう。

前置きはこれぐらいにして、引出しの中で眠っていたカードを手帳に引き写しているうちに、長い間探していたカード三枚とひょっこり邂逅《かいこう》した。一枚は昭和五十六（一九八一）年十二月八日の日本経済新聞の切り抜きを貼りつけ、裏に神田署の担当刑事や三省堂社員に電話で取材して得たメモを書き付けたもの。見出しには「怪しい国語辞典事件」とある。さて、その事件とは……。

その年の五月のある日のこと、神田の三崎町の三省堂本社出版局に一本の電話がかかってきた。電話の主はドスの利いた声でこう言った。

「お前さんの会社で出している新明解国語辞典、あれはじつにけしからんぞ。進展という言葉があるが、あれをお前のところの新明解で引くと、事件が進行し、局面が展開すること、俗に、進歩・発展の意に誤用される、とこうなっている。そうだろう、ちがうとは言わせないぞ」

「はい、たしかにそうなっておりますが、それがなにか？」

「岩波の広辞苑では、すすみひろがること、進歩発展すること、となっているんだぜ。

新潮国語辞典には、進歩・発展すること、と書いてある。学研の国語大辞典では、事件などが進行し、局面が展開すること、また、物事が進歩し発展すること、となっている」

「よくお調べで……」

「ちゃらちゃらお世辞を言っている場合か。いいか、お前のところの辞典だけなんだ、進歩・発展の意に誤用される、と説明しているのは。ことは大事な日本語に係わっている。ひとつ責任ある答えを聞かせてもらいたい。いいか、お前のところの辞典で育った青少年だけが、進歩・発展するという意味を表すときに進展が使えなくなるんだよ。ここに自動車会社が十社あるとして、そのうちの一社の車だけが、ギアをバックに入れると横に走るようなものだ。そんな車は存在を許されない。それと同じことだ。なんとかしてもらわなくちゃいかんね」

「じゃあ、どうしろとおっしゃるんで」

「今からドスを持ってそっちへ行く。タクシー代を用意しておけ」

「ちょっとお待ちを、上司とも相談いたしませんと……」

「よし、それなら相談がまとまったところでホテルへこい」

ドスの利いた声の持主はホテルの名前を告げて電話を切った。

翌日、出版局部長と部員が出向くと、男は京都の会津小鉄会の幹部だと名乗り、「進展〕の解釈についていろいろ説明させた上、さらに数日後、神田の本社に乗り込んできて、応対に出た出版局長に凄む。

「代表に会わせろ。京都から三十万持って来たが、全部なくなってしまった。このままじゃ勘定が払えず京都へ帰れない。さあ、どうしてくれる」

ホテルで飲み食いした領収書の束をテーブルに置くと、その上からドスでずぶりと突き刺した。

「ええ、わが社は会社更生手続き中でございまして、金庫の鍵を持っているのは管財人の方で……」

「どういうことだ、それは」

「社員の自由になる金は一円もないということで……」

「あんな辞典を出すから、会社がわやわやになっちまうんだよ。これから気をつけろ」

捨台詞を吐くと、男は気落ちした顔で引き揚げた。……と、ここまでが第一幕であるが、筆者は難癖を付けられた三省堂に同情すると同時に、それとは矛盾するようであるが、この男の目の付けどころにも感心した。というのは、新明解国語辞典は、同じく三省堂の国語辞典と並んで、いろんな意味で突出した辞典だからだ。西山里見さんという「辞典読み」が挙げておいでであるが、「善《よ》がる」という言葉の定義はこうである。

「〔よいと思う意〕満足に思う。〔狭義では、合体時に女性がクライマックスに達することを指す」」

「こんな思い切った語釈を載せている辞典は他にない。せいぜい踏み込んで、「快感を

感じ、それを態度に表わす。特に性的な快感を声や表情に表わす」（『日本国語大辞典』小

学館）といったところ。つまり新明解はそれだけ、付け込む隙のある辞典だった。

（下）

前回は、放置しておいた切り抜き書き抜きの中から、長い間探していた三枚のカード

を見つけ、そのうちの一枚が、十二年前の昭和五十六（一九八一）年五月におこったあ

る国語学的怪事件の新聞切り抜きを貼り付けたものだったと書いた。さて、その事件を

一行に要約するとこうなる。京都の会津小鉄会の幹部が三省堂の『新明解国語辞典』

（以下新明解）の語釈を材料に脅迫した、と。

つまり新明解はそれだけ付け入る隙のある辞典で、その隙というやつをもう少しご紹

介すると、たとえば新明解の「あかいわし（赤鰯）」の語釈。

「〔イワシを塩づけにすると赤みを帯びるので〕塩づけのイワシ。〔赤くさびた刀や病的

に赤い目の意にも用いられる〕」

「病的に赤い目」という説明を加えているところが、いかにもこの辞典らしい。どこか

「しつっこい」のである。ちなみに中辞典や小辞典で赤い目まで説明しているものはない。もっともこれなどはまだ穏やかな方で、典型的な例をあげると、「アパート」の定義は次のようである。

「(共通の出入口がある)現代風の棟割長屋。普通、管理人が居る。」

棟割長屋と書かずにはいられない一種の臭みが新明解の個性、わたしはこの臭みを好ましく思う一人であるが、しかし、やばい筋から、「おれさまの住んでいるところを棟割長屋とはなんだ」と捻《ね》じ込まれる心配もなくはない。

さらに、あんまり個性的すぎると、なにがなんだか訳がわからないということも生じる。男の子ならだれでも一度は引いてみる「性交」に、新明解はこんな語釈を付けている。

「成熟した男女が時を置いて合体する本能的行為。」

「時を置いて合体する」とはなんのことか。新明解を使うようになって二十年以上たつが、まだこの意味がわからない。おもしろいけれど、なんだか変な辞典である。

ところで京都の会津小鉄会の幹部の脅迫はなおも続いた。すなわち半年後の同年十一月、彼《か》の幹部氏は額入りの書を抱えて三省堂の出版局へのっそりと現れ、応対に出た部長に、「新明解辞典の編者に、この額入りの書を買い取ってもらいたい。反社会的な定義をしたのだから、この書を買う義務があるはずだ」と要求した。「辞典の編者であることと、その額入りの書を買うことと、どういう関係があるのでしょうか……」と部長がやんわり断ると、幹部氏は、「宿泊代もないし、京都へ帰る金もない。しばらくここに泊まらせてもらうぞ」。凄味を利かせてそう言い、そのまま五時間、居座っていた。夜の十時すぎ、部長が、「全社員がすでに帰宅の途についておりまして、会社に残っているのはあなたとわたしの二人だけです。それに書店には書物の糊を好むネズミがたくさん巣喰っているのですが、当社のネズミはとくに図体がでかくて獰猛《どうもう》という評判でして……」。それとなく追い立てを計ると幹部氏は憤然となり、「脅しにきたおれを脅し返すとはいい度胸だ。さあ、怒ったぞ。おれを怒らせたらどうなるか、よく見ておけ」と大喝、いきなり一階へ駆け降りるや、そのへんに置いてあった掲示板で入口の横のガラスを叩き割り、彼が暴れ出すのを手に唾して待っていた神田署員に逮捕された。

……以上が怪事件の顚末《てんまつ》である。国語辞典をタネにした恐喝事件なぞ、わたしの知るかぎり空前のこと、それで詳しく紹介したが、じつは本当に問題にしたかったのは他の二枚のカードであって、一枚は「ら抜き言葉」についてのもの。つまり十二年前から、「見れる」「出れる」「食べれる」といった文法的なゆれが論議の的になっていたわけだ。そればかりか、このゆれは、大正期にすでに多くの学者によって指摘されていたことが、カードを眺めているうちに思い出されてきた。カードの隅に文法学者松下大三郎の『標準日本文法』（一九二四年刊）からの一節が抜き書きしてある。

「『起キラレル』を『起キレル』、『受ケラレル』を『受ケレル』、『来ラレル』を『来レル』といふ言ひ方は、平易な説話のみに用ひ、厳粛な説話には用ひない」

こうしてみると、「ら抜き言葉」は、新しいようでいてずいぶん古い問題だったわけである。

もう一枚のカードは「さ入れ言葉」に関するもので、「このごろのテレビで『行かせてください』『飲まさせていただきます』などと言う人が多いが、これらの表現では『さ』はいらない、『せる』を使えばいいところに『させる』を用いている」と書き付けてあった。

この「さ入れ言葉」についてはいつかゆっくり考えてみようと思うが、簡単に言えば、「さ入れ」の流行には、「丁寧に言っておけばまちがいがない」という心理が働いている。相手を高めて自分を低めようとするあまり、「相手の許可を得て、自分はこれこれの使役に甘んじる」という形式でものを言いたくなり、その上、「せる」（飲ませていただく）では弱いような気がして、すべての場合に「させる」（飲まさせていただく）を使ってしまうのだ。話し言葉の場では、即座に対応することが求められ、敬語表現の形式をゆっくり選択する時間がない。そこで必要以上に丁寧に発語してしまうのは無理からぬことだが、そういう心理に「さ」が付け込むのである。

……これで久し振りに見つかった三枚のカードの話はおしまい。ばかに慌てて話を早仕舞いにしているようだが、これには理由があって、この十六日に起こったことを報告したくて紙幅を稼いでいるのである。その日の午後、新橋駅から電車に乗ろうとして仰天した。新聞売場に「井上ひさし」という大活字が氾濫していたのだ。（自分はまたなにかやってしまったみたいだぞ……）と下を向いて一部買い求め、柱の陰に隠れて読んだ。でかでかと書き立てていたのは「夕刊フジ」、見出しは「井上ひさし新党構想」、記事の内容は、ある市民グループが政党を結成し、その党首にわたしを担ぎ出すことにしたというもの。しばらくはただ呆然。その市民グループから連絡をもらったこともないし、フジの記者と会ったこともない。だいたい、わたしはおもしろい小説と戯曲を書きたいと願う以外、なんの野心もない、それなのにこの嘘八百の記事はなんだ。腹が立って、こまつ座の顧問弁護士の古川景一さんに「訴訟したい」と訴えた。古川さんは記事を一読して破顔。

「『井上ひさしが新党構想』というふうに、『が』でも入っていれば裁判に持ち込めるんですがね。つまり井上が主語で構想が動詞にでもなっていれば、どういう取材をして、井上が主体的に動いていると書いたのかと、ぐいぐい詰め寄ることができますが、こう漫然と活字が並んでいるだけでは裁判はできません。まあ、笑ってすますことですね」

そこでわたしは泣く泣く笑ってすませることにしたが、これまた国語学的怪事件であった。

（93・9・16／30）

新しい辞典の噂

新しい辞典の噂が耳に入るたびに憂鬱になる。自動車やカメラや洋服の新型に心を動かされることはないが、辞典だけは別で、発売日がくると、たとえその日が締切日だろうと自分の死ぬ日だろうと書店に駆けつけるにちがいない。自分のそういう性癖を知っているので憂鬱になるのだ。

また、買って帰ってからが忙しい。なによりも背割れ防止の儀式を執り行わなければならない。机上をきれいに片づけ、新しい辞典の背を机面に密着させて、垂直に立てる。それからおもむろに左右へ交互にページを開いて行く。一度に五、六十ページずつ、慎重に、ゆっくりとだ。この作業を少なくとも十回は繰り返す。こうしておくと何十年使おうが金輪際、背割れは起こらない。

つづいて内容の検討に入る。日本人なら辞典を確かめるまでもないというような項目を引いてみるのだ。右と左、上と中と下、あるいは東西南北、日本語を母語とする者なら、これらの漢字はだれでも書けるし、意味にしても改めて確かめる必要もない（と思っている)。この種の語にどんな語釈を与えているのか。わたしのささやかな経験によれば、これらの語を安易に扱っている辞典に碌《ろく》なものはない。たとえば「右」。敗戦直後、間に合わせの辞典が何種類か売り出され、わたしなどもその中の一冊を虎の子小遣いを投じて買い求めたが、「右」の語釈に「左の反対側」とあったので呆然とした。もちろん「左」には「右の反対側」と書いてあった。試みに「男」を引くと「人間の中で女ではない者」、「女」には「男ではない者」と出ていた。これでは反対語辞典を買った方がまだましというものだが、いまはさすがにここまでひどい定義をしているものはない。いまは、「右」の語釈の仕方に、おおよそ二つの流儀があって、一つは、「多くの日本人がペンや箸を持つ方」と日常に引き付けて説明し、もう一つは、「東に向かって南に当たる方」とおさえる。悪くはない定義であるが、これではあまりにもありふれていて、辞典を読むたのしみがない。

ちなみに「右」の定義で感動したのは『岩波国語辞典』で、「相対的な位置の一つ。東を向いた時、南の方、また、この辞典を開いて読む時、偶数ページのある側を言う」とあった。「相対的な位置の一つ」と、大きくおさえたところがすばらしい。これは絶対的なものではありませんよ、立場によってちがってきますよ、と教えてくれるところが親切だ。さらに「この辞典を開いて読む時……」以下の説明が秀抜である。この定義を読むときは、かならずこのページを開いているわけだから分かりやすい。「多くの日本人がペンや箸を持つ方」や「東に向かって南に当たる方」という語釈では、辞典をいったん置いて、(自分は多くの日本人のうちに入るんだろうか)と思案したり、(えーと、東はどっちだったっけ)と考えたりしなければならないが、『岩波国語辞典』はその手間を省いてくれる。

こうして語釈を検討して、よし、当分はこの辞典を使ってみようと決まると、それからがまた一騒動で、それまで使っていた辞典からの引継ぎ業務が始まる。このごろは改善されつつあるが、それでも日本の辞典は、漢字の書き分けをはっきりと明示してくれない。たとえば「空く・明く・開く」をどう書き分けるか。「空く」は、占めるものがなくなって空になることである。「明く」は、明るくなることであり、中がよく見えるようになることであり、一つの期間が過ぎることである。そして「開く」は、閉じていたものがひらくことである。日本の辞典は、そういった書き分けのための手掛かりに乏しいという共通した弱点を持っていた。つまり文章を読むためには使えても、書くための辞典とはいえなかったのである。そこで、なにか新しい知見に接するたびに、あるいは暇なときに伊藤東涯の『操觚《そうこ》字訣《じけつ》』などを参照したりして、辞典の余白に鉛筆でその使い分けを書き込んでいるのだが、それらを新しい辞典に書き写す。これが大作業なのである。書き込みは数百とある。たとえば、「時刻」のところに記してある「時刻は前夜の九ッ時より其の日の九ッ時迄を其の日と定むべし(本居宣長)」、「東南アジアでは、日没から日没までが一日」というようなものまで書き写すのだから手間がかかる。

こんなわけもあって、辞典新刊の噂を聞きつけるたびに憂鬱になるが、『集英社国語辞典』のゲラ刷を読むと、漢字の書き分けに細かい神経が使われており、これなら書き込みを書き写す必要はなさそうだからありがたい。

ところで、缶詰中に本を読むことは禁じられる。本など読んでいては缶詰にならないから、これは仕方がない。しかし高ぶっている神経を鎮めるにはどうしても寝酒がわりの本が要る。そのときはどうするか。仕方がないから辞典の後ろについている付録を読む。辞典の付録では、切ない恋愛事件も起こらなければ、はらはらどきどきの冒険譚とも無縁であり、思わず唸ってしまうような表現も出てこないから、神経が治まり、いつの間にか眠りに落ちてしまう。つまり、缶詰という圧縮機にかからないとなに一つましな知恵の浮かばないわたしには、辞典の付録はとても大事な寝酒なのだ。その点では『集英社国語辞典』の付録は頼りになりそうだ。とにかく分量がたっぷりある。分量では、疑いもなく日本一だろう。読み切るには二週間はかかりそうだから、これ一冊で長い缶詰も乗り切れるはずだ。

新しい辞典の噂を耳にするたびに憂鬱になるのに、こんなに気楽にしていられるのは、たぶん右の二点、今回は書き込みを書き写す必要がないこと、そして分量の多い付録がついていることを知ったせいだろう。

書物は化けて出る

マルクスのことばに「この世の中には二種類の人間がいる。給料を払う奴と、給料を貰う奴だ」というのがあった。といってもこの警句を吐いたのは、マルクスはマルクスでも『資本論』の著者のカール・ハインリッヒではなく、『ダック・スープ』の主演者のグルーチョの方であるが。

右の警句の構造を借りて「この世の中には二種類の人間がいる。書物なしに生きることのできる奴と、そうではない奴だ」という下手な類似品をひねり出せば小生はさしずめその後者、すなわち「書物なしでは生きることのできない奴」に属するだろう。もっとも毎日すこしずつたまって行く書物を眺めて単純によろこんでいるのだから、程度は相当に低い。「この世の中には二種類の人間がいる。書物を読む奴と、眺める奴だ」という警句があれば「眺める奴」のなかに入る。

この手合いは買い込んだ書物をすぐ書架に並べるようなことはしない。小生を例にとれば、書店から届いた本はダンボールの箱に詰め込んだまま、物置の隅に放置しておく。

そして週末の、仕事の区切りのついた夜更などにそれらの書物を机上に移し、ビールを舐めながら一冊ずつ整理にかかる。

まず、外箱を捨てる。こうしておくと閲覧の際に引き出して直ちに頁をめくることができるから便利だし、外箱分だけ厚味が減るので、それだけ書架に余裕が生じる。それに書架に並べたとき、新刊書を商う書店の店先のように派手々々しくならない。書架が派手で、白っぽいのは、〔大いそぎで書物を買い揃えました〕という感じがして、いやなのだ。それにしてもこのごろの書物は、外箱が本体よりはるかに豪華絢爛ピカピカ堂堂としているものが多く、外箱を捨てると途端に痩せて見えてくる。ふと「醜女の厚化粧」ということばが脳裡をよぎるのであるが、そんなことをいうと「進んだ女」たちに張り倒されてしまうおそれがある故、これは口に出してはならぬ。

本の頁にはさんである新刊案内や愛読者ハガキや売上カード控などは、短冊形に切って机の横のボール箱に投げ込む。これは後日、しおりや不審紙《ふしんがみ》として役立つはずである。全集本の月報は糊で表紙の裏へ貼りつける。これらの作業は、書物を読むときに煩しくないように、という目的でなされるのであるが、カバーなども読むときに邪魔になるので屑籠にほうり込む。三一新書や現代新書のように、カバーの裏に著者の略歴などが印刷してあって「これは重要だ」と思えば、その部分を切り抜いてやはり表紙の裏に貼りつけてしまう。こうして図書館の書架に並ぶ書物よろしく、すべてを毟《むし》って丸裸にしてしまうと、ようやくその書物の素性や本性が明瞭になってくる。外箱で飾られカバーで装われていた書物がすべての付属品を外すと、あの「白い本」と同じように個性のない、味もそっけもない紙の束にすぎなかったことがわかり、こういう書物は、多少の例外はあるものの、誤植が多く、内容も期待したほどではないのが普通だ。キャバレーのホステスさんを口説いてようやくのことで外へ連れ出し、寿司屋の明るい照明の下で見て愕《おどろ》くときと似た衝撃を、この種の「毟ってみれば白い本」からは受けるのだが、こういうこともじつは口に出してはならぬ。ホステスさんにも外形と実質とが釣り合っておいでの方が大勢おいでになるからである。

その書物が厚いものであるときは、次の操作を行う。机に背をつけて立たせ、表紙と裏表紙をおろす。次に表と裏から二十頁ぐらいの分量で、交互におろして行く。これを数回行えば背割れが生じない。

以上の作業を終えたら目次を精読し、どのへんに著者が力を注いでいるかざっと見当をつける。そしてその部分をぱらぱらと斜めに読んで、蔵書印を捺しいよいよ書架におさめる。以上の入門儀式を終えた書物のみを小生は「蔵書」と呼ぶ。――のであるが、こういった阿呆くさいことを読者諸賢は金輪際参考になさってはなりませぬ。

外箱やカバーはむろんのこと、はさみこまれている新刊案内や愛読者ハガキの類もそっくりそのまま保存されるほうがよい。第一に、古本屋に売るときにたいへん有利だ。

外箱やカバーのない書物は三割ぐらいも安くなってしまうのです。なかには、そういう書物を不良品とみなして、引き取ってくれない古本屋だってある。

古本屋へ処分するつもりがなくても、外箱やカバーを捨てるのは禁物である。ちかごろはビニール表紙の書物が多いが、この表紙は他の書物とペッタリ貼りつく習性を持っているから、ひどい目にあう。たとえば小生は帝国書院刊の『世界旅行地図』というのを愛用しているが、この書物がビニール表紙でしょっちゅう隣りの書物の表紙や裏表紙とくっつき、このあいだ無理にそれを引っ剝がしたら、隣りの裏表紙を半分捥《も》いじゃった。つまり小生は「そのまま扱えば外箱・カバーと煩しいものが多すぎて読み難《にく》い、かといって読みやすさを第一に考えて乱暴に扱うと仕返しをしてくる、ほんとうに書物は女と似たところがある」といいたかったのだが、こういうことも口外してはならぬ。女性のお叱りを蒙るは必定であるから。

とはいうもののこの両者、本当によく似たところがある。食べること以外に金を使える余裕ができてはじめて数冊の書物を手に入れたときのよろこびを小生はいまだに忘れないのであるが、うれしいと思ったのはほんの束の間だった。いまでは家中を書物に占領され、こっちの方が小さくなって生きている。「エイ、面倒くさい」と、のさばり返った書物を叩き売ればどうなるか。きっと化けて出る。売ったとたん、その書物が入用になる、というのもその一例だが、たとえば次の如き化け方すらすることがあるのである。

株式会社世界文庫が『圓朝全集』（全十三巻）を復刻発行したのは昭和三十八年のことであるが、小生、これを全巻買い揃えたものの、どうも好きになることができなかった。紙質が硬すぎ、いつも頁が踊っているからだ。そこでひととおり目を通し、重要と思うところはノートをとってさる古本屋に、たしか五千五百円で買い取ってもらった。昭和四十二、三年のことだったと思う。

ところが今年になってこの全集におさめられている、『蝦夷錦古郷之家土産』と『椿説蝦夷なまり』とを読まねばならぬ必要が出来て、どこかの図書館へ出掛けて行かなくてはなあ、と考えていたら、さる古書展に二万円で出ているのを発見、さんざん思案した末、購入することにした。さて届けられた『圓朝全集』をめくっているうちにいらいらしだした。というのはところどころに赤鉛筆で傍線が引いてあるのだが、それがきまって妙な、トンチンカンな箇所にほどこしてあったからである。この全集の前所有者はかなりの愚物にちがいないと思いつつ、さらに頁をめくるうちに出てきたのは、「日本放送協会」のネーム入りのテレビ用原稿用紙一枚。見覚えのある筆蹟で「もしもぼくに翼があったらなあ、空はぼくのもの、高く高く高く、飛ぶんだ……」と走り書きしてある。忘れもしない、これこそは亡くなった山元護久さんと一緒に作った『ひょっこりひょうたん島』の挿入歌。するとこの全集は……。

なんのことはない、小生はかつて自分が売った書物をまた買い込んでしまったのである。手放したときは安く買い叩かれ、また手に入れれば結構な高値で、だいぶ損をした。がしかし、金銭的なことよりも、「やられたな」と思って気分が沈む。なにしろこの全集は「この全集の前所有者はかなりの愚物にちがいない」と小生自身に小生の口から悪態をつかせたのだ。叩き売られた恨みを十年間も忘れずいまごろ化けて出るとは、女、いや書物というやつもずいぶん執念深いではないか。

現在望み得る最上かつ最良の文章上達法とは

編集部から与えられた紙数は四百字詰原稿用紙で五枚。これっぽっちの枚数で文章上達の秘訣をお伝えできるだろうか。どんな文章家も言下に「それは不可能」と答えるだろう。ところが筆者ならこの問いにたやすく答えることができる。それに五枚も要らぬ。ただの一行ですむ。こうである。

「丸谷才一の『文章読本』を読め」

とくに、第二章「名文を読め」と第三章「ちょっと気取って書け」の二つの章を繰返し読むがよろしい。これが現在望み得る最上にして最良の文章上達法である。以上で言いたいことをすべて言い終えた。あとは読者諸賢の健闘を祈る。……ここで擱筆することができればそれが一番よいのだが、まだだいぶ紙幅が残っている。そこであまり役に立ちそうもないけれど一つだけ書き付けておくことにしよう。

大雑把な区分だが、文章に二種ある。一つは個性のない実用文、もう一つは個性ある文章である。実用文の上達を願う読者はさっそく書店に駆けつけて実用書の書棚の前に立ち、目隠しでもして最初に指先に触れた本を抜いて立ち読みをなさればよい。レジに美人あるいは美男の姿があれば買うのも一興だが、いずれにもせよ、実用文の習得は簡単だ。紋切型の文章を二三、さもなくば四五、暗記すればよい。それにワープロにも手本が載っているから悩む必要はまったくない。手本をなぞればすむ。

個性のある文章が書きたい、それも少しでもいいものをとお考えの読者は、まず丸谷版読本を、これは立ち読みで間に合わせようとせず、まじめに購入し、熟読することだ。さらにむやみやたらに文章を読むことが肝要である。秀れた文章家は、ほとんど例外なく猛烈な読書家である。どうかその真似をしてほしい。いい文章を書こうとする前に感心な読書家になるのだ。

なにを読めばいいのか。答えは存外単純で、手当たり次第でいい、なんでもいいのである。とにかく血へどを吐くぐらいたくさん読む。そのうちにきっと好きな文章に巡り合うだろう。そのときは遠慮なく「しめた！」と大声で叫んでいただきたい。喜んでいいのだ。そのときあなたは「立派な文章家」になる資格を得たのだから。このことを喜ばないという法はない。

いくら読んでも好きな文章に巡り合わなかったらどうするか。それもまた幸運なことではないか。なにしろ文章を綴るという地獄と、生涯、無縁で過ごせるのだから。

ちなみに、文章を綴るというのはごくごく不自然な行為である。そこになにか喜びがなければ瞬時も続けることができない窮屈な行為なのだ。言葉はどんな人にとっても既製品であり、わたしたちが生まれる以前からできあがっている巨大な制度だから、それを習いそれへこちらから合わせていくのは厄介な仕事だ。どうしても文章を読む喜びが味わえない人はこんな厄介事から早く遠ざかった方がいい。

好きな文章家を見つけたら、彼の文章を徹底して漁り、その紙背まで読み抜く。別に言えば、彼のスタイルを自分の体の芯まで染み込ませる。これが第二期工事である。そして次に、彼のスタイルでためしにものを書いてみる。もっと詳しくは、たとえば自分の親友に「おい、おもしろい話があるぞ」、「おもしろい発見をしたぞ。小さな発見かもしれないけど、おもしろいだろう」と、どうしても聞かせてあげたいと思うことを、彼のスタイルで書く。自分にとっては宝石のように尊いこと、それをだれかに打ち明けずにはいられないというところまで練り上げて、好きな文章家のスタイルで書く。

そんな書き方をしては、お手本の文章と似てしまうではないかと首をお傾げの方もおいでだろうが、これが不思議と似ないのだ。同じ人間が二人といないように、引き写しや、盗作をしないかぎり、同じ文章ができあがるということはない。たとえお手本通りに書こうと、もちろんその影響がここかしこに認められるにしても、できあがった文章にはあなたの個性も刻印されているはずだ。そしてこれを繰り返しているうちに、あなたの個性はかならずお手本を圧倒していく。

そこで大切になるのは、いったいだれの文章が好きになるかということで、ここに才能や趣味の差があらわれるのだ。だからこそ日頃から自分の好みをよく知り、おのれの感受性をよく磨きながら、自分の好みに合う文章家、それも少しでもいい文章家と巡り合うことを願うしかない。つまり文章上達法とはいかに本を読むかに極まるのである。

不動産広告のコピーは、いま

この一年、新聞や、その新聞に折り込まれてくる不動産広告をせっせとスクラップブックに貼り付けている。動機は、不動産広告ぐらいおもしろい読物はめったにないからである。

たとえば、その物件の所在する土地に冠《かぶ》せられた謳《うた》い文句が古《いにしえ》の風土記や和歌によく出てきた枕詞のようで、じつに楽しめる。あおによし（奈良）、かむかぜの（伊勢）、みよしの（吉野）といった枕詞の現代版が不動産広告で全盛なのだ。一例を掲《あ》げれば、

「羨望の」

というのが流行《はや》っていて、これは、

「都市生活者に捧ぐ永住空間、駅より徒歩三分、羨望の城南に誕生」（リクルートコスモス・コスモ西小山・一億六〇〇〇万円）

「いま羨望の田園都市沿線」（株式会社三武《みぶ》・鷺沼の一戸建て・二億一五〇〇万円）

といったふうに、都内か、有力私鉄駅に近くないと「羨望の」は付かない。

「人気の」という枕詞も、田園都市線や東横線の専売である。

「人気の東急田園都市線に、優しい陽ざしとそよ風に満ちた2LDK～3LDK」（朝日住建・朝日プラザ溝の口・七三〇〇万円）

「人気の東横線綱島でワンルーム経営」（シティ開発・プレシアス綱島・二一〇〇万円）

「羨望の」に較べると「人気の」の方の物件は少し落ちるようだ。以下、筆者の収集した不動産物件枕詞集の一部をお目にかけることにしよう。

「気品の中央線」（長谷工不動産・モアステージ日野・五六〇〇万円）

「価値の山手線」（ニチメン・大塚台パークサイドハイツ・ワンルーム・三九〇〇万円）

「生れかわった青砥《あおと》」（大京・ライオンズマンション青戸第五・五二〇〇万円）

以前の青砥はひどかったけど……、と云っているようで笑ってしまった。

「誇り高き横浜」（木下工務店・ヘルシータウン戸塚・九〇〇〇万円）

「憧れの湘南、マリンブルーの新生活」（明和地所・クリオ平塚壱番館・三六〇〇万円）

正直な枕詞もある。

「将来性豊かな九十九里浜」（日本拓建・九十九里今泉第三・三四〇〇万円）

「期待の街九十九里浜」（同右・九十九里横芝近郊館・四五〇〇万円）

「発展がのぞまれる柏市」（大商ハウジング・ガーデンタウン柏緑ヶ丘・四〇〇〇万円）

とくに最後の「発展がのぞまれる」は、正直であるばかりでなく、柏駅からバスで二十分という足まわりの悪さが、なにかの僥倖《ぎょうこう》によって、もっと便利になりますようにという祈りさえこめられているようで、こちらも敬虔な気持になってしまう。概して千葉の業者は正直だ。もっとも例外はあるのであって、筆者がこの種の枕詞の傑作として珍重する次の二例の作者はいずれも千葉の業者である。

「丸の内のサテライトシティ北柏」（住宅サービス・ウィング北柏・四六〇〇万円）

「気分は都心の西船橋」（総和不動産・ラミアール西船橋・四九〇〇万円）

前者は「サテライトシティ」という外来語の新造語で、後者はフジテレビ風の乗《の》りで、都心との距離を、足まわりの不便さを一挙に吹き飛ばしてしまう。なお「足まわり」というわかりやすい和語は近ごろの不動産広告では、ほとんど使われることがない。

「都心へ軽快、ゆったりフットワーク」（木下工務店・小川パークヒル・三〇〇〇万円・埼玉県比企郡小川町・新宿へ一時間半）

「都心から40㎞圏のフットワーク」（吉原興産企画・藤代第一グリーンハイツ・三二〇〇万円・茨城県北相馬郡藤代町・上野駅へ五〇分）

「車での遠出も東名川崎ＩＣが近く軽やかなフットワークで応えてくれます」（近鉄不動産・エクセル宮前平・五四〇〇万円）

という具合に、「フットワーク」が全盛なのである。たしかに「フットワーク」と書いてあると、「なに、会社まで少しばかり遠くとも、元気に身軽に通勤する気があれば、どうということはないんだ」という勇猛心が湧いてくる。いちいち例はあげないが、「好立地」も大いに使われており、不動産広告に「フットワーク」や「好立地」が出てきたら、まず、そこは足まわりがよくないと覚悟した方が無難のようである。もう一つ、いま、不動産業者が好んで用いる表現がある。それは、

「いま（今）」

を広告コピーに織り込む方法で、これもおびただしい数の例があるが、代表的な文例をいくつか掲げておこう。

「いま、東横線元住吉がトレンディ」（株式会社魚菜・ハイライフマンション・三一六〇万円）

「今日から、横浜人。ハイグレードな住まいが、いま誕生」（木下工務店・ヘルシータウン東戸塚・一戸建て・一億円）

「いま、横浜に住まいの新構想」（長谷工不動産・モア・クレスト上星川・六八〇〇万円）

「いま、マンションにおけるニュートレンドの潮流」（東急不動産・アルス大倉山・一億円）

「三菱地所のタウンリストラクチャリングは、今ここから始まります」（三菱地所・パ

ークハウス多摩川・一億一〇〇〇万円）
「風、澄み。水、清く。人、麗し。／幾星霜に磨かれし、典雅なる町なみ。／どこまでも安らかな時の流れが、満ち足りた陶酔を誘います。／高次元分譲マンション城下町シリーズ／円熟の贅をきわめて、いま。」（三井設計・金沢ロワイヤルユウ梅の橋・四〇〇〇万円）

「いま」という言葉には、「ついに出た！」「なにか新しくてすばらしいことがはじまる」「画期的だ」「堂々たるものだ」、そして「いまを逃すな」といった意味がこめられている。さらにいえば、これはインスタントラーメンや化粧品のコピーには不向きな言葉で、高級車や住宅のコピーの専用語である。「いま」には、われわれに生涯を賭けた大きな買物をさせる勁《つよ》さのようなものがあるようだ。

ところでこれらの不動産広告のおもしろさは疑いもなくわれわれの政府の無策が生み出したものである。せまくて、遠くて、べらぼうに高いことを、われわれ購買者にさとられぬように、コピーライターたちが骨身を削った結果が、不動産コピーのおもしろさになってあらわれているのだ。首都圏の平均的サラリーマンが四十歳で七百八十六万円の頭金を入れて三千二百万円の住宅を買うと、ローンの金利が高い（一一％）せいもあって、複利計算で借金がふくれ上り、退職金や年金を注ぎ込んでも、八十歳のときには借金が一億円近くも残ってしまうという試算も出ている（「連合」の生涯収支試算）。まことにべらぼうな話であって、この試算を新聞（'89・3・16、朝日夕刊）で読んだ途端、不動産広告の収集はやめてしまった。

ボディ敬語

ボディ敬語という珍奇な言い方を思いついたのも、JR東日本の「グリーン・ハンドブック」という接客マニュアルを読んだせいである。五十頁もあって、この種の印刷物としてはずいぶんと厚い方だが、いたるところで、それぞれの態度を敬語法をもって律すべし、と説いてあり、そこで「ボディ敬語」とひとりでに呟いてしまったわけだ。たとえば「JR東日本接客六大用語」は、いらっしゃいませ、はい、どうぞ、申し訳ございません、お待たせいたしました、ありがとうございました、となっているが、そこに図入りで上半身を前傾するときの角度が示されており、それを文字に移せばこうなる。

十五度（会釈）「はい」「どうぞ」
三十度（敬礼）「いらっしゃいませ」「お待たせいたしました」
四十五度（最敬礼）「申し訳ございません」「ありがとうございました」

前傾角度を定めているのはJR東日本ばかりではなく、後で入手した日本の某航空会社のスチュワーデス用接客マニュアルにも同様の記載があった。社名を明示できないのは残念だが、表紙に「社外秘」と赤インクで書かれたマニュアルをこっそり見せてくださった方との約束だから仕方がない。一つだけヒントを申しあげておくと、その航空会社は東照宮のある市と同じ発音の……、こんなヒントでは社名が露見してしまうか。とにかくその某航空のスチュワーデスは次の要領で、敬意を身体表現する。

十五度（会釈）親しい間柄の人との挨拶。通路・エレベーターなどの狭い所で。

三十度（敬礼）一般的な挨拶。お迎え・お見送り。

四十五度（最敬礼）御礼。謝罪。

守らなければならぬのは角度ばかりではなく、前後にたくさんの「ねばならぬ」がついている。

①正しい姿勢で立つ。お辞儀はきちんと止まって行うのが原則。②相手の目を見て、にこやかに。③上体を腰から折る気持ちで。首筋と背筋は一直線。④（その角度まで前傾したら）一旦、止める。⑤戻すときはゆっくり。1、2、3、トメ、4、5、6、7。⑥相手の目にもどる。⑦笑顔を絶やさない。⑧正しい姿勢で歩き出す。

では、①の正しい立ち方とはどういう立ち方だろうか。それは別の頁にこう定められている。

《立ち姿は、すべての動作の基本である。きちんとした立ち姿は、信頼感や好感につながる。顔は正面、あごは上ったり、下ったりしない。胸は開き、肩の力を抜く。お腹をしめる。お尻のほっぺをあわせる（井上註『お尻のほっぺ』という表現に出会ったのは生れて初めてである）。肩甲骨から腰まで背筋をのばす。重心は腰におく。膝とかかとをつける。足は軽くVの字に開く。体重は左右均等に足の親指のつけ根にかける。横から見たとき、耳―肩―腰―膝―くるぶしが一直線になること。》

このようにその一挙手一投足にまで「ねばならぬ」と「すべし」の網が及び、さらにいたるところで「態度は、目から入る言葉である」という思想が説かれもしていて、スチュワーデスになるのもなかなかの大仕事だと改めて感じ入った。

余談に近いが、スチュワーデスは否定文を使ってはいけないらしい。客から「他にないの？」と聞かれたのへ、「ございません」と否定形で答えては失格なのだ。「只今はこちらだけになっております」と肯定形が出て初めて一人前。ほんとうにスチュワーデスの仕事はむずかしい。いや、じつをいうとJRの社員もなかなか大変で、たとえば勤務の前と後に、「持たせ切りはしていませんか」「投げ銭はしていませんか」「笑顔と親しみのある態度で応対していますか」などなど、三十項目もの自己診断チェックを行わなければならないのである。

なおも調べてみたところ、大変なのはなにも接客会社の人たちばかりではないということがわかった。この道の専門家たちが一般の会社に招かれて敬語的態度を教えるという例がとても多くなってきている。とくに四月から五月にかけては新人研修シーズンということもあって、日に四、五社は掛け持つという。テキストを見せていただくと、JRも某航空もマイッタというんじゃないかと思うほど部厚い。「握手」についてだけでも五十項目以上もある。もっとも「握手は右手で行うこと」ということまで書いてあるから、数の多さに単純にオソレイルこともないのだが。そしてそのテキストにも例のお辞儀の角度が載っていた。「他社を訪問したらお辞儀は四十五度の最敬礼を」とも書いてあった。

いやにお辞儀の角度にこだわるようだが、これには理由があって、戦前、戦中においては、四十五度の角度は、天皇、皇族、王族、宮城《きゆうじよう》（皇居）、神社などを拝するときだけ用いた。昭和十六年（一九四一）四月に文部省が「昭和国民礼法」というのをつくって、そのなかでそう定めたのである。そこでJRや某航空の客になって四十五度のお辞儀をされたりすると、「戦後はやはり客が神様になったのだ」と思う。だからどうだということではないが、とにかくお尻のほっぺのあたりがむずむずしてくるのはたしかだ。落ち着かないのである。

このようにボディ敬語がますます強化される一方、態度で悪態をつく人もふえてきた。たとえば電車を降りるとき、さほど混んでもいないのに、背中をどんと突いたり、肘《ひじ》を張ってこっちを脇へ突き飛ばしたりする人がいる。態度で「どけどけ、このヤロー」と云っているのだ。すれちがいざまじろっと眼《ガン》をつけてくる人は「なんだい、間抜けた面《つら》をしゃがって」と云っているのだろう。もっとも多く見受けられるのは、筆者もそのうちの一人だろうけれど、ゼロ態度をとりながら、「わたしはだれとも関係をもちたくない」と呟く人たちである。客である、上司である、先輩である、上位者である、そしてナニナニであるというふうに、相手との関係をつかむと、みごとに型にはまったボディ敬語を使いこなすことができるのに、大勢の中に入り、相手との関係が不確かだと手も足も出なくなってしまうらしいが、いったいどうしてなのだろう。わたしたちは開かれた場所＝公共の場でのボディ敬語をまだつくりだせないでいるのだろうか。

いつだったか、成田空港でパイロットと管制官の交信《やりとり》を見学したことがある。ご存知のように交信にはどんな種類の敬語も入ってこない。声の交換だからボディ敬語など役に立つわけもない。しかも使用される用語は、「これでこちらのメッセージは終りです」がoutに、「メッセージは分りました」がrogerに、「指示に従います」がwilcoに、極端に縮められる。ぶっきら棒で、事務的な交信、しかし何度、聞いても感動的だった。「おれはここにいる、おまえはそこにいる、そしておたがい一緒に生きている」と確認し合う気合いのようなものがいつも感じられたのである。共に生きているよという信号を、型どおりのボディ敬語に、そしてまた大勢の中で出しあうことができたら……と思うのはまたいつもの楽天癖だろうか。

一語一義

改革のテーマは、世界との差を縮めること。世界のサッカーと日本のそれとは、どこが、なにがちがうか明らかにすることだ。

元　日本サッカー協会強化委員長　加藤久

二十歳以下の選手で争われた世界ユース選手権（ナイジェリア）で、日本は欧州や南米の強豪を次々に倒し、とうとう決勝戦にまで進出してしまいました。テレビで日本チームの活躍を追いかけていた方は、寝不足で、それこそ嬉《うれ》しい悲鳴を上げられたにちがいありません。わたしもその一人でした。

ところで、ごく最近まで、若くて有望な選手の発掘は、〈地域の優秀選手を集めて、協会主催で指導するナショナルトレセン（ＮＴＣ）制度が中心的な役割を担っていた。しかし、実際は全国の九地区でバラバラの指導が行われていた。そこで「指導者の共通理解、ベクトル合わせ」を推進して行ったのが、強化副委員長の加藤氏の役割だった。》（報知新聞一九九九年四月二十六日付）

そのときに加藤さんたちは冒頭に掲げたような方針を打ち出したのです。Jリーグが開幕する前の年の一九九二年のことでした。

なによりも興味深いのは、加藤さんたちの最初の仕事が、用語の統一だったことです。相手のゴール近くへ駆け上がってきた味方に向けて、右や左からボールを蹴《け》り込むことを、それまでは「センタリング」などと言っていたのですが、それを「クロス」という言葉に統一する。パスをもらう際に円を描くように動くことをすべて「ウエーブ」という言葉にまとめた。「体を寄せる」を「アプローチ」に、「当たれ」を「チャレンジ」に言い替えることにした。

「外国人指導者から、いきなり英語を使われ、何を言われているか分からないままでは先に進めない」（加藤さん）からでした。

サッカー界でも英語が国際共通語の地位を獲得しているようですが、それよりも大事なことは、スポーツの言葉が科学の言葉と似ているという事実です。

わたしたちが普段の生活で使っている、いわゆる自然言語では、一義性の言葉はきわめて稀《まれ》です。たとえば「蹴る」をどう説明したらいいか。基本的には、〈足のつま先で物を突きやる〉（大野晋他編『岩波古語辞典』）と説明できますが、そのうちに、拒絶する、役をことわる（楽屋言葉）、女と関係する（てきや隠語）、買い物をして代金を支払わない（博多弁）と、場面にしたがって意味が多様になってくる。

ところが、科学の術語は「一語一義」でなければ用が足せません。たとえば、「沸騰する」の意味が場面場面で広がって、その分、曖昧《あいまい》になったのでは、楽屋やてきや仲間や博多人の間に火傷《やけど》をする人が続出します。寸秒を争うサッカーのグラウンドでも事情は同じことでしょう。一つの言葉は一つの意味しか持たない、それが徹底されて、選手の動きにはっきりした目的意識が生まれ、そのことが日本選手の動きに鋭さをもたらしたのです。

「三年後、二十キロの筋肉と、三十試合の国際経験を身に付けたら、彼らはきっとすごいことをする」とトルシエ監督も言っています。わたしたちもまた、「一語一義」の極意を身に付けた彼らに期待しましょう。

（一九九九年五月十六日）

お役人の外来語好き

役所の白書などによく出てくる、スキーム、コンセンサス、アカウンタビリティーといった外来語よりも、同じ意味の日本語の、計画、合意、説明責任のほうがわかりやすいと、九割の人が感じている。

文化庁「国語に関する世論調査」

今年一月に約二千二百人の協力のもとに実施されたこの調査で、たとえばスキームについては二千二百人の九四・一%までが「わからない」と答えています。

「お役人は外来語がお好き」

これはすでに定評のあるところ、中には、「納税者たちに、いかにも仕事をしているように見せるために、ああやってひっきりなしに外来語を持ち出すのだ、呼び名を変えるだけで、実際には何の仕事もしていないのさ」と意地悪く観察する向きもあります。

筆者としては、できれば善意に解釈したい。というのも、「清新な思想には清新な語法が必要である」（岩野泡鳴）と考えていた明治の先人たちのことが頭のどこかにあるからで、お役人は、「われわれもちゃんと仕事をしなければならん」と覚悟を新たにするたびに、外来語を持ち出して居住いを正そうと努力しているのかもしれない。彼等が外来語を使いたがるのは、たぶん自分を励ますためもあるのでしょうね。

ところで、日本語の語彙《ごい》は、「ためし―試験―テスト」「わざ―技術―テクニック」「きまり―規則―ルール」というように、おおよそのところ、和語―漢語―外来語の、三層で構成されています。スキームにも、「くわだて―計画―スキーム」という三層の構造が隠されている。

ちなみに、この「くわだて」ほど、数奇な運命を辿《たど》った言葉も珍しいのではないでしょうか。漢語はもちろん日本語のうちですから「計画」と呼ばれるのはいいとしても、戦後は、プラン→デザイン→プロジェクト、そして今、スキームと呼び変えられてきました。こうたびたび呼び名が変わるのは、なにをくわだててもうまく行かないからで、しくじるたびに言い替えて行く必要があったからでしょう。

さらに、この外来語を使いたがる癖の、その底にあるのは、ある種のインテリ趣味、それもじつに独りよがりで度し難いインテリ根性です。

芸術家や思想家が外来語を使うのは構いません。理解する人が少なくてもよいという覚悟が彼等にはできているからです。

しかし、お役人はちがう。芸術家や思想家を気取っちゃいけない。彼等のやることはすべて納税者全員に関わりがあるんです。納税者には老人もいれば、職人さんもいるし、毎日の生活に追い立てられているおかみさんもいる。彼等が向かい合わなければならないのは、そういった市井の人びとでしょう。それら普通市民に理解できない言葉を使って、いったいどうしようというのでしょうか。

もっとも今日の筆者はどこまでも善意のひと、お役人のみなさんに、詩人の谷川俊太郎さんの言葉を贈ることにいたします。

〈(詩人であるわたしの務めは、すべての言葉を)われわれの「からだ」と「暮らし」に根づいた言葉に、どうしたらできるかである。〉

もしもなにか言い替えたいなら、それを和語と漢語で言えないか、うんと工夫すること。それがお役所の仕事です。

(一九九九年五月二十三日)

職業別恋文

はじめに

文は人なり、という。恋文も文にちがいない。そこで、恋文は人なり、ということはできないか。できるはずである。できないと困る。先へ話がつながらなくなってしまう。だから、できるとして、さて、人といってもいろいろさまざまである。したがって恋文もいろいろさまざまである。魚屋さんは威勢のよい恋文を書くだろう、うじうじしたのを書いていては商売物のお魚に蛆《うじ》が湧きかねないからである。政治家は美辞麗句をつらねた恋文を書くだろう、美辞麗句を用いないと中味のなさが露見するからである。刑事は恋文に捜査用語を多用するだろう、日頃からよく使い込んだコトバがやはり一等使いやすいからである。

かくして人は、己れの職業にふさわしい恋文の文体を持つにいたる。以下にそれぞれの典型的な例を掲げる。何かの役に立つ……はずはないが、とにかく乗りかかった船だ、ここで止すわけにも行くまい。

魚屋さんの恋文

一目見て目から鱗《うろこ》が落ちたぜ。あんた以外の娘は一人残らず蝶鮫（興ざめ、の意か）よ。つまり、おれはあんたに鯉したよ。あんたとならば鯰《なまず》くわずだろうが、河豚《ふぐ》うな一生に終ろうが、平気だぜ。世帯を持ってしばらくは魴鮄《ほうぼう》で鱈《たら》ぬ鱈ぬの鯛ぼう生活が続くだろうが、おれは鰈《カレイ》ライスさえ喰って鰓《えら》、満足している男よ。いつかきっと金を残すよ、未来は蛸《たこ》う（多幸）よ、輝いてらァ。どうだ、おれと鱶《ふか》くならないか。ではまた牡蠣鱒《かきます》。

刑事さんの恋文

朝夕、あなたの家の前を通っているものですが、思い切って素直に自白します。あなたをぼくのアパートに無期懲役か終身刑でぶちこみたいのだ。あなたは星だ、ぼくの愛の犯人《ほし》だ。おい、ジタバタ悪あがきはよせ。ネタはもう上っているんだ。ぼくの前に出たときのあなたの示す挙動不審の態度、あれはなんだね。さあ、なにもかも吐いて楽になったらどうだ。こんど取調べるときは天丼でも取ってあげるから、観念してなにもかも喋《しゃべ》っちまうんだねえ。ああ、一刻も早くあなたに手錠をかけてやりたい。あなたはぼくの愛で包囲されている。無駄な抵抗はやめたまえ。

八百屋さんの恋文

今日、大根をお買いに見えたとき、あなたはぼくに頬笑んだ。甘藷《かんしょ》感激です。これまで女性に豌豆《えんどう》なぼくですが、もう人目なんか南瓜《かぼちゃ》いられません。あなたとならば西瓜《すいか》も辞せず、です。蕪《かぶ》りつきたいほどあなたが好きです。どうぞぼくから葱《ねぎ》ないでください。結婚したら二人仲よく白菜《はくさい》までも、豆に生きましょう。大根雑の店先で胡瓜胡瓜《きゅうりきゅうり》舞いしながらキャベツまくなしにあなたを想うぼくです。

NHK解説者の恋文

わたくしはあなたに恋をしております。わたくしはあなたと前向きの姿勢で抱擁したいのです。むろんこの問題については十分に論議をつくす必要があり、安直に結論を出す前に慎重に考えてみる必要があります。これは結果論ですが、わたくしが恋に苦しんでいるのは、あなたが好きだからです。これが逆だったらどうなっていたかわかりません。おそらくあなたが苦しむ結果になったでしょう。

いずれにせよ、わたくしたちの間柄のこれからの成行きが注目されます。

インターンの恋文

うそい悪阻《つわり》ないぼくの気持を申しあげます。ぼくのあなたへの愛は進行性のそれのように診断されます。そして真性で本態性のものであることは誤診の余地もありません。あなたにぼくは生涯脳出血サービスをいたします。むろん、すべての費用はぼくの負担、あなたは全額免除です。ぼくのこの愛が慢性になったり動脈硬化したりしないよう全力を尽くします。

新婚旅行はアメリカ黄疸《おうだん》などいかがでしょう。痔ープで心電図（新天地の意か）を走ったらさぞや愉快だろうと思います。

ああ、それにしても、あなたがぼくの心を受け入れてくださったら、ぼくは嬉しさの余り湿疹《しっしん》することでしょう。

では返事をください。答は胃炎だの、扁桃腺炎だの、とおっしゃっては困ります。

某航空会社社員の恋文

ぼくがあなたを見染めたのも、あなたと交際し、婚約し、結婚し、世帯を持ち、子どもを設け、マンションを買い、働き、超過勤務手当を稼ぎ、あなたのために車を買い、係長になり、課長になり、あなたのためにセカンドハウスを求め、部長になり、重役になり、あなたのためにダイアモンドを購《あがな》いたい等々と思うのも、みんなみんな、じつは会社のため、企業のためなのです。仲人は会長にお願いしようと考えています。

鈴木首相の施政方針演説を下敷きにしたさる政治家先生の恋文

第九十六通目の恋文を記すに当り、当面する内外の諸問題について所信を明らかにする。

一九八二年はわが妻の仏頂面《ぶっちょうづら》に象徴される家庭的緊張の高まりのうちに明けた。第二次家庭戦争の最も根本的な課題である妻妾間の緊張緩和にはなお好転の兆しが見えず、永続性のある家庭の平和は、いまだに遠いかなたにある。わが妻は、老化の進行、気分の停滞、皺と白髪の増大に加え、ホルモンバランスの不均衡など依然として多くの難儀を抱え、夫への愛情の鈍化と、肥満せる身体と着衣との摩擦の増大は本宅の前途を危うくするおそれがある。さらにわが二号にまかせたブティックの経営運営は思うにまかせず、赤字からの脱出には、なお多くの努力と金主である私の支援を必要としている。

この中にあってあなただけは、安定した感情生活を維持し、また腰も低く、特に御手当金の値上げをおねだりする芸者の多い中にあって、極めて落ち着いた動きを示している。

老妓の多い現在の花柳界の中で、若さと美貌と細かい気働きに恵まれたあなたは、最も私の気をそそる女性の一人であると申しても過言ではない。あなたの仕草《しぐさ》の一つ一つは創意と活力に富み、性科学技術の先導的分野においても、赤坂ナンバーワンに向って着実に地歩を築きつつある。あなたの肉体と美貌と努力が築いたその基盤の上に、私は、より成熟し、より密接な関係を建設していかなければならない。

私は、この際、特に緊急な課題として、第一に、あなたとの関係をより密着したものに改革するとともに、第二に、私の淋しい夜をよりたのしいものにする必要があると考えている。……

（二・十二）

悪態技術

日本語論ブームらしい。書店には日本語について書かれた書物がずらりと並び、しかもよく売れているようだ。そして、学校や会社では語呂合せなぞなぞが流行っている。おそらくこの現象は、旅行ブームや歴史ブームと同じ意味があるのだろう。つまり、空間を移動することによって「日本とはなにか」「われわれとはなにか」をたしかめようとする動きが旅行ブームとして現われ、時間を遡《そ》行《こう》することで「日本とは、そしてわれわれとはなにか」をたしかめようとする動きが歴史ブームとして表出したのと同じように、コトバを改めて点検することによって「日本とは、そして日本人とはなにか」という問いにそれぞれが答を出そうとしているのが、この日本語論ブームなのではないか。いってみればわたしたちはいま不安なのである。それで自分自身を、そして自分の国のことを知りたがっているのだ。

――というような七面倒な理屈はとにかくとして、せっかく日本語に向いた世人の関心の何割かを、なぞなぞにばかりでなく、悪態へもまわしていただきたいものだとわたしはねがっている。なにしろ、日本人の悪態技術は、かつてたいへんな高水準にあったのだ。この技術をなにも埃の中にほうっておく手はないのである。

「おまえなんぞシャツの三番目のボタンで、あってもなくてもいいんだ。いい加減で引っ込まないと、生皮はいで干乾しにしちまうぞ」

などと、選挙カーの上からがんがんがなりたてる県会議員立候補者に怒鳴ってみる。

「ぐずぐずするな。おれのあんよの先ではねとばされたいのか。それとも胴体にくさびを打ち込まれたいのか」

と、順法闘争とやらでのろのろとホームに入ってくる電車に毒づく。

「ああ、いやだいやだ、ほんとうにいやだよ、とりわけいやだ、どうしてもいやだ、いやだったらいやだ、一から十までいやだ、十から百まで、百から千まで、千から万まで、みんないやだ」

と、同衾を迫る女房に小声で剣突をくわせる。

「なにを偉そうに。ふん、土手ッ腹に穴あけてトンネルこしらえて、汽車を叩き込むぞ」

「それ以上がたがたいってみろ。頭から塩をぶっかけて、かじってやるぞ」

などと呟きながら上役の叱言《こごと》を聞く。

「ヘッ、澄ましやがってなんだい。頭をぽんと胴体へめり込ませて、へその穴から世間を覗かせてやろうかい」

「高い銭をふんだくりやがって、頭と足を持って、くそ結びに結んでやろうか」

と、サービスの悪いレストランのウェイトレスの背中に浴びせかける。

「口答えなぞしやがって生意気な……。口から尻まで青竹通して、裏表こんがりと火に焙《あぶ》って、人間のかば焼こしらえてやろうか。それ以上ぶつくさ言うなら踏み殺すぜ」

と、屁理屈ならべ立てる、己が子どもたちに、一発かませる。

わたしはこの方法を愛用しているので、その効果は保証するが、これらの悪態は、チチンプイプイのおまじないよりずっときく。胸がすっとする。

そして、これがもっとも大切なことだが、言うだけ言ってしまうと相手に対して、やがて親愛の情が湧いてくる。

つまり、悪態技術は精神衛生にとてもよいのだ。かっとなって人を殴る、つかみかかる、殺す、そういうことの横行している日本に悪態技術がまたよみがえるために、目下の日本語論ブームがその火付け役になってくれればいいとわたしはくどいようだが心からねがっている。

こころの中の小さな宝石

春のハモニカ

梅の香が匂ってきて、あ、春ですね、と呟《つぶや》くたびに、養護施設の春の朝に、赤ん坊を抱いたカナダ人修道士が、門から修道院本館へつづく坂道をゆっくり登ってくる姿が目の前にありありと浮かぶ。「……お母さんはえらい」修道士の声もよみがえる。「春の朝というところがえらいのです。春だから暖かい。もう凍えることはない。また朝ならば、すぐに拾い上げてもらえるはず。そう考えて、この子のお母さんも冬を必死で耐えて、春の朝を待ったにちがいない。せっぱつまった中にも、母の愛がはたらくんですよ」

世界最古の孤児院がフィレンツェにあると聞いて、たずねて行ったことがある。その孤児院は「捨て子養育院（スペダーレ・デッリ・インノチェンティ）」といい、市の中心部の「受胎告知（サンティッシマ・アヌンツィアータ）広場」にあった。ルネサンス初期の名建築家ブルネレスキが一四一九年に設計し、二十六年かけて完成したと入場券に印刷してあった。全長五十メートル余の巨大な二階建てだが、優しく柔らかな感じのアーチが九つ並んでいて、その印象は、やさしい。『イタリア旅行協会公式ガイド3　フイレンツェ／イタリア中部』（ＮＴＴ出版）にも、〈ルネサンス建築を代表する最も優美な建築物の一つでもある。〉と書いてある。もちろん金主はメディチ家である。大部分が絵画館になっていて、『聖母子』（ボッティチェッリ）をはじめ、聖母マリアと幼子イエズスを描いた名画が陳列されているし、一部に保育所が設けてあるのも、心憎い工夫だ。

「かつては音楽学校が併設されていたんですよ」係員が説明してくれた。「そのころはそれが常識だったんですね。たとえばオルガンを覚えれば教会のオルガン弾きになれますから、音楽は身を立てる早道……」

世界で二番目に古いというヴェネツィアの「ピエタ孤児院（オスペダーレ・デッラ・ピエタ）」でも事情は同じで、この孤児院の音楽学校の生徒たちはヴィヴァルディといっしょに活躍した。そして、二つの孤児院にもう一つ共通していたのは、やはり、「春に捨て子が多い」ということだった。母の心は、和洋を問わず同じということだろうか。ついでに云えば、わたしたちはハモニカを習った。それで春になると、ひとしきりハモニカを吹く。

自分の好きなもの

東京オリンピックの前後、『ひょっこりひょうたん島』を書いていたころ、ブロードウエイミュージカルの初演ナンバーによるレコードをせっせと集めていた。そのころは無邪気なことに、日本にもミュージカルのようなものができるはずだと考えていたので、そんな勉強もしていたのである。

そうして聞いた中で、『ザ・サウンド・オブ・ミュージック』(一九五九)の挿入歌の一つが印象にのこっている。嵐の夜に、家庭教師が怯《おび》える子どもたちのために歌う唄で、〈自分の好きなものを思い出せば、嵐なんか怖くない〉というのが、その大意。家庭教師の先導で、子どもたちは〈自分の好きなもの〉を並べはじめ、やがて嵐の恐怖を乗り越えるのであるが、うろ覚えに子どもたちが列挙した〈自分の好きなもの〉を書き出すと次のようなことになる。

一　バラのつぼみの上の雨粒

二　子猫のヒゲ
三　ピカピカに磨かれた銅の薬缶《やかん》
四　毛糸編みのあったかな手袋
五　クリーム色の子馬
六　ドアの鈴
七　雪橇《ゆきぞり》の鈴
八　月に向かって飛んでいる雁の群れ
九　林檎《りんご》の、パリパリの薄焼き
十　鼻やまつげの上に乗った雪の一ひら

それ以来、わたしも〈自分の好きなもの〉をいくつか選定して、恐怖を乗り切るときのおまじないにしているが、参考までにそれを書きつけておこう。

一　大根おろしをのせた炊きたて御飯
二　湯呑から立ち上る煎茶の香
三　洗濯物を嗅いだときの陽の匂い
四　雨上りの木々のあざやかな緑

五　わが子の寝顔
六　なにか食べているときの妻の顔
七　なにも書いていない原稿用紙の束
八　稽古場に差しこむ光の中に浮かぶ埃《ほこり》
九　成功した芝居の休憩ロビーのざわめき
十　自作新刊本の手ざわり

こんど、自作『父と暮せば』のロシア公演のために東京―モスクワ間を往復したが、このおまじないのおかげで、飛行機の揺れがちっとも気にならなかった。なかなかよく効くおまじないである。

母君の遺し給ひし言葉

山形県の南部、もっと詳しくは、東に奥羽山脈、南に飯豊《いいで》山地、そして北西に朝日連峰と四周をぐるり高い山々に囲まれた、冬むやみに雪深く、夏やたらに蒸暑く、そこでよく米の穫《と》れる、直径《さしわたし》五里ほどの盆地を置賜《おきたま》盆地といい、私は、この盆地の西の端、力士の締込み《フンドシ》を干したときのように長々と伸びた人口六千の町の産である。

わが町を訪れた著名人は、私の知るところでは次の四人で、まず、明治一一年（一八七八）の夏、イギリス人の女流紀行作家イザベラ・バード（一八三一―一九〇四）が会津から飯豊山地を越えて町へきた。そのときの旅行記『日本奥地旅行』（一八八〇）によれば、彼女は町に入った途端、思わず、

「おお、ここそは東洋の牧歌的楽園《アルカディア》……」

と賛嘆の声を漏らしたらしい。彼女のこの一言《ひとこと》は、長い間――ただし米英を敵に回して戦われたあの大戦争の期間中は別であるが――町の人びとの誇りの源になっていた。私もそれを聞いて子供心にも誇らかに思ったが、母は常にバードに異を唱えつづけた。

「夏の飯豊山地は蚊と蚋《ぶよ》と蛇の天下なんだよ。そんなひどい所を越えてきてごらん。地獄だって楽園に思えるだろうから」

太平洋戦争直前の昭和一六年（一九四一）の九月には、中国問題を論じたら世界でも一番か二番に入るだろうといわれていた評論家の尾崎秀実《ほつみ》（一九〇一—四四）が講演のために町を訪れた。前に町長をつとめたこともある読書家が町の本好きたちと語らって講演会を実現させたのであるが、母もその本好きたちの一員だった。戦後、尾崎秀実の、この時分の手帳が公けにされたが、九月二日の欄に次のような書き込みが見える。

「小松町。田五百町歩、畑百二十町歩。地主ノ多キ秘富《ひふ》ノ町」

戦中から戦後にかけて信じられないような食糧不足がつづいたが、私たちには、かつて飯《めし》をたべた経験がない。親たちの丹精もさることながら、たしかにこれは尾崎秀実が見抜いたとおり、町が秘富（たとえば米と牛肉）の上に成り立っていたおかげにちがいない。

「死人が葉書を書くものか」

このときの講演会では、講師の大きな白い顔にたえず笑みが浮かんでいたことと、ただひたすらハラハラさせられていたことが記憶に残っている。講師が話に区切りをつけるたびに、母が頷きながら、周囲に聞こえよがしに、こう呟くので気が揉めて仕方がなかったのだ。

「せっかくのお話なのに、この町の人たちには、猫に小判だよ」

尾崎秀実は、私たちの町を去ってから六週後に、ゾルゲとともに治安維持法、国防保安法などの違反容疑で検挙された。もっとも、このゾルゲ事件が公表されたのは、翌一七年五月で、手紙を書くのが好きな母は、受取人が拘置所にいるとは露知らず、しばらくのあいだ、せっせとファンレターを送りつづけた。むろん返事がくるわけはない。くるのは、「国際的スパイに手紙を出しつづけているこのおばさんはなにものか」を探る巡査だけだった。なかには夜中にこっそり忍び込む巡査もいて、これはスパイ探索というよりは、若後家狙いの、単なる夜這いだったろうとおもわれる。

いったいに、母は郵便に信をおく質《たち》で、金は郵便局に預けるのがきまり、父のお棺にも五十円分の郵便切手を入れたぐらいである。昭和一四年ごろの五十円は大金だ。小学校の先生の初任給がちょうどそれぐらいだったし、アンパンなら一千個も買える。「もったいない」と、だれもが止めたが、彼女はきかなかった。

「夫は筆まめな人、きっと手紙を書いてくれます」

このあたりはまだ、夫を亡くして気が転倒しているから仕方がないですむが、四十九日を過ぎてもなお、郵便のくる時刻に門口に立っているようになると、世間は、「ひょったら変人ではないか」と噂するようになる。そのうちに、「四十九日のあいだ、この世とあの世の間をさまよっていたが、今日、無事にあの世に着いた。これからは、郵便が出せないから、そのつもりで。夫より」と、親切が半分で悪戯が半分の葉書を送りつけてくる人も出てきた。

「悲しみに暮れている女をからかうなんて、この町には人でなしばかりいるよ。だいたい死人が葉書を書くものか」

唇をふるわせて怒っているのを見て、いったい母は、あの世から郵便がくることを信じているのかいないのかと、大いに迷ったことを憶えている。

真珠湾攻撃の行なわれた晩、隣組の常会が、「これからはアメリカやイギリスもわれらの敵、一億一心を合い言葉に、これまで以上にがんばりましょう」と盛り上がったところへ、「日本の軍艦や飛行機をつくる鉄の大半をアメリカから買い入れているんですよ。そんな相手と喧嘩して、いったい勝てるんでしょうか」と水をかけ、たちまち「非国民」という渾名がついた。そこへゾルゲ事件が公表されて、渾名は「女スパイ」に昇格、当然、私なども「スパイの子」と呼ばれることになった。「おしゃべりの親をもつと、子が苦労する」と諺まがいを発明して学校でのいじめをしのいでいたが、私も仕事柄、決しておしゃべりでないとはいえない。母から蒙った迷惑を、なんだか、そっくり子どもへ押しつけているような気のするときもないではない。

戦後、尾崎秀実の獄中書簡集『愛情はふる星のごとく』（昭和二二年）がベストセラーになり、彼が平和の闘士と称えられるようになると、母と町の人びととの関係は逆転した。

「この町には、人間を見抜く力を持った人など幾人もいやしません」

そう言い歩くだけでは気がすまず、彼女は、町の図書館に、『愛情はふる星のごとく』をいっぺんに十冊も寄贈した。そのころの彼女の懐には金が唸っていたから、十冊ぐらいなんでもなかったのである。

わが町を訪れた第三の著名人は、落語家で喜劇俳優の柳家金語楼（一九〇一―七二）である。正しくは「訪れた」のではなく、戦争末期に疎開してきたのだが、彼は、わが町についてなんの談話も残していない。噂を聞きつけ、彼の疎開先の農家の庭に詰めかけて、「なにかやってみせてくれ」と騒ぎ立てる子どもたちを、

「うるさい」

と一喝しただけであった。それでも私たちは大満足、また、叱ってもらおうと、毎日、通いつめていると、さすがに可哀想に思ったのだろう、ある日、ミカン箱を持って縁先に現われ、

「いいか、芸をしてみせるのは、一回だけだぞ。二度とやらんぞ」

と念を押しておいて、箱を立て、

「はこだて、はこだてぇ。次は、はこね、はこねでございまーす」
箱を横に寝かせて、その上に立ち、車掌の物真似をしてくれた。

「それじゃ、合格してみせます」

第四の著名人は、小説家の井伏鱒二（一八九八―一九九三）で、昭和三〇年の春にわが町を訪れている。そのときのことが、『還暦の鯉』という随筆になっているので、それを引く。

「小松といふ物淋しい町の井上さんといふ旧家を訪ね、美術館の古陶器を見せてもらつた。個人蒐集のものである。町は淋しいが、ちゃんとした美術館で、然るべき品が五百点以上もそろつてゐた。／この町は丁字路の両側に家が並んでゐるだけで、裏手は田圃である。話によると、ここでは田圃に豆を順序ただしく蒔くと山鳩が来てみんな食べるので、わざと不規則に蒔くのだといふ。海の魚も、腐りかけて臭くなくては魚らしくないとされてゐるところだといふ。一年のうち何箇月かは、見渡すかぎりの雪野原だといふ。こんな町に立派な美術館がある」

この美術館を掬粋《きくすい》巧芸館《こうげいかん》といい、戦前から中国の陶器に逸品の多いことで名が高かった。もっとも、当時の私たちに陶器のことなど分かるわけはなく、豆粒ほどの石を、輪投げの要領で、数米先から壺の口に投げ入れる遊びに夢中になっていた。成人して、巧芸館を訪ねたさいに、その壺に県指定の重要文化財という札が下がっているのを見て、ぞっとしたことがある。そのとき、私どもの本家筋であり、また、父の親友でもあった館主に、

「井伏さんが、この町のことを『物淋しい』と書いておられましたね。私たちには、けっこう賑やかな町だったような気がしますが」

と聞くと、館主の答はこうであった。

「井伏さんがお見えになったとき、すでにあなたのおかあさんは、町にはいなかった。だからすっかり淋しい町になっていたわけですな」

たしかに、母のせいで町が沸いた時期がある。そのときのいきさつを記せば、父が死ぬと、さっそく薬屋廃業の話が持ちあがった。できれば薬剤師の、少なくとも薬種業の免許がないと薬屋はやれないことになっていたからである。親戚中が寄り合って、母に、「これからは、文房具や書籍の棚をだんだんと増やして、さきざき文具店と書店で暮らしを立てて行くようにしてはどうかね。薬種業の免許試験はむずかしい上に、山形県では、女子の合格者はまだ一人も出ていないというよ」と進言した。他人の進言や忠告に逆らうのが、また彼女の得意芸で、

「それじゃ、県で最初の合格者になってみようじゃありませんか」

猛勉強の末、免状を手に入れてしまった。だが、すぐに戦時統制の時代がやってくる。小さな町に薬屋が四軒は多すぎる、二軒もあれば十分というお上からのお達しで、母はたちまち廃業せざるを得なくなった。このときの遺恨、すなわち、事前になんの相談もなく、古くからある薬屋二軒が一方的に自分を廃業に追い込んだという恨みが、以後の彼女に町の悪口を言わせることになる。恨むとしたら、その二軒の薬屋であって、町の人たちは関係あるまいと思うのだが、長く変人扱いされていたこともあって、母には、二軒の薬屋と町の人たちとが団子になってしまったらしい。廃業は逃れられないと知って、彼女は一世一代の賭けに出た。家を抵当に入れて金をつくると、父の薬学校時代の友人が技師をしている名古屋の製薬会社へ飛んでいき、全額を薬品に代えた。その薬品というのが、酒石酸《しゆせきさん》だった。あんまり病気には効かない薬で、主として、清涼飲料水や果汁やキャンデーやソースなどの酸味剤に使われていた。いまでも多分そうだろう。言ってみれば、半端な薬品であるが、この酒石酸は、少しずつ県下のジュース工場に運ばれて行っては、お米になって戻ってきた。いまでも、酒石酸の三文字を見るとお辞儀がしたくなるが、それは、この薬に戦争中を養ってもらったという恩を感じているからに相違ない。

近くの小さな製紙工場が硫酸加工紙をつくっていた。薄くて柔らかいのに、むやみに強くて水を通さない。野戦での湯沸かし用に開発された紙である。酒石酸でモノさえあればカネになるということを学んだ母は、この硫酸加工紙を押入れにいっぱい買い込んだ。お米を持っていって横流しをしてもらったわけである。一枚が新聞紙ほどもあって、何度か折り畳んで糸で綴じると立派な帳面になる。私もこの紙で何冊も帳面をこしらえて重宝したものだが、やがてこの紙が私を吃音症にすることになる。というのは、そのころ、家には、大勢の疎開婦人が出入りしており、朝から茶をのみながら、お茶受けがわりに、さかんに町のあれこれをこきおろしていた。夫の実家に疎開してみたが、姑が「この穀潰《ごくつぶ》し」というような目で見る、小姑どもが意地悪をする、早く都会へ帰りたいなどなど、母のところでは、町の悪口は天下御免で言いたい放題だから、胸のもやもやを吐き出しにやってくるのである。

ある日、学校から帰ると、着物の前を大きくひろげた疎開のおばさんが、茶の間を行ったり来たりしているのでびっくりした。着物の下にはなにもつけていない。ただ真っ白の、褌《ふんどし》のようなものをつけているだけである。おばさんは、数歩ごとに、ぴょんと跳ねたり、低くうずくまったりし、そのたびに自分の下腹のあたりを覗き込む。そして、その様子を、べつのおばさんたちと母が、いずれも実験中の錬金術師のような熱心な目付きでじっと観察していた。うっかり女子便所に飛び込んでしまったところを、女生徒多数に取り囲まれたようで、身動きできない。母は、玄関口で金縛りになっている私を見つけて、高らかに言い放った。

「池へ行って、水苔《みずごけ》を採っておいで。たくさん採ってくればくるほど、米沢の中学が近くなるんだよ」

町の子どもたちにとって、米沢上杉藩の旧藩校に通学するのは最上級の夢である。母のこの一言で鞭を入れられ、わけがわからないまま池の方へ走りだしていたが、このときを境に、私の渾名は、「スパイの子」から「月経バンド」に変わる。このあたりのことを詳しく書くのは恥ずかしくて気が引けるばかりか、吃音症が再発しかねないから、走り書きにとどめておくが、例のおばさんが下腹部につけていた褌のようなものは、じつは、硫酸加工紙でつくった生理用の丁字帯であった。また、水苔は脱脂綿の代用品、天日でからからに干しあげ、正月用の四角い切餅ぐらいの大きさと厚さにまとめ、柔らかな紙でこしらえた袋に詰めて、女性たちの月ごとの始末をつけるわけだ。そして、この苔袋を硫酸加工紙の丁字帯が固定するという仕掛けである。

「女にしかわからない仕事だよ」

どこで手に入れたのか、二台のミシンが運び込まれて、疎開のおばさんの踏む足で昼も夜も唸りつづけ、店には、近くの老人たちの採ってきた水苔が積み上げられて、土間は乾く暇《いとま》もない。またたく間に売れ出したので、弟と私が採ってくる苔では間に合わなくなり、母は日当一円で、近所の手空きの年寄たちを苔採り人に雇いあげることにしたのである。さらに、家の中は、床の間はもちろんのこと、台所の板の間まで、苔の干し場になった。それればかりか、袋を貼る糊は四方へ飛び散り、パンと手を打ち合わせて苔を手ごろな大きさに押しちぢめる音も絶え間なく、家は、疎開婦人と老人のための授産所のよう、そのうちに、軍需工場の女子寮や町々の女学校からも大量の注文が殺到して、マスコバンド本舗はついに町一番の優良企業に成り上がってしまった。部屋を苔干し場に没収されて、私は祖父の家へ移った。

学校で少しいい点をとると、「おまえのおふくろは、担任の女先生に月経バンドを融通してやっているんだ。先生はおまえに贔屓していい点をやったんだ」と皮肉られ、原っぱで遊んでいれば、上級生から、「苔採りに行かなくていいのか」とからかわれ、昼の弁当を開けてみれば、いつのまにか、ご飯と梅干のかわりに苔がぎゅうぎゅう詰めてある。なかでも、一番の痛手は、祖母が丹念に縫い上げてくれた防空頭巾を、ある日、上級生にナイフでずたずたにされたことで、「綿の代わりに、なかに苔が入っているんじゃないのか」と調べられたのである。子ども心にも世間がすっかりいやになり、その世間との交渉を断つために、私はいつのまにか、吃音症で自分を鎧《よろ》うようになった。母にも、それとなく、「いまの商売、いつまでつづけるの」と探りを入れてみたが、たちまち一喝された。

「おまえが将来お世話になるところを、いま、わたしがお世話してあげているんじゃないか。これは、女にしかわからない尊い仕事なんだよ」

フランスのジュグラールという経済学者が、「不況の唯一の原因は好況である」と言ったそうだが、これはまことに名言で、母の場合にもそっくり当てはまる。金庫がわりのミカン箱におもしろいように百円札が吸い寄せられてくるのに気がゆるんだところへ、男が一人入り込んだ。いまなら、母の空閨を慰めてくれたことに礼を言いたいくらいだが、そのころの私にそんな余裕はない。

「あのおじさんを、一回でいいから、『おとうさん』と呼んであげてくれない。そしたら、おじさん、よろこぶわよ」

と、吉屋信子の小説に出てくるヒロインのような気色の悪い声で言う母を突き飛ばして、私は祖父の家に戻った。

私の記憶では、物資不足が極まったのは昭和二一年から二二年にかけてではなかったかとおもう。敗戦の影響が若干の時差をもって現われたのである。とにかく、モノ不足で、マスコバンドは相変わらずよく売れていたが、この時期の母は、例の丁字帯の方を股肱の臣の戦争未亡人に任せ、闇米と煙草の流通業に精を出していた。置賜盆地は米どころ、その米を目当てに、東京から担ぎ屋たちが押し掛けてきた。アメリカ煙草を背負って、朝一番の汽車で町に着き、母のところで米を仕入れて、夕方の汽車で町を発つのである。担ぎ屋たちは、昼間は、家の二階で仮眠をとっていた。夜は、アメリカ煙草と交換しに、米を背負った土地の人たちが訪ねてきた。煙草を欲しがるのは、たいてい町の名士で、警察署長や駅長まで、米を持ち込んできた。したがって摘発される心配はない。おまけに、当時、容易なことでは入手できなかった汽車の切符も思いのままである。その切符のおかげで、私なども後楽園球場まで野球を観に行ったぐらいであるが、それにしても、母のやり方があんまり派手すぎるような気がして、あるとき、「どんなに苦しくとも、闇だけはすまいと誓って、餓死した判事や高等学校の教授もいるんだよ。それなのに……」とやんわり釘を刺した。

「無力な政府に代わって、私たちが都会にお米を届けているんじゃないか」

これがそのときの母の屁理屈であった。それからこうも言った。

「紀伊国屋文左衛門をみてごらん、三井や三菱をみてごらん。みんな、モノやカネを動かして儲けた連中じゃないか。モノをつくるより、モノを動かす方が儲かるという世の中の仕組みに文句を言いなさい」

ま、これは当たっている。

昭和二三年の秋、股肱の臣の戦争未亡人が有金を根こそぎ持って逐電した。前後して、例の、おとうさんと呼ばれたがっていた男も姿を消した。母の家や土地をこっそり抵当に入れて借りられるだけの金を借りまくった上での道行だった。町中が沸き返った。

「ざまみろ」という声の方が圧倒的に多かった。

「金を貯めて、いつかかならず戻ってくる。でも、住むために戻ってくるのじゃない。飛行機を雇って、それに人糞を詰められるだけ積んで、空から戻ってくる。町中に人糞を撒き散らしてやるから」

隣近所にこんな恐ろしいことを言い残して、母は岩手県の一関市へ発った。道行組が、土建屋を開業し、一関市の堤防工事の仕事をしているらしいという噂を聞き込んで出かけたのである。祖母が、「このまま残って、ここから学校へお行き」と引き止めてくれたが断った。その理由はいくつもあるが、紙幅の制限もあるので、一つだけ書いておくと、当時、一関一高はたいそう野球が強かった。前々年、戦後初めての甲子園大会（もっとも、この年の会場は西宮球場だったけれど）に、北奥羽代表として出場している。一関に行けば、毎日でも野球部の練習が見物できるとおもったのである。


「女の土手の穴は底無しだよ」


母が、例の男をどんな啖呵で追い出したのかは、その場にいたわけではないから、わからない。がしかし、後で聞いたところでは、飯場にぬっと入っていくと、一言、

「夏の夜空に咲いた花火と同じの短い縁だったねえ」

ドスのきいた声でいい、慌てふためく男を尻目に、入口に掛けてあったナントカ組の板看板を外してぽいと捨て、用意してきた「井上組」の看板を掛けて、それできまりがついたという。男は、おとなしく工事請負の権利を渡して去った。作曲修業中の兄も呼び寄せられて、私と弟を待っていた。このへんが母の乱暴なところで、作曲家志望の十九歳の青年を「若大将」と呼ばせ、三十人からいる屈強な男衆を束ねさせようというのだから恐れ入る。貧乏籤を引き当てた兄は、二年もしないうちに重症の結核患者になってしまった。

それでも、一関での生活は楽しかった。なによりも、井上組の担当工事現場が、一関一高のグラウンドと隣接していたから、野球部の練習がたっぷりと見物できた。小松の町には映画館が一つしかなかったが、一関には五館もある。しかもその一つは、土蔵を飯場に貸してくれている酒屋さんが経営しており、無料で観せてくれるばかりか、切れたフィルムはくれる、いらなくなったポスターもくれる、しまいには夜の部のモギリに雇ってくれた。母の悪名がまだ轟いていないせいもあって、同級生たちもなんの色眼鏡もかけずにつきあってくれた。それに飯場の男衆がおもしろい。花札の名人がオイチョカブを手ほどきしてくれる、女郎買いの通人が女体の構造を地面に熱心に絵解きしてくれる、その他、恋文の書き方、その渡し方、喧嘩の要領、飲み逃げのこつ、酔わない酒の飲み方、あるいは、少しの酒でうんと酔う方法、蚤しらみの上手な捕まえ方、スマートな女湯の覗き方、私服の刑事やおいしい西瓜と南瓜の見分け方、戦前の上海での暮らしぶり、軍隊内務班でなるべく殴られないですむ秘訣、刑務所生活の心得、そして、戦前の職業野球の名選手の面影など、飯場はよくできた百科事典のようだった。あの飯場にもう一年いれば、私はもっとましな小説家になっていたにちがいない。

母はといえば、給料日ごとに男衆に怒鳴っていた。

「みんな、いったいどこまで色街の女の土手の穴に金を注ぎ込めば気がすむんだい。あそこは底無し、穴のあいた馬穴《バケツ》だよ」

また、仮病をつかう男衆の枕元では、よく詩吟らしいものを歌って、励ましていた。

男子志を立てて飯場に至る
働かざる者に濁酒《どぶろく》の特配なし
働かざる者に女運もなし
立て劣等の労働者

まるでデタラメのでまかせだが、なかには悪くないのもあった。

土工ふて寝して　工期成り難《がた》し

今日の工事　軽んず可《べ》からず
いまだ覚めぬか　酒池肉林の夢
朝飯の支度　すでに出来てる

そのうちに、頼みの綱の兄が弱ってきた。そのせいかどうか、なかなか次の工事が決まらない。中学三年になっていたから、これは先行きが怪しくなってきたなと察しがついた。映画館の仕事をさせてもらいながら、一関一高の定時制にでも通おうと覚悟を決めた。ところが、ある日のこと、母がうきうきして外から帰ってきて、こう言った。

「おまえたちは、ついてるよ。仙台のカトリックの養護施設に入れてもらえることになったんだよ。高校に行けるし、成績がよければ、そこから大学にも行けるそうだよ。よかったわね」

よくない、と私は抗弁した。やっと母子四人、一つ屋根の下で暮らせるようになったばかりじゃないか。この町が気に入っているし、兄と離れるのもいやだ。私には珍しいぐらい頑固に言い張った。すると、母がぽつんと言った。

「いい諺を一つ教えて上げようか。昔から、子を捨てる藪はあっても、自分を捨てる藪はないというけど、この諺をどうおもうかしらねえ」

私たちを施設に預け、兄を療養所に入れて、ひとまず身軽になりたいのだな、とおもった。この十年間、不幸と幸運、好況と不況の凸凹道をものすごいスピードで走りつづけてきたので、すっかり摩《す》り切れてしまったのだ。二週間後、一関カトリック教会のカナダ人神父の運転するステーション・ワゴンで、弟と仙台へ向かった。奇妙なことに、施設に収容されて十日もしないうちに吃音症が治った。私もまた、自分でそれと気づかぬうちに、浮き沈みの烈しい母との生活に疲れていたのかもしれない。

仙台では、当時、望み得る最高の教育と生活に恵まれた。そのころの日本人にはとても手の届かないハムやソーセージやアイスクリームをたらふくたべ、結局は身に付かなかったけれど、ラテン語やフランス語まで教えてもらった。もっとも、映画と書物に熱中するあまり、学校の教科書の方は頭から馬鹿にしていたから、成績は下から数えた方が早かった。施設の先生方の熱心な口添えもあって、上智大学が授業料を免除してくれ、代々木上原の修道院から四谷に通うことになったが、三カ月で脱落してしまった。東北弁と標準語が正面衝突を起こし、そのせいで吃音症が再発したのである。私はまたも母と暮らすことになった。

「裸と裸で話をつけましょう」

そのころ、東北の各地を転々とした末、母は岩手県の釜石市で屋台を始めていた。釜石は三陸沿岸屈指の漁港である。加えて、日本有数の大製鉄所もある。魚景気と鉄景気でたいへんな活気であった。

「この町では、鱗のついた千円札と鉄屑のひっついた百円札が乱れ飛んでいる。ここは東北の上海さ。だから、ここで再出発することにしたんだよ」

母の声には気合いがこもっていた。間借り先の、色街の雑貨屋の二階の三畳間へ帰ってくるのが午前五時。もう昼前には起き出して、魚市場の大冷蔵庫に預けてある臓物をとりに行く。コチンコチンに凍ったままでは串にならぬので、岸壁や屋根など天日のさすところでさらす。油断は禁物、烏にさらわれないよう、しっしっしっと間断することなく声を発しながら、そのそばで葱を切る、お通しをつくる、臓物がほぐれたところを見計らって、何百本もの串をこしらえる、酒やビールを仕入れる、銭湯に行く。仕事はまだまだあるが、以下は省略、

「貸して不仲になるよりも、いつもニコニコ現金払い」

と書いた板を掲げて、大車輪で働いていた。気合いが入っているだけに、武勇伝も多い。町の活気を嗅ぎつけて、暴力団も吸い寄せられてくる。彼らは、駅前から蜿々二キロにも及ぶ屋台の行列に目を付けて、ショバ代を徴収し始めた。どうしても取りやすいところから取ることになるから、女性のやっている屋台のショバ代は高くなる。そこで、女性の屋台数軒と語らって、婦人屋台組合を結成するや、次のように申し入れた。

「一軒一軒、ショバ代を徴収なさっていては、あなた方もお手数、私たちも面倒。そこで今月から、組合の方で一括して納金することになりました。ただし、あなた方の手間を省いてあげた分だけ、ショバ代は安くしていただきます」

組合が提示した額は、これまでの五分ノ一、当然のことながら、いやがらせが始まった。母には、なにかというと組合をつくりたがる癖があって、これは、父の感化によるものとおもわれる。

昭和初期、東京から母をともなって帰郷した彼は、自分が小地主の跡取りであるにもかかわらず、農地解放を唱えて、農民運動に熱中した。アジビラの印刷所は田圃の真ん中。謄写版の器械を分解して、あっちこっちてんでんばらばらに隠しておく。「さあ、印刷だ」となると、各人が部分部分を田圃に持ち寄って、組み立てる。母の受持ちはローラーで、兄と一緒にネンネコに包んで田圃に駆け付けるのを常とした。そういう下地があるから、なにかあるとすぐ組合をということになるのである。

話を戻して、いやがらせはますますひどくなっていったが、とある午後、銭湯に漬かっていると、男湯に、暴力団の組長がきていて、組員に背中を流させているのに気づいた。湯当たりも原因して、カーッと逆上《のぼ》せあがり、そのまま、境のくぐり戸を開け、男湯に押し入って、

「いいところで会った。さあ、裸と裸で話をつけようじゃありませんか」

こうなるとほとんど浪曲の世界である。組長は前を隠しながら、「その度胸、気に入った」と言い、以後、いやがらせはふっつりとやんだ。これを機に組合は大きくなり、しまいには、全屋台がこれに参加した。このときの手柄が、やがて、「市政功労者」として表彰されることに結びつく。

母の遺した言葉を思い出しながら、ここまで書き綴ってきたが、別にたいしたことは言い遺さなかったようである。それに、書いていて痛感したが、彼女の苦労にしても特別のものではない。戦中から戦後にかけてのあの厳しく烈しい時代に、夫を亡くし、子どもを抱えた婦人であれば、だれかれの例外なく、母と同じ苦労をしていたはずだ。涙と汗の量はみんな同じだろうとおもう。ただ、母はちょっとだけおしゃべりで、ちょっとだけ目立ち屋だっただけだ。一つだけ、まともな言葉を思い出した。母はお使いに行く私どもによくこう言っていた。

「向こう様に行って、女の人しかいないなと思ったら、決して、敷居を跨いで、なかに入ってはいけないよ。たとえ、子どもでも、おまえは男なんだからね」

母たちが生きたのは、そんな時代だった。

弟の手

父 ─→ 娘

年齢を重ねるにつれて頭の中身も変わって行くようで、それをいま実感しています。分かりやすくいうと、一昨日の晩に何を食べたかが思い出せないのに、昔のちいさな出来事やある光景をひょいと思い出したりするようになりました。

十月半ばに、逆流性食道炎と胆石と黄疸《おうだん》で倒れたわたしは、それから六週間ばかり自宅で病後を養っておりました。三つともいまでは「命に別条のない病気」ですし、それに十二月に入ってからは体調も落ち着いて、ほぼ元に戻りましたので心配はいりませんが、自宅で静養しているあいだの楽しみは、縁側の日溜《ひだ》まりでぼんやりしながら、昔のなんでもない光景をあれこれ思い出すことでした。

たとえば、毎夏の家出の思い出。

昭和十八年（一九四三）、国民学校（現在の小学校）三年の夏もまた、家出を計画しました。米作地帯の真ん中にあったわたしたちの町では、秋の収穫を前に、その年も稲に実がついたことに感謝し、やがてくる台風にその稲が倒されたりしないように祈るために、その時期に祭をすることになっていました。旧盆も重なりますから、それはたいへんな賑わいです。戦争中でしたし、町には男たちの姿が少なかったけれども——ほとんどの青年や壮年の男子が兵隊に取られていたからですが——三流ながらも歌舞伎芝居はくる、講談、浪曲、落語の席は立つ、露店は並ぶで、お金だってもらえます。

そのころのわたしたちにはお小遣いというものはありませんでした。紙芝居が見たい、映画が見たい、芝居が見たい、芋アメが買いたいと思ったとき、そのつど、家からお金をもらうことになっていました。

わたしが熱中したのは、駅前の広場にやってくるサーカスでした。夏休みですし、午前中は朝早くから農家のお手伝いで田の草取りをすますと、午後からはただひたすらテントの設営に見とれていました。

地面に転がっていただけの丸太が林のように一気に並び立ち、すぐさま別の丸太が横に渡され、交差するところを縄で縛ると、もう巨大な骨組みができあがる。そこへ天幕を張り巡らすと、昨日まで運送用の荷馬車がひしめき合っていた馬糞《ばふん》くさい空地《あきち》が、たちまち夢の殿堂にかわってしまうのですから、ふしぎでした。

猛獣用の檻《おり》が着いて——年老いたライオン一頭だけでしたが——サーカス団の楽隊が町を練り歩く。そうするともうだめです。初めからおしまいまで楽隊について回っていました。

さて問題はサーカスを見物するお金です。サーカスは一週間も興行しているのに、母は二回分しかお金をくれない。それでもへこたれずに「お金をちょうだい」とせがむ。するといと母が怒って、「そんなにサーカスが好きなら、いっそサーカスへ入っておしまい」という。それで毎夏、家出を決意することになるわけです。その夏もそうでした。夜更けにこっそり荷物をまとめて――下着や教科書を風呂敷で包むだけですが――サーカスへ駆け込もうとしていると、それまでじっとわたしの様子を見ていた五歳の弟が追ってきて、うしろから思い切り抱きついてきた。その前の年は兄に呼び戻されたのですが、その夏はうしろから弟がわたしの腰を両手で抱え込んだのです。

ぼくの分のお金を上げるから、兄さんは四回、見ればいい。だから家に帰ろう……弟はそんなことを言っていました。そこで思い止《とど》まったのですが、じつのところ、わたしも恐かった。自分はまだ小さくてサーカス団員がつとまるわけはない。断られたらどうしよう。また、たとえ入れてもらえたとしてもサーカス団長が人買いかなんかだったらどうしよう。炭鉱にでも売られるのではないか。家を出たものの、そう思うと恐くて仕方がなかった。それで弟の願いを聞き入れたという格好にして、家へ戻りました。

力いっぱい抱きついてきた弟の手の、ほんとうの意味を理解したのは、高校一年の春、復活祭に洗礼を受けたときでした。洗礼を授けてくださった神父が、お祝いにこんな言葉を贈ってくれたのです。

「わたしたちの手がなんのためにあるのか、それをよく知ってください。いいですか、モノを持つため、モノを取るため、モノを拾うために、この手があるわけではありませんからね。わたしたちの手は、だれか大切な人の心を抱き締めるためにあるのです。体を抱くためではありません。いいですか、心を抱き締めるためにあるのですよ」

あのときの弟の手は、わたしを引き止めたのではなかった。じつは彼はわたしの心を抱き締めていたのです。それ以来、わたしは弟を宝石よりも尊いものに思っています。

（２００６年１月号）

わたしはわたしをまだ許さない　父──→娘

先月号で、綾くんがわたしの母マスについて書いた文章に引き込まれて、中学三年の晩秋の、ある一日のことを思い出しました。

今から六十年前の昭和二十四年（一九四九）初秋、弟とわたしの二人は、仙台郊外のラサールホームというところに入りました。戦さに敗れてまだ数年、街にはバラックに毛の生えたくらいの建物しか並んでいなかったころ、駅のまわりに闇市がかさぶたのようにべったりとはりつき、その闇市に汚れた服装の日本人たちが食べものや着るものを求めて蟻のように群がっていたころの話です。

ラサールホームは丘の上の松林のなかに建っていました。木造の平屋でしたが、そのころでは珍しいモルタル塗りの本格的建築、松の梢《こずえ》をわたる秋風も心地よく、ひょっとしたら天国のようなところへ来たのではないかと思ったくらいでした。

それまでは、一関《いちのせき》市内を流れる磐井《いわい》川《がわ》の川べりの土蔵に住んでいました。この磐井川は二年続けて大氾濫を引き起こして、街全体を一面の湖のようにしてしまいました。そこで「東北地方の土木会社が全部集まってきた」というくらいの大規模な堤防工事が始まり、小さな土建屋さんをおこした母もこの大工事に加わっていた。組員が二十名前後の、大林組の孫請けのそのまた孫請けといった程度の井上組の組長でした。

土蔵を改造した飯場に寝泊りしていた組員のみなさんの顔ぶれはものすごいもので、たとえば飯炊《めした》きのおじいさんは酒に酔うたびに、「昭和の初めのころの話だけどね、これでもあたしは上海《シャンハイ》で日本の諜報員をやっていて、人を二三人殺したことがあるんだ」と威張っていましたし、忌《い》まわしい事件をおこして目下逃走中といったような陰気な顔つきのおじさんもいました。酒が入るとかならず博打《ばくち》になりますし、おしまいはたいてい取っ組み合いの喧嘩で終わることになっていました。

なかでも母を悩ませたのは、組員たちの雑談でした。街の遊廓の女たちの噂話から工事現場近くの女学校の生徒さんの品定めまで、ヒマがあれば女の話ばかり。母は子どもをこんなところへ置いていてはいけないと思った。また会計のおじさんがお金を持ち逃げして労賃の支払いにも苦労していた……。

天国のようなという幻想はすぐに消えました。その日のうちに、わたしたちは児童相談所というところへ連れて行かれていろんなテストを受けさせられたのですが、そのとき相談員の先生がこういったのです。

「きみたちのところは戦災孤児専用の保護施設で、みんなみなし児なんだ。兄弟でくっついていると、みんなから妬まれるかもしれない。所内ではできるだけ赤の他人のふりをしていた方がいいだろうね」

児童相談員の予言は当たりました。もちろん楽しいことは山ほどありましたが、しかし肉親が生きているというだけで、ことごとくつらくあたられる。これには閉口して、こんなことなら一関の飯場の方がいいやと思いはじめたころ、母が面会にやってきました。カナダ人の院長先生から許可をもらった母は、わたしたちを仙台市内に連れ出して、まず映画館へ行きました。

「あんたたちは映画が大好きだったわね。今日は二本も三本も映画を見ましょう」

「ぼくらと一緒にいるのは、両親を亡くした子たちばかりなんだよ。そんなところへのこのこやってくるなんて、どうかしている。映画なんかどうでもいい」

母の顔を見て体がはち切れそうになるくらいうれしかったのに、わたしの口から飛び出すのは、恨みごとばかりでした。

「ご馳走をたべようか。ライスカレーがいいかな、それともチャーシューメンがいいかな」

「食べたくない」

「しばらく東一番丁を歩こうか」

「歩きたくない」

「喫茶店でアイスクリームを食べよう」

「いやだ」

「じゃあ、どうしたいの」

「なにもしたくない」

こうしてわたしたち母子三人は仙台の盛り場で、ただうろうろしていました。そしてそのうちに、母が静かに泣きだしたのです。


すぐにでも子どもを引き取って帰りたいのに、さまざまな事情がそれを許さない。子どもにしてもその事情を察していて一緒に一関に帰りたいとは言えない。そういったことが団子になって、わたしたちを立往生させていたのでしょうが、なによりもわたしは、自分のなかに根深くひねくれた心が潜んでいることに気づいてびっくりしていました。

わたしの知るかぎり、母が涙を流したのはあのとき一度だけでした。母の涙の引き金を引いた中学三年のこのわたしを、わたしはまだ許していません。

（2009年1月号）

主題歌

某月某日

高校二年の冬のある夜更、ぼくは長距離列車を待つ人びとを大勢のみこんだ仙台駅で、そこへ行くすぐ前に時間つぶしのために観た「虹の女王」というアメリカ映画の主題歌を、繰返し繰返し口遊《くちずさ》んでいた。それは五回、六回と襲いかかってくる人生の危機をそのたびごとにその歌を歌いつつ乗り越えて、ついにブロードウエイの女王の座につく女優の半生記だった。危機のたびに歌われるので、さほど憶えのよくないぼくにも冒頭の八小節ぐらいは記憶できていたのだった。

Look for the silver lining
whenever clouds appear in the blue

つまり、それはいつも物事の明るいところを見ながら生きなさいという人生応援歌で、楽天的な芸道映画にうってつけの主題歌だった。

そのときのぼくは下りの夜行列車で岩手県南部の小都市へ弟を迎えに行こうとしてい

た。すでにぼくは仙台市郊外の孤児院に収容されていたが、家の事情は弟さえも養えないようなところまでひどくなっていて、それでぼくは院長に泣きつき、弟さんも収容してあげましょうという許可をもらい、北へ行く列車を待っていたのである。

「これで家も完全に空中分解だな。でも、もうこれ以上は悪くならないだろう。これから後の運はきっと上向く一方なんだ」

その歌を憶えたばかりのところだったせいで、ぼくはたしかな情報を得て金鉱を探しに出かける山師のように陽気だった。

というようなことをはっきりと思い出したのは、去年の四月の末、キャンベラ市郊外のレストランでジャック・ヒバードという人の「ディンブーラ」(Dimboola)という芝居を観ているときだった。オーストラリアの人たちは結婚披露宴をレストランで開くらしいが、この芝居はその習慣を巧みに利用している。観客はレストランに入ったとたん、入口のところで待ち受けていた新郎新婦から挨拶を浴びせかけられる。ぼくは、「おやまあ、日本からわざわざ駆けつけてくださったんですか。それはそれは」などと礼を言われた。つまり観客はすでにここで披露宴の招待客を演じるようにと念押しさせられたことになる。席につきワインを飲んでいるうちにやがて芝居(つまり披露宴)がはじまる。がそこには酔っぱらいがふたり押しかけて来ており、ふたりはそれ以後、宴の進行に合わせて、客席(招待席)から新郎をくさし、新婦をからかい、両家の醜聞を次々にすっぱ抜き、そのつど招待客（観客）に同意を求め、煽動し、ときには、こんな愚劣な披露宴に出席するなぞ（ということは、こんな下らない芝居を観に来るなぞ）みんな気でも狂ったのか、と客を罵倒したりする。新郎新婦側は酔漢の口封じのため、ときおり客に向って「さあ、このへんでダンスを」とか、「歌をうたいましょうか」とか叫ぶ。オーストラリアの人たちはものおじしないから、掛声のたびにフロアに繰り出して踊り狂い、あるいは歌いまくる。

そのうちにアルコールのせいもあって、客たちは自分が観客なのか招待客なのか判然としなくなる。ちなみにディンブーラとはメルボルン市を州都とするヴィクトリア州の西部の小さな町の名で、劇はこのディンブーラのレストランで開かれている結婚披露宴の一部始終の忠実な記録という体裁をとっているのだが、オーストラリア人の気質を上手に計算した観客参加装置をあちこちに仕掛けてあるので、客は手もなく乗せられてしまう。さて、何番目かの歌があの「Look for the silver lining」だった。とたんにぼくは二十数年前の冬の夜の仙台駅待合室へ戻って行き、以後の芝居の進展はまったく憶えていない。ステーキを口に運んだがぼくにはそれが仙台駅で大事に齧っていた花林糖の味がし、ワインの香はあのとき仙台駅にこもっていた湿った埃や泥の匂いのように思われた。それまで全く欠落していた記憶がその歌に引っぱられて甦ってきたのである。

終演後、隣席のオーストラリア人からこの歌の全歌詞とメロディを教わり、それから数ヵ月、キャンベラで生活しているあいだずうっと、ぼくはこの歌を口遊みつづけた。むろん二十数年前ほどのきき目はなかったけれども、この歌はそのころのぼくをずいぶん力づけはげましてくれたような気がする。たとえば、「どうもうまく書けないな。でもいいさ、そのうちきっとましなものができるようになるよ。なにしろいまは最悪、どんな下らない小説家だって、おまえがいま書いているより下手には書けやしないのだから」といった具合に。

というようなことを思い出したのは、今日、キャンベラの書店から船便でジャック・ヒバードの戯曲集が届いたからである。ヒバードはこの「ディンブーラ」の成功で、南半球でもっとも人気のある作家になった。オーストラリアで戯曲集が出版されるなどは珍しく、版を重ねるのはさらに稀有なこととされているが、ヒバードはそのほとんどあり得ないことを実現したわけだ。「ディンブーラ」はオーストラリアばかりでなく、ロンドンやニューヨークでも上演され評判も上々だとのことであるが、それはとにかく一冊の戯曲集からオーストラリアでの一夜を思い出し、さらにそこから仙台駅の夜更へとさかのぼるのは疲れる。「時間」がかきまぜられ、現在と過去とその中間の半過去とが入りまじり、なんだかわけがわからなくなる。そしてもつれた記憶の糸をほどくともうそれでぐったりとなってしまうのだ。このごろはとくにこういうことが多く、仕事をする時間が、つまり未来へと心を向ける時間が奪われる。でもまあいいだろう。いまやぼくには主題歌がある。

Look for the silver lining
whenever clouds appear in the blue

そのうちに過去をすっかりしゃぶりつくし、未来へ心を向けるほか手がないというような時がくるだろう。そのときまでこの歌をうたって暮そう。もっとも、そう言いながら生きているうちに終点がやってきてこの主題歌に手ひどく裏切られるだろうことはわかっているのだが。

ビデオ漬け

街の映画館に出向くのが恐しくなりはじめた頃、さいわいにもビデオテープにおさめた劇映画が売り出されるようになり、それ以後は、仕事部屋が映画館に化け、仕事に差し支えの出ることが多くなった。うれしいが困るというのは、こういうことを云うのかもしれない。映画館が恐しくなったのは、あの音量のせいだ。とにかく音が大きすぎる。だいたい音に弱い質《たち》で、高校のときは、毎朝、遅刻していた。駅から学校へ行くには駅構内沿いに行くのが早いのであるが、構内では小型機関車が絶えず走り回り、列車の編成を組みかえている。走っては停り、停ってはポーッと汽笛を鳴らして走り出す。このポーッが恐しい。近くで鳴ると発狂しそうになる。ポーッがいやさに遠回り、それで遅刻するのである。それなら一《ひと》汽車早く行けばよさそうなものだが、出掛けにぐずぐずする方で、なかなかそれが出来ない。つまるところは愚図で臆病なのである。もっとも映画館の音が大きすぎると思うのは僕だけではないらしい。いつだったか、あまりのことに耐えかねて映写室へ、「すこし音が大きくはありませんか」と言いに行ったことがある。そのとき、技師さんからこういう答が返ってきた。「私もそう思います。ですが、本社から指定してくる音量の大きさがこれなもので……」

技師さんの話では、一日四、五人は、音が大きいといって抗議に来るとのことだった。球場へ行かなくなったのも、応援団が排泄するあの騒音のせいである。自然に発せられる声援は美しい。それに自然な声援の中では野次がよく透る。気のきいた野次が聞きたくて球場へかけつけた時代もあったのに。

ところで近頃、ビデオ映画を観るのも、結構、恐しいことであると思うようになった。もちろんもはや問題は音量ではない。現在、こう在《あ》る自分が過去の名作映画によって壊されてしまいそうで、それが恐しいのである。現在の自分はさまざまな記憶から出来ている、と僕は考える。さまざまな体験や知識や思考が次々に記憶というものに転換され、意識の池の中へ収納される。記憶の貯蔵所を「池」に喩えるのが適当かどうかは知らないが、記憶はその池でしばらく漂いはじめる。そしてさほど重要でない記憶は間もなくパチンと弾けて消え、重要な記憶は意識の池の底へ向ってゆっくりと沈んで行く。その途中で消えてしまう記憶もあるが、その人間にとって大切この上もない記憶は決して消えることなく意識の池の底へ着き、そこで一生の間、たくわえられることになる。池の表面ですぐ消えたのを短期記憶と名付けるならば、池の底まで行かず消え失せたのが中期記憶、そして池の底にいつまでも澱《よど》んでいるのが長期記憶ということになる。この長期記憶の群れが、つまり現在の自分なのだ。この長期記憶群は沈んだままじっとしているわけではない。池の持主のお呼びがあれば一気に浮上し、仕事をし、やがてまた沈んで、次の呼び出しに備える。さらに長期記憶群は長くいるうちに力を持ちはじめ、新入りの記憶たちに、「おまえはすぐ消えろ。おまえに長居をされると、おれたちが迷惑する」などと言ったりする。あるいは、自分の都合のいいように勝手に変質したりもする。がしかしとにかくこの長期記憶群は、その人間そのものなのだ。

たとえばダニー・ケイ主演の『虹を掴む男』（ノーマン・Z・マクラウド監督作品。一九四七年度制作。日本封切・昭和二十五年）という映画がある。ダニー・ケイ扮する出版社社員に夢想癖があって、その夢想の中で、彼は勇敢な船長であり、名外科医であり、ドイツ戦闘機二十一機を射ち落した空軍の撃墜王であり、ミシシッピ河の賭博師であり、西部の拳銃使いであり、常に英雄なのだが、現実の世界では愚図で臆病でへまばかり仕出かしている。その彼が、ひょんなことから、ナチスの隠匿したオランダ王室博物館の美術品を狙う国際的な悪党団「編上靴《ブーツ》」一味に追いかけられることになる。そして、いろいろあった末、美しい娘（ヴァージニア・メイオウ）を救い、悪党どもを警察に引き渡し、ついには娘と結ばれるというのが、一筆描《ひとふでが》きの荒筋。どうということのないお話のようだが、汽笛にさえおそれていた僕には百万の味方を得た思い、愚図で臆病でもヒーローになれるよと励まされた気がしてただ感動、それにとてもおもしろかった。白昼夢の中の、恰好がよくてキザな英雄と現実でのダメ男との落差に笑い転げ、ショー場面の美しさにうっとりとし、メイオウの女っぽさに呆然とし、そしてこの映画に自分の未来があると直感したりもした。つまり僕はこの映画に励まされると同時に、こういう種類の物語をつくる人間になりたいとも決意したのだった。そしてこの映画を丸ごと暗記しようとして、一週間、映画館へ通いつめた。こうしてこの映画は、それ以来、僕の意識の池に有力な長期記憶のうちの一つとなって住みつき、いまやそこの主《ぬし》のような存在になっている。

ところがアメリカでついにビデオ化されたと聞いて雀躍して取り寄せてみて愕然となった。見直したらボロ映画だったというわけではない。依然として素晴らしい作品であることに変りはないが、なにかがちがってしまっている。この齟齬《そご》の思いを無理矢理言葉にすればこうなるだろうか。

まず、「ダニー・ケイって好きだな、ダニー・ケイは次にどんな映画に出るのだろうな、よし、どんなことがあってもこの人の映画は見逃さないぞ」という未来へ向うしあわせな伴走感がない。伴走感とは熟さない表現だが、とにかくこの人がいればきっとまたおもしろい映画が見られるだろうよ、という期待が生まれてこない。当然である。その後、彼の映画は全部観てしまっているし、だいたい彼はもうこの世の人ではないのだ。云いかえれば、この映画は、かつて僕に見せてくれたような未来を、もう見せてくれようとしない。

もっと重要なのは、当時、高校一年生だった僕には、この映画を「僕のためにつくられた映画だ」と錯覚しなければすまない事情があった。養護施設からいつ解放されるのか、将来どんな仕事につけばいいのか、いったい自分はこの先、人並みに生きていけるのか、そういった切実な疑問がこの映画によって一挙に解決したように思われ、そこで感動したのだ。いってみればそのときの僕は小さいながらも全存在を賭けてこの映画と対峙していたのである。だが、いまは……こうしてこの映画についての長期記憶は意識の池の主の座をおりた。これと同じことが『東京物語』でも『切腹』でも、また『ジョルスン物語』でも起った。現在の自分をつくってくれていた大黒柱のような長期記憶がつぎつぎに倒れるやら縮むやら変形するやらで、恐しくて仕方がない。今日もまた待望の『夜の豹』が届いた。これもまたいまの僕の大切な部分をつくってくれた映画のうちの一つであるが、さてどうしたものか。

どこにも売っていない本

さる高校のアメリカ映画研究会から「あなたにとって最高の①西部劇、②ミュージカル映画、③喜劇映画、④青春映画、⑤社会派映画はなんでしょうか」という葉書が舞い込みました。ちょっと考えてから、

西部劇は『ウィンチェスター銃'73』、『シェーン』
ミュージカル映画は『夜の豹』
喜劇映画は『虹を摑む男』、『お熱いのがお好き』
青春映画は『陽のあたる場所』
社会派映画は『探偵物語』に『スパルタカス』

と書きつけて投函しましたが、投函したあとで、あの映画を挙げるべきだった、あれを落したのはまずかったと、二、三日、悩みました。こういうアンケートに答えるのはやはり考えものです。

とくに頭を悩ませたのはミュージカル映画で、『夜の豹』に落ちつくのに小一時間も

かかってしまいました。そんな時間があるなら註文の原稿をこなせばいいのに、まったく馬鹿なはなしです。ではなぜ『夜の豹』か。この映画をごぞんじない読者のために（日本ではまったくヒットしませんでしたから、ごぞんじのない方が大勢いらっしゃるにちがいない）、ちょっと説明することにしましょう。

この映画の原題はPal Joeyです。『親友《パル》ジョーイ』と訳すようです。製作年度は一九五七（昭和三十二）年。監督のジョージ・シドニィが製作をも兼ね、パラマウントが配給しました。日本封切は五八（昭和三十三）年だったと思います。ストーリーは単純です。サンフランシスコ（――登場人物たちはフリスコと呼んでいました）のケチなクラブにジョーイというちょっとスカした歌手がいる。そして六人のコーラスガールのひとりがリンダ・イングリッシュという田舎娘。ジョーイがフランク・シナトラで、リンダがキム・ノヴァックです。当然のことながらジョーイとリンダは恋におちますが、ジョーイには、いつかニューヨークの一流楽団の歌手になってやろうという野心がありますから、どっちかというとリンダの方が真剣で、ジョーイは「ちょっとつまみ喰いしてやろう」程度の気の入れ方。

そこへストリッパー上りの金持未亡人ヴェラ・シンプソンという、じつにいい女があらわれて、ジョーイに目をつけます。金があって、どこもかしこも熟れ切っていて、しかも教養のある（寝しなに読む本がショーペンハウエルの哲学書やウォルター・リップマンの評論集なのですから凄い）、この元ストリッパーに扮するのはリタ・ヘイワースです。

ヴェラの若い燕になって金を貢がせれば、ニューヨークへ打って出るのはわけもないことですが、ジョーイはこの金持女とつき合っているうちに、よくあるはなしですが、自分が心底から田舎娘のリンダを愛していたことに気づきます。ジョーイは金持女の「援助」をきっぱりと断わり、リンダと手をとりあって町を出て行く、でおしまい。

どこがそんなによかったのかというと、第一にキム・ノヴァックがよかった。もう夢中になりました。キム・ノヴァックは〈戦後最大の大根女優〉という噂のあるひとで、事実、これといった代表作もなく消えてしまいました。また、『ムービーズ・オン・ティヴィ』（バンタム・ブック）という、テレビで放映される旧作映画七百本を解説した手引書をみると、この映画におけるキム・ノヴァックは、

Novak is hopelessly bad.

と酷評されております。「絶望的な大根ぶり」というのですから救いがない。その「絶望的な大根ぶり」に惚れこんだ筆者などはどういうことになるか、おそろしいから考えないことにしますが、とにかく映画館に日参しました。ミュージカル仕立てですから、この映画にはたくさんの歌が嵌《は》め込まれておりました。これが全部、佳曲でありました。すべての曲が、作詞ローレンツ・ハート、作曲リチャード・ロジャースのコンビ

による作。映画館のモギリでもらった解説チラシには《この映画は、同名のブロードウェイ、ミュージカルを基に作られたもので》と書いてありましたので、こんどは東京中のレコード店を駆けまわりました。そしてある日、日比谷の日活ホテルにあるアメリカンファーマシーで「ブロードウェイ・オリジナル・キャスト版」の『パル・ジョーイ』をみつけました。

これがそもそもブロードウェイ・オリジナル・キャスト版レコードを集めるきっかけとなりました。ブロードウェイにかかるミュージカルは、初演の数日前に必ずレコード会社によって録音されます。この初演メンバーによるレコードをブロードウェイ・オリジナル・キャスト版と称していますが、これを二百四、五十枚集めました。レコード化されたブロードウェイ・ミュージカルが二百四、五十ですから、殆ど全部集めたことになる。しまいにはNHKの洋楽部のディレクターが筆者のところへレコードを借りにくるほどになりました。筆者の戯曲にはよく歌が挿入され、批評家の先生は「ブレヒトの真似らしいが、もはやブレヒトは古い」と批評して下さいますが、こちらはブレヒトなどというお偉い方を手本に仰いでいるのではありません、わが師はブロードウェイ・ミュージカルなのです。

さて、この『パル・ジョーイ』の挿入歌にI could write a bookというのがあります。歌詞を要約すると、

「ぼくは一冊本が書ける。その本の序文は、どのようにしてぼくたちが出会ったか、について書かれるだろう。そしてその本の筋立ては、ぼくがどれほど君を愛したかということになるだろう。それから読者たちはその本の最後で、どのようにしたら友だちを恋人にすることができるか、理解することになるだろう」となりますか、ぞくぞくするほどいい歌です。つまり、この歌とキム・ノヴァックとが筆者をブロードウェイ・ミュージカルに深入りさせたわけで、そのへんを考え合せると、どうしてもこれが最高のミュージカル映画になってしまう。

ところで最近、このミュージカルの原作が翻訳されました。原作者はジョン・オハラです。

『バターフィールド8』の作者としてごぞんじの方もあるでしょう。原作はだいぶ前に手に入れておりましたが、これが難しい英語で、さっぱりわからなかった。もっとも易しい英語で書かれていても皆目、見当がつかなかったとは思いますが、とにかく今度、講談社文庫から『親友・ジョーイ』という題で翻訳が出て、ようやく本家本元へ、水源地へ辿りついた思いがします。なお、訳文はすこぶる軽快、平明、達意の文章で、訳者は田中小実昌さんです。このように二十年以上も回り道してやっとのことで源《もと》の書物へ到着するという場合もあって、まことに書物への遭遇の仕方は千変万化でおもしろいものだと思います。ローレンツ・ハートにならっていえば「ぼくは一冊本が書ける。その本の序文は、どのようにしてぼくがあの書物の噂を聞いたかについて書かれるだろう。そしてその本の筋立ては、ぼくがどれほどその書物に憧れたかについて展開するはずだ。それから読者たちはその本の最後でどのようにしたら、書店の棚のその書物を自分の蔵書とすることができるか、理解することになるだろう」。ただ、人びとはそのような書物との恋愛を心の奥底にそっとしまっておく。つまりどこにも「売っていない本」としてそっとしておく。一方、筆者のような売文業者は、それを活字にし、本にする。思えば浅ましいはなしです。

死ぬのがこわくなくなる薬

昭和三十年代の初めのころ、四谷の文化放送の敷地のはずれに、木造二階建ての学生寮があった。部屋の窓際にリンゴを置いて目をつむり、数を十までかぞえて目を開けると、リンゴが入口を越えて廊下にまで転がり出てしまっているというぐらいに傾いた、ぼろぼろの建物だった。もっとも寮費が月二千三百円とべらぼうに安く、しかも二食付き。この学生寮のおかげで、わたしなども大学を続けることができたようなものである。

家主は聖パウロ会というカトリックの修道会で、舎監はドン・テスティというイタリア人神父だった。夏、寮生が越中褌《えつちゆうふんどし》で歩きまわって隣近所から苦情を持ち込まれても動ぜず、冬、寮生が暖を取るために部屋の天井板をストーブにくべても騒がず、寮費の滞納にも慌てず、ミサ用の赤葡萄酒を寮生にくすねられてもへこたれず、いつも陽気に冗談をとばしている天使のような神父であったが、昭和五十年の春、彼はかつての寮生を集めて、こう言った。

「わたくしのからだに悪いものが取り付きました。イタリアに帰って、天国に迎え入れられるのを待つことになりました。みなさんの顔を見るのも今日が最後です。みなさんがそれぞれの仕事で最善をつくされることを、天国から祈っています」

いつもの冗談かと思ったが、そうではなかった。腸にガンができてしまったらしい。

「天国に迎え入れられるとおっしゃいましたが、ほんとうに天国の存在を信じていらっしゃるのですか」

だれかが尋ねた。

「天国なんてほんとうにあるんでしょうか」

「さあ、それはわかりません」

笑いながら言い、それから、神父は、急にこれまで見たこともないような真面目な顔付きになった。

「しかし、考えてください。死んでしまえばおしまい、死の訪れとともにすべてが無に帰すというのでは、悲しくて、侘しいではないですか。そこで、わたくしは、死後の世界には極彩色の天国があるということに賭けたのです。そのほうが楽しいし、死ぬのをこわがらないですむではないですか。わたくしは、この六十年間、わたくし自身の天国を必死になってイメージしてきました。六十年かかって、心の中に天国をこつこつ築いてきました。いま、わたくしの心の中には、たしかに天国は実在します。わたくしはそのことのために全生涯を費やしてきたのです」

数日後、神父は、新調のフラノのダブルの背広を颯爽と着こなして、羽田空港から母国へ飛び立った。そして、きっちり半年後、ローマの本部修道院で亡くなった。

そのときから、死ぬのがこわくなった。自分は、かならずいつかはやってくる死にたいして、なんの準備もしていない。そう思うとますます死がおそろしい。しかし、テスティ神父に倣うには、年をとりすぎている。かといって、なにもないところへ行くのはいやだ。なんとかして、死の恐怖を乗り越えなくてはならない。この作品(「頭痛肩こり樋口一葉」)は、そのような、死ぬのがこわくて仕方がない男の心のおののきから生まれたものである。書き上げてから、死への恐怖はいくらか減ったような気がする。どうも作者というものは、自分のために薬を調合する人種のようである。

わが罪状

一生の間に、人間はどれぐらい罪を犯すものであろうか。他人様は外から見ればみな聖人君子。一向に見当がつき兼ねるので、私自身の場合について、この三十五年間の罪深い半生を、ふり返ってみることにした。

まず四歳のころ、隣家の三毛猫のヒゲをちょん切ったことがある。たった今まで、私はこれを幼稚な悪戯だと考えていたが、六法全書を開いて調べてみると、これは刑法第二六一条に触れる立派な犯罪で、最低三年はくらい込むらしい。

国民学校に入学して間もなく、私は疎開して来ていた女の子のスカートをまくり、数日後、その女の子が小川で水浴びをしているすきに、その着衣を隠した。その女の子は今東宝の女優になっているが、それはとにかくスカートまくりは、刑法一七六条の強制猥褻罪に該当し、六ヵ月以上十年までの禁固刑に処せられ、更に他人の着衣を隠すことは刑法二二〇条の逮捕監禁罪。これは三月以上の実刑が科せられるとある。

私の育ったところは東北の農村で、学校には学校田と称する田圃があった。この田圃に下肥をほどこし、苗を植え、米を作るのは私たち学童の仕事だったが、ある時、職員便所の人糞を汲み取っている最中に、東京から疎開児童に付添ってきた女教師が便所に入って来た。私たちが肥柄杓を差しのべて待っているとは露知らず、女教師は肥柄杓に、この世のものとは思われぬほどの太い糞を落した（あるいは、こっちが受けとめた……）のが不幸の始まり。私たちは、その糞を掲げて学校中を練り歩き、おかげでその女教師は戦争が終って東京へ引揚げるまで、「ふとぐそ」と呼ばれることとなったが、これは、疑いもなく刑法二三〇条の名誉毀損の罪を構成する。名誉毀損は実刑三年である。

長じて、大学や公立の図書館にもぐりこみ前後三回にわたって、備え付けの図書と新聞の一部を切取ったが、これは刑法二五八条の文書毀棄と同二六一条の器物損壊の両方に該当し、各々三年の懲役刑。

一回で六年だから三回で十八年の懲役刑を科せられても文句はいえぬ。

同じく大学時代、上野から仙台まで十円で行ったことがあるが、そのとき、列車の行く先の札を盗んだ。無賃乗車はなんとか勘弁してもらうとして、列車の行く先の札を盗むことは明らかに刑法二三五条に定める窃盗罪に当たり、これは懲役十年と六法には書いてある。

さて、わが半生の最大の悪事。これも大学時代、ひよこの鑑別師の免状を持っていると偽わって東京近郊の養鶏場へひよこの鑑別に行ったこと。

養鶏場のオヤジさんでさえ、ひよこの雌雄はつけ難い。だからこそ、ひよこの鑑別師という職業が成り立つわけだが、私は図々しくも、次々に運ばれてくるひよこを、適当に「これはメス」「これもメス」「おっとこれはオス」と、一日に三千匹も鑑定(?)したのである。

もちろん、ひよこが育ち雌雄が歴然とする前になにか理由をつけて養鶏場をさよならする計画だったが、予想より早く、私たちがメスだと鑑定したひよこがトサカを出しはじめたからすべては露見、散々油を絞られた。学校のアルバイト課が陳謝につとめてくれたので事は表に出ずに済んだが、訴えられていれば刑法二四六条の詐欺罪により十年は確実にくらい込んでいたはずである。

ここまでの刑期を計算すると……実に五十四年の懲役！　たったいま刑務所に入れられても、八十九歳まで生きのびなければ罪の償いはできない。

しかも、これまで掲げた罪状は、紙数がないので、ほんの氷山の一角。すべての罪を拾い上げたら刑務所暮し数百年はのがれられぬところ。おそろしい！　この小文が、警察当局の目に入らぬようひたすら祈るほかない。

もっとも、自分からこれを書いたのは自首と同じこと。自首は情状酌量され、刑も軽減されるという。今となってはそればかりが頼みの綱だ。

夢見る月

アメリカの野球ファンは、毎年三月のことを「夢見る月（dreamer's month）」という。シーズン開幕直前の、この三月であれば〈どのチームも、深刻な現実に直面せず、なんでも可能という気になっていられる〉（飛田茂雄編『現代英米情報辞典』研究社）からである。人生にたとえれば婚約期間か。未来はバラ色一色に染め上げられ、あらゆる婚約者たちが、自分たちこそ世界でいちばん幸せな夫婦になれると信じ込み、そしてまた、そう信じることが許される至福の時。三月のプロ野球ファンはこの婚約者たちとよく似ている。たとえ貧弱なチームのファンでも、この月ばかりは「今年はひょっとしたら優勝を……」と夢見てもいいからである。

古い野球ファンにとっても、三月は夢見る月だ。宇佐美徹也さんの編まれた分厚い『プロ野球記録大鑑』（講談社）をめくって、それぞれが野球観戦者としての自分の黄金時代を思い出しながら、追憶の甘いひとときを過ごすことができるからだ。

このあいだ、野球評論家の豊田《とよだ》泰光《やすみつ》さんのラジオ番組に招かれたとき、筆者のような国鉄スワローズファンには驚天動地の実話をうかがって、思わず体に震えがきた。豊田さんを知らない日本人がいたらそれはモグリだが、念のため、近ごろたいへん重宝している『日本人名大辞典』（講談社）の小伝を引く。

〈昭和後期―平成時代のプロ野球選手。昭和10年2月12日生まれ。28年遊撃手として西鉄に入団。27本塁打で新人王。31年首位打者。大舞台で勝負づよく、中西太、稲尾和久らと西鉄黄金時代をきずく。38年国鉄に移籍。実働17年、通算1699安打、2割7分7厘、263本塁打。茨城県出身。水戸商卒。〉

平成時代の豊田さんはすでに野球評論家であって、小伝の出だしには疑問があるが、それはとにかく、さらに念を入れて、玉木《たまき》正之《まさゆき》さんの『プロ野球大事典』（新潮文庫）も引こう。

〈西鉄ライオンズ野武士野球のシンボル的打者。入団した18歳の年、「三振王」「失策王」で27ホーマーを打ち、「新人王」を獲得。当時の三原監督は、彼がどんなにエラーをしても使い続けた……〉

もう一つ、豊田さんから直《じか》に聞いた話を付けくわえておく。

「強打者はみんな奥歯がボロボロですよ。ボールを打つときに、瞬間的に恐ろしいほどの力でギュッと奥歯を噛み締めるんです。ぼくの奥歯もボロボロになりましたがね」

という次第で、じつに尊敬すべき大選手だが……ここで突然、名球会という存在に腹が立ってきたから、その理由を先に書く。

投手なら二〇〇勝以上、打者なら二〇〇〇安打以上が名球会の会員資格と聞くが、そんなべらぼうな話はないね。一九九勝の投手は、そして一九九九安打の打者はどうなるのだろうか。名球会会員だけでプロ野球が成り立っていたわけではあるまいし、これは悪しき選別、ばかばかしい自己陶酔、ファンの名誉にかけてわたしは名球会の存在を否認する。日本のプロ野球は、彼らのものであると同時に、たとえば、昭和六十三年に明徳義塾からオリックスに入団して三年間、打撃投手をつとめて一度も試合に出なかった山崎尚史《やまざきひさし》選手のような下積み選手も含めて、すべての選手のものであり、そしてなによりもわたしたちファンのものだからだ……もちろんこんな熱が吹けるのも、いまが夢見る月だからである。

ところで、豊田さんから聞いた話とは、昭和二十八年に国鉄から入団を誘われたという事実。では、豊田さんは国鉄の誘いを断ってなぜ西鉄に入団したのか。

「国鉄には佐藤孝夫《さとうたかお》(現野球解説者)という、若くてすばらしく優秀な遊撃手がいる。国鉄に行けば、彼の控えに回るしかないよ」

そう忠告してくれた人がいて、それで西鉄を選んだのだそうだ。わたしは、ブッシュ大統領がアメリカ人ではなくてじつはアフガニスタン人だよと知らされたぐらい、劇《はげ》しい衝撃を受けた。

というのは、わたしは仙台鉄道管理局時代から佐藤孝夫選手の大ファンで、学校帰りにきまって仙台駅近くの仙鉄球場に潜り込み、日の暮れるまで、その華麗な守備練習や豪快なバッティングに見とれていたからで、彼が国鉄に入団すると、当然のごとく熱狂的な国鉄ファンになった。

佐藤孝夫さんもまた大選手である。入団した昭和二十七年に打率二割六分五厘、十四本塁打で新人王を獲得。翌二十八年には中堅手に転じて、三十二年には二十二本塁打で青田昇選手とともに本塁打王を分け合った。

さて、問題の二十八年、すなわち豊田さんが国鉄を敬遠して西鉄に入った年、佐藤選手はその俊足を買われて中堅手に転向した。つまり、この転向が前もって分かっていたら、豊田さんは迷わず国鉄にやってきたはず。そうしたら、あの四〇〇勝の金田正一投手もいたことだし、国鉄スワローズは一度ぐらい優勝したかもしれないではないか。もっとも、その代わり、西鉄の黄金時代はなくなったかもしれないが。一人の選手の守備転向によって球史が変わる。だからプロ野球はおもしろい……こんなふうに勝手な気炎《おだ》をあげることができるのも、今月が夢見る月だからにちがいない。

野茂の噂

若い人が次々に夢を実現して行くのを眺めるのは気分がいい。伊達公子選手しかり、松岡修造選手しかり、そして野茂英雄選手（ドジャース）またしかりである。中でも野茂投手は、

一、五千人のプロ野球選手のうち七百人しかなれない大リーガーの枠に入った。
二、その大リーグで先発した。
三、三振を取りまくった。
四、初勝利をあげた。
五、完封した。
六、週間最優秀選手になった。
七、月間最優秀投手になった。
八、六勝をあげて、日本人大リーガー第一号、大先輩の村上雅則投手（サンフランシスコ・ジャイアンツ）の通算勝利記録を抜いた。

九、オールスター戦に出場した。
十、オールスター戦に先発した。
十一、そして好投した。
わずか三カ月間に両手の指が足りなくなるぐらいたくさんの夢を実現したのだから、本人も愉快だろうし、わたしたちプロ野球ファンも楽しくて仕方がないのである。

その彼が今日（七月十五日）もフロリダ・マーリンズ戦に先発して完投。三振を十個も奪い、散発三安打に抑えて、危な気なく七勝目をあげた。あと五つか六つ勝てば、
十二、新人王。
この調子で三振を取り続ければ、
十三、サイ・ヤング賞。
という夢まで実現するかもしれない。そこで、これからの景気づけに、これまで新聞や雑誌に書かれた彼についての噂を種に、話を進めて行くことにしよう。

「一試合に百九十球も投げさせられたのでは肩をこわしてしまう。どうか専属トレーナーを付けてほしい。登板順序《ローテーション》を守ってほしい。それから自分の肩のことは自分が一番よく知っているから、自主的にトレーニングさせてほしい」と近鉄監督に申し入れて、「なにを贅沢なことを言っているんだ。つべこべ言わずに死ぬまで投げろ」と一蹴されたらしいと聞いたのは去年の春。それからいろいろあった末、この春、彼は大リーガー

としてはもっとも安い年俸（十万九千ドル＝約九百三十万円）で、ロサンゼルス・ドジャースの一員になった。

これをアメリカ側から見れば、

「ストライキ続行中でシーズン開幕も危ぶまれていたときに、近鉄時代（年俸一億四千万円）の十四分の一にも満たない年俸で、のっそりやってきた凄い速球と悪魔のようなフォークボールの持主。ここ一番というときはストレートで勝負という投球美学を掲げて、あらゆる困難に立ち向かうユニークなモーションの静かなる男」

ということになる。これではいやでも贔屓にしたくなるではないか。

ドジャース首脳陣はこの若者を大事に扱った。それは最初の三試合が九十球、つづく二試合が百球、それ以後は百二十球を目安に投げさせるという方針を見ても分かる。つまり、野茂投手は近鉄時代には容れられなかった要求をすべて容れてもらい、彼自身のペースをしっかりと掴んだのである。

野茂投手の快刀乱麻の投球を、日本の野球専門家たちは、「永いストライキで大リーグの打者の力が落ちているからだ」「ボールの直径が七・二五センチで日本のものよりも一ミリ大きい。しかも縫い目が高い。これがフォークを武器にする野茂に有利なのだ」「ロージンバッグ（手の滑り止めを入れた小袋）の中味が野茂の手に合っていた」「マウンドの高さが野茂に合っていたウンヌン」と説明してくれたが、なによりよかったのは、彼が自分のペースを摑んだことだろう。もう一つ、フォークを投げ損ねても必ず止めてくれる捕手、マイク・ピアッツァがいたのもさいわいだった。

ところで大リーグの球場には、野球好きには迷惑至極なあの鉦《かね》や太鼓を打ち鳴らしてむやみに騒ぎ立てる応援団がいないからとても楽しいが、もう一つ、選手のコメントが面白い。じつはこれが今日の本題であって、オールスター戦でも野茂投手の球を受けたピアッツァ捕手が、二回を三つの三振を奪って無得点に抑えた野茂投手のピッチングについてこう語った。

「今日の野茂は良くも悪くもなかった。それだけ実力があるということさ」

洒落たコメントである。

野茂からたった一人、安打を奪ったカルロス・バイエガ二塁手（インディアンス）は、二年連続打率三割、二〇〇安打、二〇本塁打、一〇〇打点という記録を立てた無茶苦茶な好打者だが、彼の談話はこうである。

「野茂は打者にとっては厄介な才能の持主だ。直球は速いし、フォークも落ちる。投球フォームに惑わされないようにして、リリースポイントを探さなくちゃならないんだ」

厄介な才能の持主。ふうん、なかなか捻った褒め言葉だ。

笑ったのは、ア・リーグの先頭打者で三振したケニー・ロフトン中堅手（インディアンス）の談話。ちなみに、ロフトン中堅手は塀際の魔術師と呼ばれている守備の名手で、三年連続で盗塁王になっている。

「あのおかしなワインドアップが始まったら、目を離し、ボールが来るまで口笛を吹いて待てと、カービー・パケット（ツインズ、十年連続オールスター戦出場の好守好打の名選手）から助言されたんだがね……」

日本では、読売ジャイアンツのシェーン・マック中堅手（前ツインズ）の談話が傑作だった。

「前に、米国のTV放送（CNN）で、マックは打てないけれどもいったいどうしたんだ、やつは日本で居眠りしているのか、と言われたよ。でも、野茂が活躍して日本の投手は素晴らしいということが全米に広がって、それにつれて僕のことも言われなくなったんだ。野茂のオールスター登板は、僕にとってもハッピーなことさ。なぜおれが打てないでいるか一層よくわかって貰えたと思うからね」

もっとも面白かったのは通訳疑惑事件だった。野茂投手の専属通訳は奥村政之さん（二八）だが、オールスター戦ではコミッショナーが提供したケント・ブラウン氏が代わって務めた。ところがロサンゼルス・タイムズ紙が、

「ふだん無口な野茂がオールスター戦のためにテキサスへ出かけてから、『自分の生涯をかけて』だの、『僕の野球哲学では』だのと急に能弁になったのはおかしい」と調査に乗り出し、それらの大げさな表現はみんなブラウン氏が勝手に付け加えてい

たのだと判明。早速、紙面でブラウン氏の通訳倫理の欠如を批判した。その周りにこうした面白い噂が次々に持ち上がるのも、やはり彼が英雄だからにちがいない。今年はまだまだもっと面白い噂が楽しめそうである。

（95・7・27）

地図ゲーム

地図の嫌いな少年はほとんどいないだろう。ぼくもまたその例外ではなく、山間《やまあい》の小さな町の駅舎の待合室に貼り出してあった鉄道案内地図を、仲間たちと肩を並べて睨みつけながら、米沢、福島を経て上野駅へと至る六十八の駅名の暗誦に、一時期、熱中した。六十八番目の駅に降り立てば、すでにそこは日本の中心大東京、その東京で自分はなにものかになるだろう。というように、ぼくらは鉄道案内地図の向うに、黄金色に輝く自分の未来を夢見ていた。

もっとも、家に帰って、たとえば「少年倶楽部」に折込みの「陸海軍大将出身地県別早わかり地図」を眺めたとたん、自分たちは結局なにものにもなれないだろうと思われ、駅舎での自信はたちまち萎えた。その地図によれば、ぼくたちの県はまだ大将をひとりも出していないのだった。

とまあこのようにして、地図とぼくとの関わり合いが始まったのであるが、そういえば五万分の一地図を貼り合せて日本全図をつくろうと試みたことがあった。こんな壮大な試みは自費ではやれぬ。教育テレビの青少年向けの、三十分間の教育バラエティの構成者（つまり台本書き）をしていたのを幸いに、

「地図というテーマでいろいろとおもしろいことをやりましょうよ。まずタイトルバックは五万分の一地図を貼り合せた日本国の全図。これをクレーンに乗っけたカメラでとる。みんなびっくりすると思いますよ」

とディレクターを焚きつけた。だが、びっくりしたのは、ぼくの方だった。美術部の試算によると、五万分の一地図を貼り合せた日本列島は、なんとタテが八十メートル、ヨコが七十メートルという巨大なものになるという。当時のＮＨＫには、そんな大きなものを拡げておけるスタジオはなかった。そこで結局は関東地方を貼り合せただけでお茶を濁してしまったが、感動的だったのは、そうやって貼り合せた関東地方が正しく弧を描きつつこんもりと盛り上っていたことである。ぼくはあのガリレオの名台詞を真似て「やはり地球はまるかったんだなあ」と呟き、地図作成者たちがその一枚一枚に、どれだけ正確に情報を盛り込んでいるかに思い当ってすっかり感動してしまった。


それからしばらくして、日本テレビの井原高忠さんから呼び出しを受けた。その時分の井原さんはわが国のテレビショーやテレビバラエティの第一人者で、また「番組の成否の鍵を、まず脚本が握っている。だから番組制作費の一〇パーセントを脚本に投入し

よう」という持論を実際に実行なさってもおり、ぼくら放送作家の尊敬を集めていた。つまり井原さんの番組の台本料は、当時の相場の三倍も高いのである。ただし脚本重視主義者の井原さんは、当然のことながら、寝惚けた原稿を持って行くと雷を落す。それもただの雷ではない。原稿を読み終えられてにやり、

「ほう、これが脚本ですか。では、ごきげんよう」

原稿を足許の屑籠へどさりと叩き落す。しかし出来のいいのを持って行くと、のたうちまわって笑い転げ、

「もしあなたがアメリカに生れていたらブロードウエイのプロデューサーが放っときませんよ。不幸なお方だ、ほんとうに」

と心からほめてくださるのだった。その上、台本料は三倍、さらに書き直し料だ、資料費だと、ボーナスをつけてくださる。「へい、どうもお疲れさま。この脚本《ほん》、なかなかいい線いってますよ」と受け取っておいて、蔭で「つまらねえ脚本《ほん》書いてきやがって。あのギャラ泥棒め」とけなすディレクターたちに較べれば、出来の悪いときは正直に目の前で怒り、出来のいいときは作者と一緒になってよろこんでくださる井原さんは仕事がしやすかったし、余計なことに気を使わずにすむだけありがたかった。おまけにくどいようだが、あの破格の台本料、井原さんから呼び出しがあれば、女房が産気づこうが、隣の火事で貰い火しそうであろうが、すべてをほったらかして御用を伺いに参上する、

それが当時のぼくが唯一奉じていた主義だった。なお、そのころぼくは市川市郊外の小さな建売住宅に住んでいたが、思えばそれも井原さんの破格の台本料があればこそだった。井原氏とどうしても書けないのはそのせいである。また井原さんの言動を書きあわすのに、ぼくはつい破格の待遇表現をしてしまうが、これは破格の台本料への遅蒔きのお返しなのである。読者諸賢よ、諒とせられよ。

さて、「またひとつ儲け口が」とよろこび勇んで駆けつけたぼくに、井原さんは大略、次の如き話をなさった。

「家庭用八ミリ撮影機と八ミリフィルムが、ここへきてぐんと質がよくなったという噂がある。そこで最新の八ミリ撮影機で撮った映像をブラウン管に流してみたら、噂は真実であった。画質は鮮明で、ビデオテープや十六ミリカメラと較べてもなんの遜色もない。これまで海外取材のドラマは、機材は山のよう、スタッフは大人数になるので、よほどのことがないと制作されなかった。だが、このカメラとフィルムがあればスタッフは二、三人、機材は柳行李一個におさまる。また天下の情勢をひそかに窺うに、海外旅行が盛んになりそうな気配がある……」

ここで慌てて補足すれば、これは十年近くも前のある初夏の午後のはなしである。

「……ので、海外取材ドラマを十三本制作することにした。出演する役者は三人まで。各国の名所旧蹟、すなわち絵葉書式風景の前で三人以内の役者で出来るとんでもないほどおもしろいドラマの台本を書いてください。この夏、アメリカ合衆国オクラホマ州のアナダルコという町で、全米インデアンの大集合《ジャンボリー》が開かれるという情報が入ったので、それも取材することになっている。井上さんにはこれを舞台に傑作をものしていただきたい。もし現地の事情がわからないとドラマの展開のしようがないというのであれば、アナダルコへ行ってらっしゃい。取材費は、むろん出しますよ」

飛行機は苦手なので、取材なしでもなんとかなるでしょうと、ぼくは答えた。

「では、オクラホマ州の観光局に国際電話をして、アナダルコという町の資料を送ってもらいましょう。届き次第、井上さんのお宅へ速達で送りますよ」

二週間後、日本テレビから厚さ三センチもあるマニラ封筒が届いた。アナダルコの地図はまちがいなく入っているだろう。町についての情報をひとつ残らずその地図に書き込み、その上にドラマを組み立てよう。そう思いながら、封入されていたパンフレットやアナダルコのさるレストランのマッチや美術館の案内チラシやインデアン学校の入学規則を机の上に並べて行った。だが、目当てのアナダルコの地図はなかった。地図が欲しいといえば、地図地図と騒いでいる暇に現地へ取材にいらっしゃいという答えが返ってきそうだった。そこで窮余の一策、自分でアナダルコの地図をつくることにした。

最初の作業として、情報の分解を行った。英和辞典と首っ引きでパンフレットやマッチやチラシの記述を読んで行く。そしてこれは重要と思った事柄を、一件につき一枚と

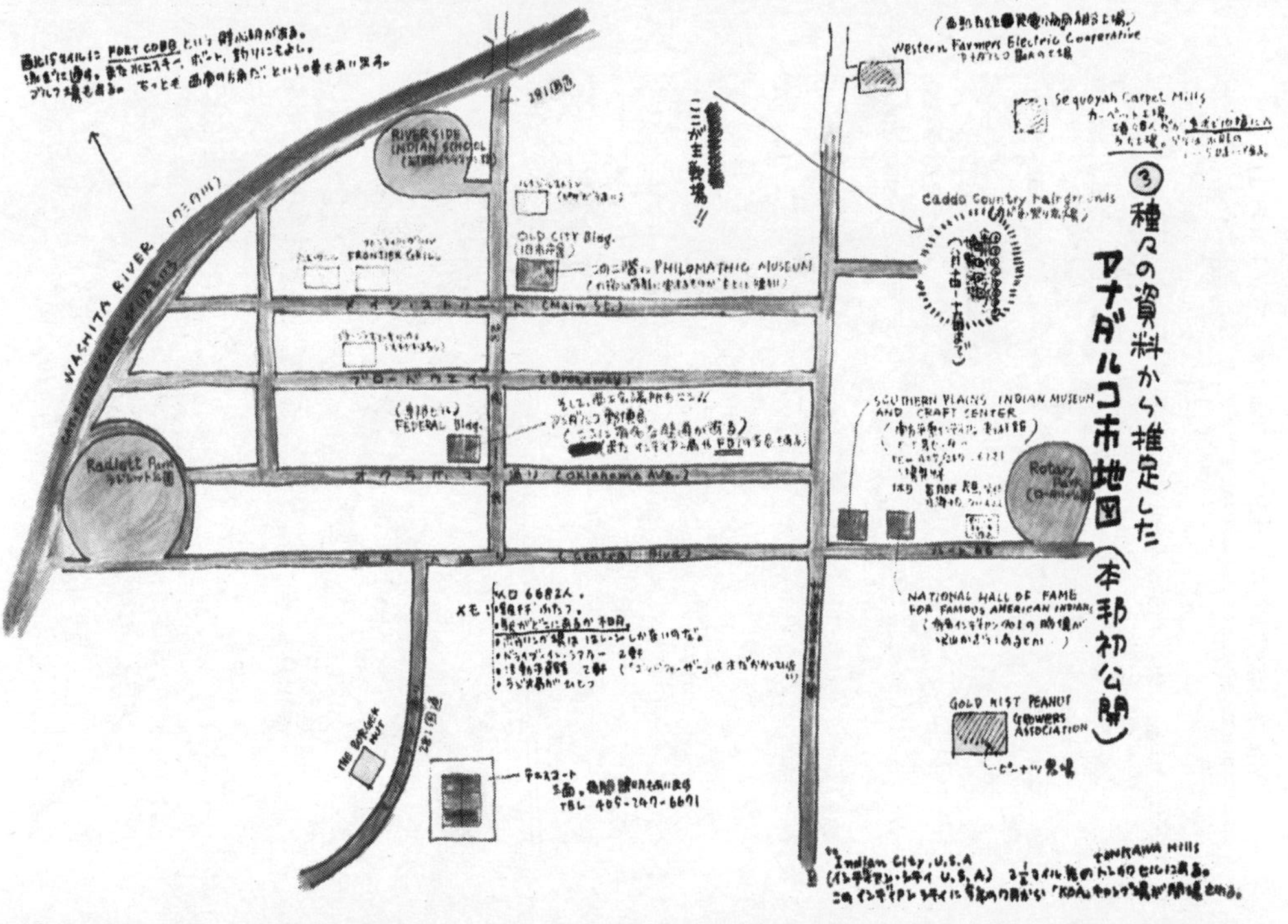
③種々の資料から推定したアナダルコ市地図（本邦初公開）
WASHITA RIVER
RIVER SIDE INDIAN SCHOOL
FRONTIER GRILL
OLD CITY Blog.
PHILOMATHIC MUSEUM
(Main St.)
(Broadway)
FEDERAL Blog.
(Oklahoma Ave.)
(Central Blvd.)
Radlett Park
Rotary Park
ここが主戦場!!
Caddo Country Fairgrounds
Western Farmers Electric Cooperative
Sequoyah Carpet Mills
SOUTHERN PLAINS INDIAN MUSEUM AND CRAFT CENTER
NATIONAL HALL OF FAME FOR FAMOUS AMERICAN INDIANS
GOLD KIST PEANUT GROWERS ASSOCIATION
THE BURGER HUT
TEL 405-247-6671
Indian City, U.S.A
TONKAWA HILLS

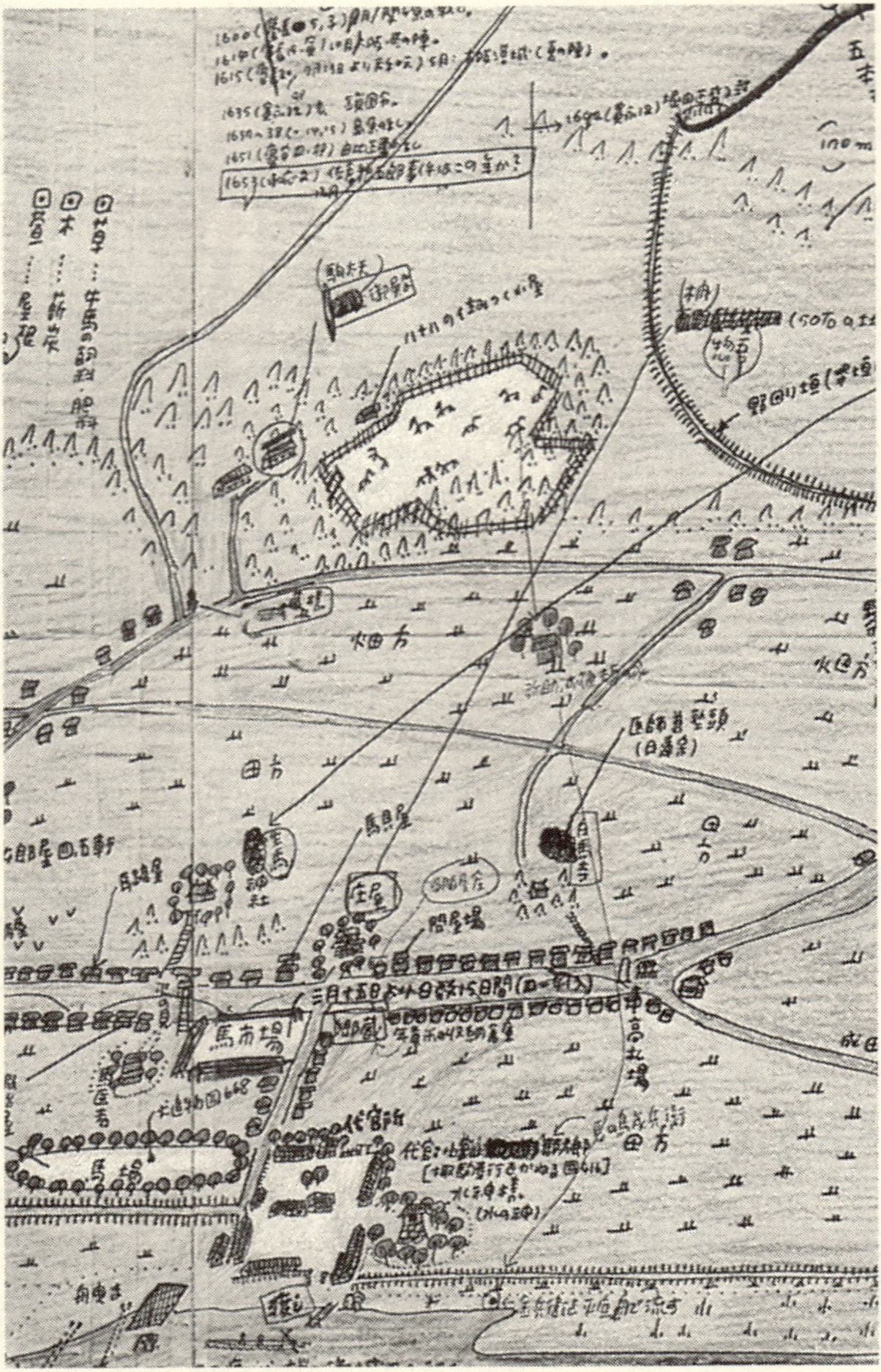

『馬喰八十八伝』執筆のために作製した下総高野村絵図

いう原則を守って単語カードに書き写す。そうするうちに、たとえば、

《ルート66は、アナダルコ市内に入ったときから中央大通り《セントラル・ブルバード》になり、市内を抜けたところでまたルート66にもどる》

という情報にぶつかる。そこでブリタニカのアメリカ地図帳を開いて、ルート66を探す。するとルート66は、アナダルコでは東西に走っていることがわかった。このルート66があの有名なルート66か、ちがうルート66なのか、まったくわからないが、とにかくこれは大収穫である。机上の西洋紙に堂々と横に一本線を引き、中央大通り《セントラル・ブルバード》と書き込む。

そのうちに、

《南方平原インデアン美術館および工芸センターは中央大通りと州高速八号線とが交わる角に建っています。入場無料。休日は毎日曜、元旦、労働感謝の日、クリスマス。電話は四〇五―二四七―六二二一》

という情報が見つかる。そこで先刻、引いた横線に一本、縦線を引きおろし、州高速八号線と記し、その交差するところへ鉛筆で、

「この四つ角のうちのひとつが南方平原インデアン美術館、工芸センターである」

と注記する。このような作業を三、四日かかって続けているうちに、虚仮《こけ》の一念岩をも通すの古諺に嘘はない、どうやら地図らしきものが出来上った。最も役に立ったのはレストランのマッチだった。マッチにはたいていそのレストランを中心にした付近の略

図が載っている。これがどんなに役に立ったかしれやしない。

台本の出来栄えはあまり香しくはなかったが、台本の尻に付けて出したこの「種々の資料から推定したアナダルコ市地図（本邦初公開）」は、好評をもって迎えられ、台本の穴を埋めた。台本料のほかにたしか多額の取材費をいただいたと記憶する。地図は現地の地表とぴたり符合していたそうだが、しかし撮影隊はぼくの地図を使うに際して、裏返しにして太陽にかざさなくてはならなかったらしい。なぜというに、どうしてそうなったのかいまでもよくわからないのだが、西と東とが逆になっていたのである。それはとにかく井原さんが地図の原本をとっておいてくださったので、ここに掲げることができた。

現地を踏査することをせず資料だけでその地の地図をつくる。これは地図のつくり方としては言語道断の邪道であるが、遊びとしては悪くないと思う。嵌め絵と似たおもしろさがある。そのうち暇になったら、アメリカ各州の観光局にあてて、

《貴州の＊＊＊＊市の資料を各種お送りいただきたい。ただし地図は不要》

としたためた手紙を発送しよう。そして届いた資料を基にそれぞれの市の推定地図をこしらえ、現地を歴訪して符合しているかどうかたしかめるのだ。もっとも暇になれば当然金はなく、旅費の都合がつきかねるということになるかもしれぬが。

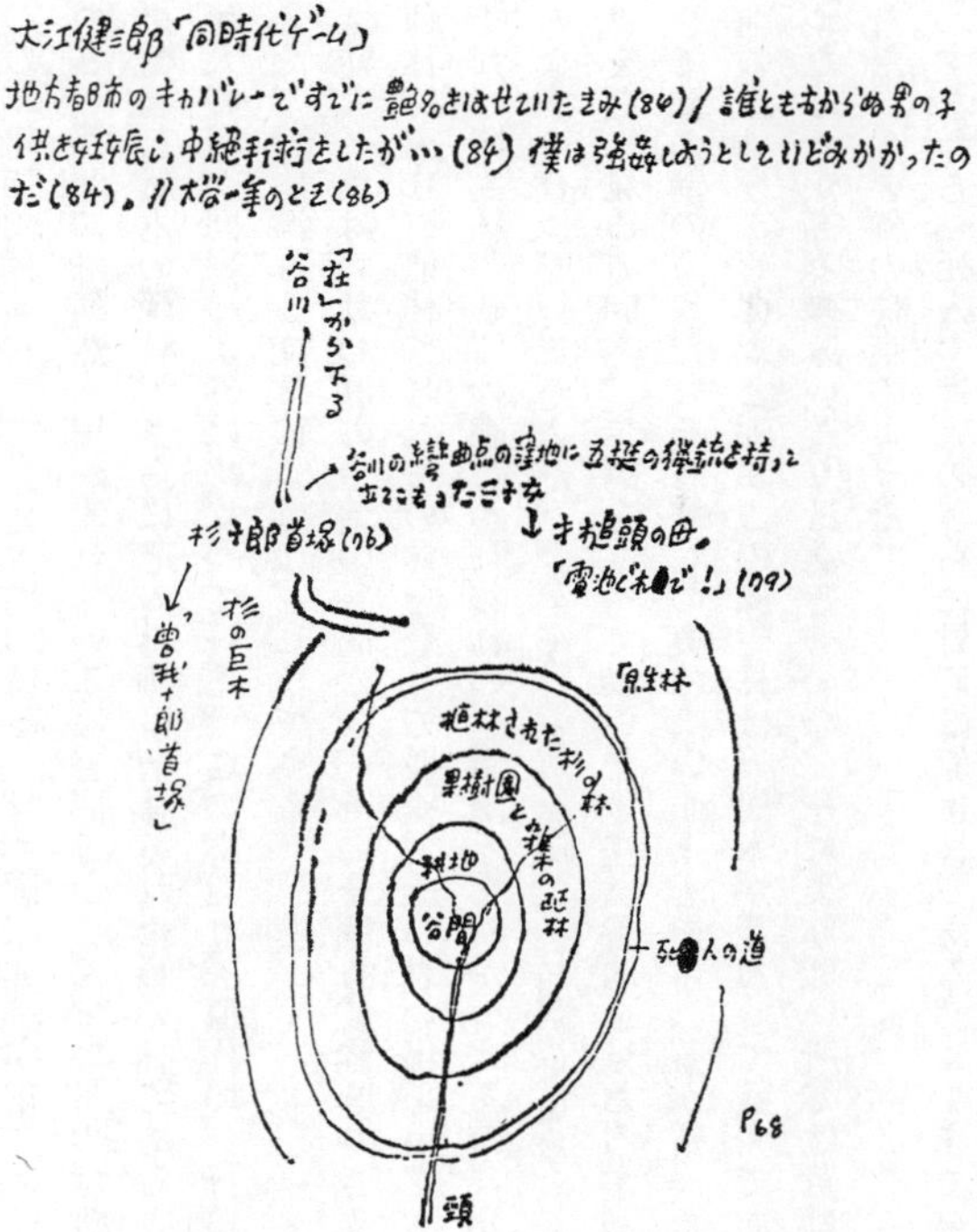

ところでアナダルコ市地図をつくって以来、なにかというと地図を描いてたしかめてみる癖がついたようだ。ディック・フランシスの推理小説のページをめくりながら、地誌的な記述に行き当るたびにそれを地図にしてまとめてみる。おもしろさは倍加する。これは保証してもよい。さらに地図を描き

ながら読むと、その作家の意図がぱっと理解できることもある。たとえば大江健三郎さんの『同時代ゲーム』(新潮社)における〈村=国家=小宇宙〉は、まず中心核に谷間がある。谷間には当然、川が流れている。谷間をかこんでいるのは耕地だ。耕地の外側は果樹園と雑木の疎林、さらにその外側は植林された杉の林である。杉林の外を縁どって死人の道が回廊のようにめぐっている。このあたり、原作の、抒情と正確さとを兼ね備えた、力感溢れる文体によれば、こうである。

《妹よ、僕はわれわれの土地の谷間から、そこを囲む耕地をつきぬけ、果樹園と雑木の疎林に入り、植林された杉の林を登ってゆく、その思い出をいまもしばしば反覆する。それは原生林としての森とわれわれの生活圏とをわかつ、あの「死人の道」にまで回想のなかで登って行くためだ。(略)僕は森の領域と谷間の世界をわかつ「死人の道」を、森を右に見る方向へ、歩調をとって歩いた。左は谷間を見おろすわけだが、灌木が繁茂して緑の壁のようだ。そして右の奥は高い頭上を樹木の蓋が覆っている。われわれが特別の思いをこめて森と呼ぶこの原生林は、樹木がそろって巨大であるので、いま蓋といったはるか高みの厚い茂りはあるものの、それより低い所では黄ばんだ光のあまねくみちた、太い幹の柱廊のようだ》

すなわち「死人の道」のさらに外側は原生林である。ここまでを図にした読者がいれば、彼は自分が巨大な女性性器を描いていたことに気づくだろう。そして原生林は、生命を再生する女性性器を護る神聖な陰毛であったことを諒解するだろう。ぼくもまたノートに知らぬうちに女性性器を描かされてしまった読者のひとりだが、しかしそのことでいっそう小説に熱中することもできたのである。

昨年、「小林一茶」という戯曲を書いたとき、ぼくは三枚の地図をつくった。戯曲の「時」を文化七年とせざるを得ない事情があったが、どこをどう探しても文化七年版の江戸絵図が見つからない。そこでアナダルコのときと同様、えい面倒な、いっそ自分で拵《こしら》えてしまえ、と思ったのだった。文化七年版がなければ、その前後の、六年版、ないしは八年版を探せばいいようなものだが、しかしこれは危い。火事のたびにがらりと様子を変えてしまうのが江戸なのだ。これは万治三年（一六六〇）の記録だから時代が合わぬが、とにかくこの年の正月二日から三月二十四日までに、江戸では百五回の火災があったという。ずっと下って文化年間にもなれば火災発生件数はかなり減っていたはずだが、用心するに如《し》くはない。そこでアナダルコ式によって、つまり文化七年に書かれた江戸随筆を出来得るかぎり読み、これはという情報をカードにとった。そうしておいて、遠景として「浅草蔵前・多田薬師概念図」を、中景として「浅草蔵前概念図」を、そして近景として「元鳥越概念図」を描いた。戯曲を書いているときより地図つくりの方がずっと楽しかったが、これは遊んでいるわけだから当然だろう。台本の遅れを気づ

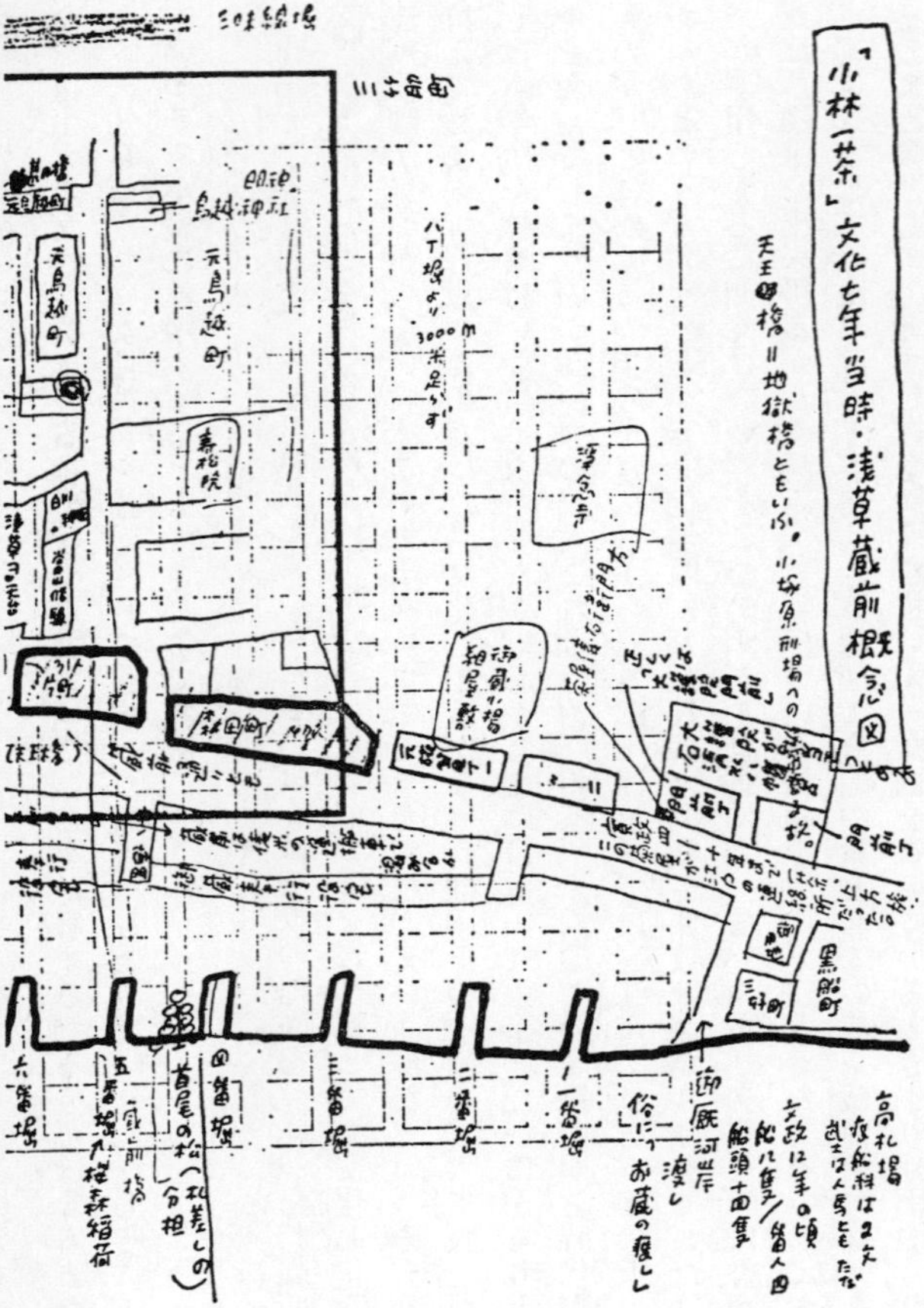

「小林一茶」文化七年当時・浅草蔵前概念図
天王橋＝地獄橋ともいふ。小塚原刑場への
三味線堀
鳥越神社
元鳥越町
寿松院
八丁堀より3000米足らず
御蔵
一番堀
二番堀
三番堀
四番堀
五番堀
六番堀
首尾の松
御厩河岸渡し
黒船町
三好町
高札場

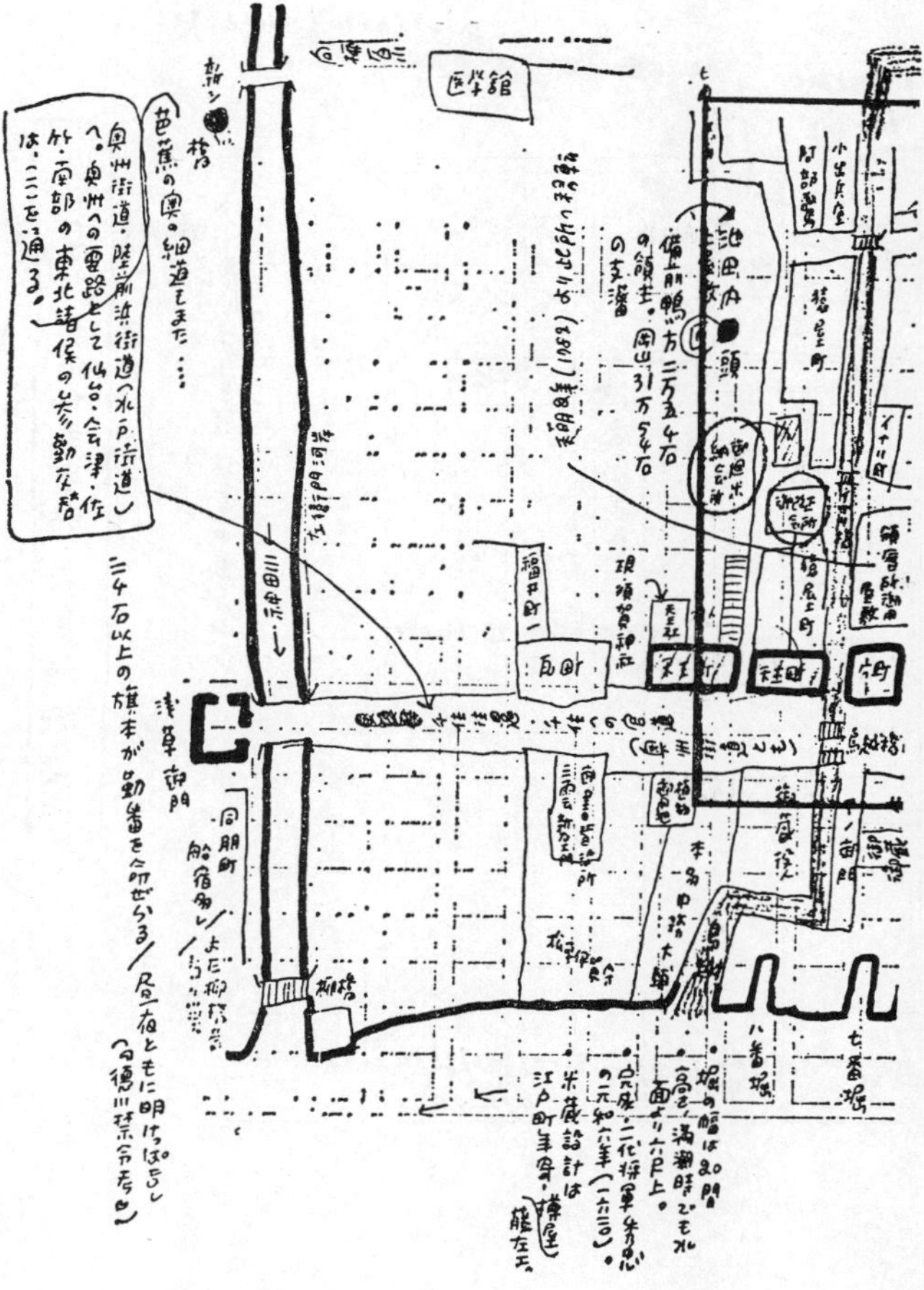

医学館
芭蕉の奥の細道もまた……
奥州街道・陸前浜街道（水戸街道）へ。奥州への要路として仙台・会津・佐竹・南部の東北諸侯の参勤交替は、ここを通る。
二千石以上の旗本が勤番を命ぜらる／昼夜ともに明けはなし
浅草御門
同朋町
船宿多し
柳橋
福井町一
瓦町
天王町
の領主・岡山31万5千石
の支藩
八番堀
七番堀
堀の幅は20間
高さ満潮時でも水面より六尺上。
二代将軍秀忠の元和六年（一六二〇）
米蔵設計は
江戸町年寄・樽屋

「小林一茶」文化七年当時・元鳥越概念図

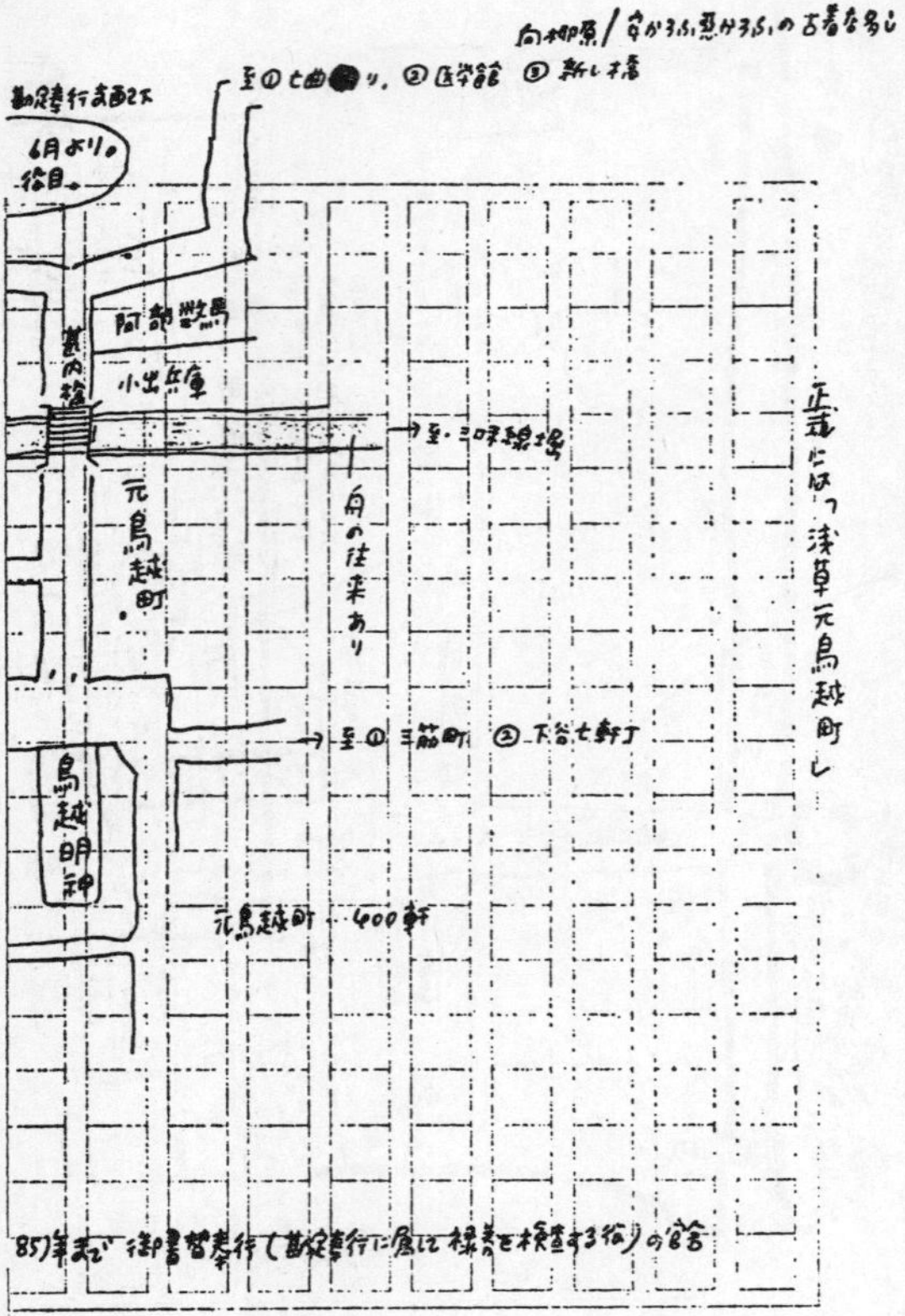

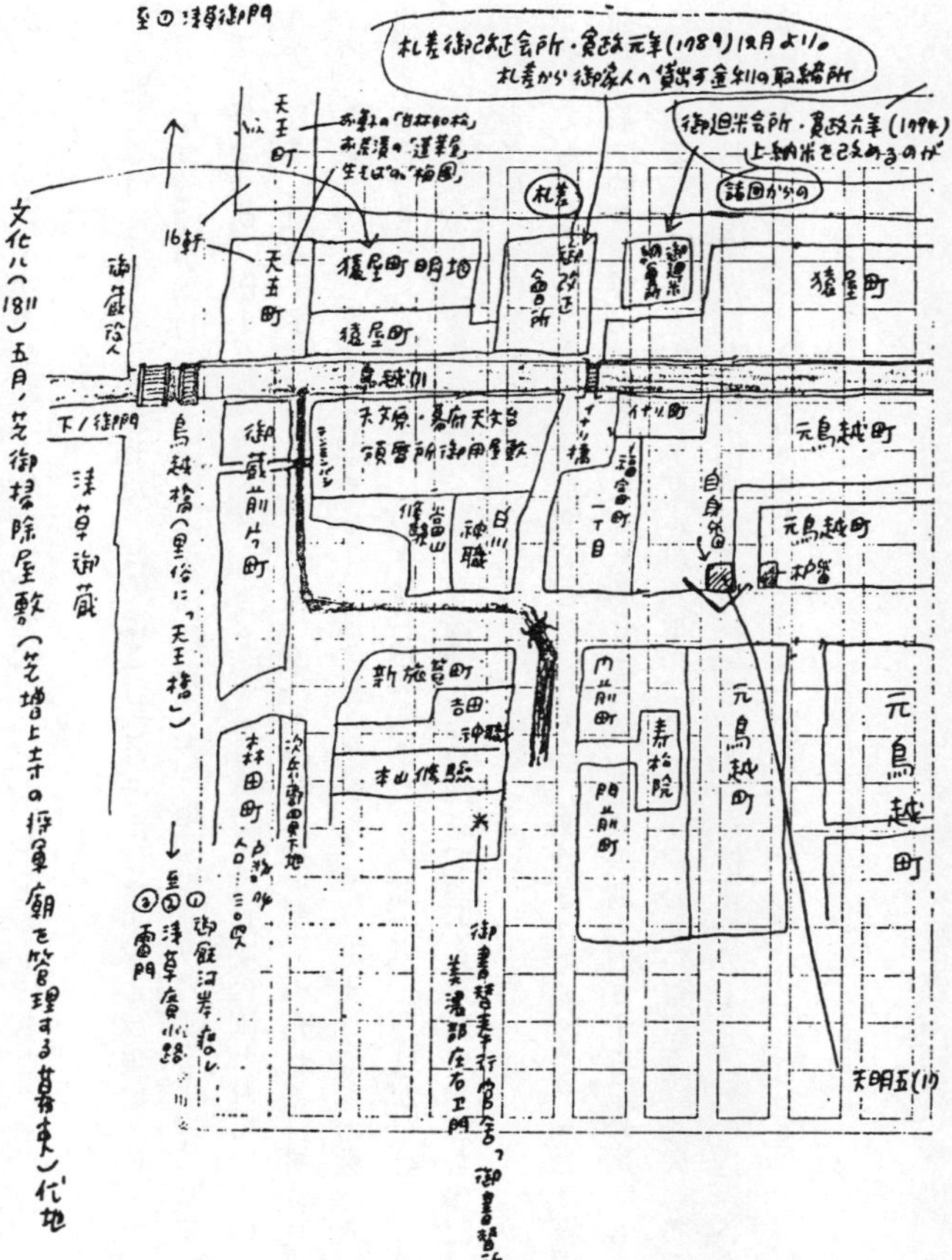
至①浅草御門
札差御改正会所・寛政元年(1789)12月より。
札差から御家人へ貸出す金利の取締所
御廻米会所・寛政六年(1794)
上納米を改めるのが
諸国からの
札差
天王町
16軒
天王町
猿屋町明地
猿屋町
御改正会所
御廻米納会所
猿屋町
鳥越川
御蔵役人
下ノ御門
天文方・暦局天文台
頒暦所御用屋敷
イナリ町
イナリ橋
元鳥越町
福富町一丁目
自身番
元鳥越町
浅草御蔵
鳥越橋(里俗に「天王橋」)
御蔵前片町
修験 当山
神職 白川
新旅籠町
吉田 神職
本山修験
内前町
寿松院
門前町
元鳥越町
元鳥越町
森田町
③雷門
御書替奉行役宅「御書替所」
美濃部左右衛門
天明五(17
文化八(1811)五月、芝御掃除屋敷(芝増上寺の将軍廟を管理する者)代地

かってプロデューサーが見えられたが、地図をコピーして差し上げると、

「ご苦労さまです」

と頭をさげて帰ってしまわれた。ぼくはこれをひそかにアナダルコ現象と呼んでいる。アナダルコ遊びが高じて、ぼくはいま伊能忠敬の、地図つくりの旅を小説にしている（「週刊現代」連載『四千万歩の男』）が、どうしてこうもぼくは地図に囚われているのだろうか。日本には「小字」まで数えると約一億一千の地名があるといわれる。アメリカは二億だという。そしてオーストラリアの地名は三千万だった。つまり地名の数は人口に比例するのである。人間ひとりにつき地名が一個ずつ当る勘定だ。なにが平等といってこれほど平等なことはあるまい。地名を満載した地図を、だからだれもが好むのだ。自分のアナダルコ遊びを、ぼくはこう故事《こじ》付《つ》けている。

そしてもうひとつ、手描きの地図を特に好むのは、印刷された地図がときおり管理社会の地形学的表現であったり、また人間をふん縛ったり差別したりする記号系でもあったりするのに、手描きの、アナダルコ式地図にはそれがないからだろう。なにしろアナダルコ式地図では、たとえば国境や保護地域などという情報をカードに書き込みさえしないかぎり、絶対に地図にはあらわれてこないのだから。

ユートピアの時間

NHKに下宿したはなし

NHK会館がまだ田村町にあったころ、そして、ぼくが放送作家のはしくれの、そのまたどん尻の、そのさらに末尾の、そのもうひとつびりにようやく連なったころ、一ヵ月間、NHKに下宿していたことがある。

もちろん、NHKに下宿したとはいっても、NHKが受信料の不払いに音《ね》をあげて、下宿の内職を始めたわけではない。だいたいあの当時は、受信料不払い運動など影も形もなかったのだ。ぼくが勝手にNHKにもぐり込んだだけのはなしである。

そのころ、ぼくは新宿区牛込北町の、さる素人下宿に住んでいた。ご主人が某私立大の教授で、俸給が安いためか、あるいは学生が心底から好きなのか、それはわからなかったが、ご自分の学校の学生を六、七人、あっちの座敷に三人、こっちの納戸《なんど》に二人というように、置いておられた。ぼくはべつにその某私立大の生徒でもOBでもなんでもなかったが、シェイクスピアにならって言えば「運命の見えない糸に手繰《たぐ》りよせられて」、そこの離れの二階に居つくことになったのである。

ぼくが居ついたのは、たしか昭和三五年の四月のことで、そのとき下宿のおばさんでもあり、大学教授夫人でもあるお方が、

「八月になると学生たちはみんな故郷へ帰ってしまいます。そこで八月はわが家の改造をいたしたいと思いますので、八月は一ヵ月間、どこかへ移っていただきますよ。それでもよろしいですか」

と仰せられた。

その日暮しの駆け出しライター、四月のうちに八月の方策の立つはずはなく、よろしくないと言ったところで仕方がない。ぼくは「ええ」とか「まあ」とか「そのときになればなにそれなんですから」などと要領を得ないことを言ってごまかし、離れの二階に住むことになったが、あっという間に八月がやってきた。

「今日から八月です。約束どおりに今朝から二階を空《あ》けていただきます」

と教授のおばさん、いや下宿の夫人、ちがう教授夫人の宣下《せんげ》に、荷物をトランクにまとめて外へ出たけれども、さて、行く先が判らない。NHKで打合せがひとつあったので、すべてはそれが済んでからだと、新橋行のバスに乗り込んだが、後架《こうか》の便器の上、布団の上、乗物の上、この三つの「上」によい思案はつきものだ、と昔の人が言ったように、ぼくはバスの座席の上で、ふと、

（……NHKに住みこむわけには行かぬだろうか）

と考えた。

NHKには金があるから、家賃をくれなどというみみっちいことは言わぬはずだ、また、そのころぼくはNHKの仕事しかしていなかったから、NHKに住めば仕事には便利だろう。（この考え方はいまにして思えば職住隣接のはしりである）いずれにせよ、NHKに住みつくとすくなくともふたつは利点がある。これは実行してみる値打があるのではないか。

バスから降りたときには、ぼくの心はもうすっかり決っていた。

（今日からNHK会館がわが家なのだ）

この思い込みがいかに激しかったかは、ぼくが表玄関を入るとき、守衛さんについうっかり、

「ただいま」

と言ってしまったのを見てもわかるだろう。

さて、その夜から、ぼくの、NHKに於ける下宿生活が始まったが、実際に住んでみると、利点はふたつどころではない。それこそ数え切れぬほどあった。

まず食事。五階に職員食堂があったので、これを利用した。味は上味とは言いかねるが、その価《あたい》は安く、量は厖大《ぼうだい》であった。持ち合せのないときは、飯どきにスタジオをあちこち歩く。スタジオでは出演者のために外から弁当をとるから、これをくすねればよ

かった。

日本茶もふんだんに飲めた。出演者休憩室には、番茶の薬缶《やかん》が常に置いてあるし、廊下の隅にはそのころ流行《はやり》の、自動式の番茶機（という名称はほんとうは正しくはないだろう。だがぼくらはそう呼んでいた）が設置してある。喉の渇きはこれらによって癒《いや》せばよかった。

地下一階には風呂があった。一〇畳ほどの大浴槽に、二〇畳ばかりの洗い場のついた清潔な浴室だった。大温泉のローマ風呂や大理石風呂ほど豪華では、むろんなかった。しかし、牛込北町の銭湯よりは数等ましだった。なにより素晴しかったのは、このNHK湯が終日、開《あ》いていたことで、暇にまかせてひと風呂浴びては茶を一服、茶を喫してはまた風呂へ、と繰り返していると、自分はいったいNHKにいるのか、温泉へ湯治に来ているのか、ふとわからなくなるときさえあった。つけ加えると、湯は常に澄明、銭湯の泥湯とは比較にならぬほど綺麗だった。ついでにもうひとつ付言すると、残念ながら男女別浴制であった。

次に娯楽施設の面で、NHK下宿は可であったか、不可であったか。これはもう可も可、大可だった。なにしろ、局内の廊下には二〇米《メートル》毎にラジオの受信機が設置してある。テレビ受像機もまた、住宅街の早朝の道路の上の犬の糞のように、いたるところにごろごろ置いてあった。もっともNHKはラジオとテレビの総本山だから、無いほうがおかしいのだが。

ラジオやテレビに飽《あ》きると、廊下をすこし歩いて、NHKホールを覗きに行った。このホールの椅子に三日も座っていれば、ベルリン交響楽団やNHK交響楽団から始まって、江利チエミに島倉千代子、はてはお笑い三人組まで、すべて実物《なま》、しかも間近かで拝むことができた。

たまに読書にいそしみたいなどという殊勝な気持に見舞われることがあった。こういうときは図書室にかけこんだ。朝・毎・読三大紙はむろんのこと、日本全国の地方紙の、主なところが揃っていたから、岩手日報や河北新報の綴り込みをめくりながら、はるかに故郷を偲《しの》んだ。

トイレがまた豪華版だった。日頃、出入りのNHK、勝手は充分に知っている。便意を催すと、週刊誌を数冊かかえて、四階の会長閣下専用の便器によく蹲《しゃが》みに行った。よく磨かれた床。かすかに漂う香料の匂い。高い天井。便器を取り外して穴さえ塞《ふさ》げば、すぐにでも来賓用応接室として使えそうな結構な部屋だった。備付の尻拭紙も最上等だったし、便器の形や色合いもなにやら床しく神々《こうごう》しく、これはおそらく何某《なんのなにがし》といわれるような名陶工の御作であろうと、便器のあちらこちらを調べてみると「TOYOTOKI」というメーカー名が刷り込んであるのですこし落胆した。下宿の後架の黄ばんだ便器だって「東洋陶器」製ではないか。

便器の上方にはブザーが付いていた。ブザーのついた便器を見るのはそのときがはじめてだったから、いかなるときに用立てるものなのか見当もつかぬ。ブザーを押せば妙なる楽の音湧き上り、用便の際の不快にして下劣な雑音を覆いかくしてくれるのかもしれぬ。あるいは、NHK会長ともなれば江戸時代ならばさしずめ大々名、尻拭きを専らとする女子職員がどこからか煙の如く立ち現われ、やさしく尻ぬぐいしてくれるのかもしれぬ。あるいは……。

いくら考えてもわからぬので、試しにブザーを押してみた。そうしたら、一〇秒も経たぬうちに警備員のおじさんがかけつけてきたのには愕《おど》いた。

「……きみたちの蹲むような所ではない」

便器の上に鎮座していたのが、会長ではなく、ジャンパー姿の若い男と知って、警備員のおじさんはぞんざいな口調で、しっかりはっきりとこう言った。

「ここは会長の専用の上等なトイレなのだ」

とするとさすがは大NHKの会長、よほど上等な便塊をひり出しになるにちがいない、そのときぼくは本気でそう信じた。そしてそれ以後はこの豪華な個室に蹲むのは遠慮した。後で聞いたところでは、例のブザーは不測の事態が生じたときのために使うのだそうである。

睡眠は宿直室でとった。もっとも宿直室という言い方は実情にそぐわないかもしれぬ。

二段ベッドがずらりと数十列も並んでいるのだから、宿直場、あるいは、宿直館とでも言い直した方がぴったりする。ベッドはひとつやふたつはきっと空いていた。ぼくは夜更けになるとここへしのび込み、手さぐりで空ベッドを探し、そこにもぐり込んで眠った。

一度、あらぬ疑いをかけられたことがある。空ベッドだと思ってもぐり込んだら、先占者がいたのだ。彼は身体を海老《えび》のように折り、小さくなって寝る癖があり、そのせいで、ぼくは空ベッドだと信じたのである。その先占者とぼくは仕事のつきあいがあったのだが、このとき以来、彼はぼくを避け、仕事も呉《く》れなくなった。ぼくはきっとなにかに間違えられたのだろう。

台本は、夜、職員たちが帰宅した後、そのへんの机を借りて書いた。仕事の量が多く、夜明け近くまでかかりそうなときは、部長のデスクの上に原稿用紙をひろげた。仕事の量の多いときはなぜ部長のデスクか。答は簡明、部長の椅子は大きく柔かく、疲れが少くて済むからである。部長の椅子に腰を下すときは、靴を脱ぎ、デスクの下から部長ご愛用のサンダルを引っぱり出して履《は》いた。

仕事に飽きると、よく部長のデスクの上に載っている書類や、抽き出しの中の重要書類を盗み読みした。これはよくないことである。が、しかし、よくないことであるだけに、まことに面白かった。

たとえば極秘書類のなかには『転勤候補者名簿』などというのがあった。中身に目を走らせてみると、半年以上も先の職員の配置換えがすでに決定している。決定しているのに知らぬ顔でそれらの部下とつきあう、部長というポストはよほどの狸でないとつとまらぬだろう、とそのときぼくは思った。

候補者のなかには、ぼくと親しいディレクターの名もあった。転勤先は北海道帯広局である。

「あなたは暖かいところと、寒いところと、どちらが好きです」

あくる日、ぼくはそのディレクターを局の近くの喫茶店に誘って、こう訊いた。むろん、転勤が近いから、心の準備をしておいた方がいいですよ、とそれとなく教えて上げようと考えたのである。

「そんなこと決っているじゃないか。おれは九州育ちだ。そのおれにとって東京は北極みたいなものだ。東京が我慢の限界、これより北へは死んでも住みたくない」

「そう勝手に決め込んでしまわずに、いまから耐寒訓練をしておいた方がいいんじゃないかなあ」

「どうしてだい？」

「どうしてってこともないんですが……」

ここで、『転勤候補者名簿』にあなたは帯広局行と載っていましたよ、と打ち明けることができればはなしは簡単だが、部長用の極秘書類を一介のライターが盗み見たということが明るみに出てはこちらの首が危い。そこで、

「ところで恋人とはうまく行っていますか」

と、今度は違う方向から攻めた。

「ああ、彼女はとうとう陥落したよ。ただし結婚式は彼女の都合で来年の春まで延びるがね」

来年の春！　そのころは彼は帯広だ。

「もう帝国ホテルを予約しちゃったぜ。きみには披露宴の幹事をやってもらいたいと思っている」

「そ、そりゃあ、幹事だろうがなんだろうが、骨身は惜しみませんがねえ、結婚式を帝国ホテルで挙げるというのはどうかなあ」

「な、なに……？」

「それに来年の春というのがよくない。今年中に挙げといたほうがいいですよ。でなかったら来年の秋、身辺が落ちついたころ……」

「なぜ、来年の秋になるとおれの身辺が落ちつくんだ？　いま、全然、落ち着いていないみたいじゃないか」

「それはつまりですね……」

「きみはどうもさっきから妙なことばかり言うね。どうして来年の春じゃいけないんだ。おれと彼女の二人が『その線でいこうか』『ううーん、だめよ』、『じゃ、この線にしようか』『ええ、いいわ』とだね、いろいろ話し合って決めたことなんだぜ」

「とにかくあなた、来年の春はいけません」

「こいつ。彼女と結婚するのはきみじゃない、このおれなんだぞ」

「そ、それはわかっていますよ、わかっているだけに辛い……」

「なにを言ってやがる。とにかくすべては決定済み。家だって杉並の叔父貴の庭に建てるつもりだ。いま基礎工事中だがね」

「よしなさい。家だけはやめた方がいい。無駄です」

「あ、もうおれは怒った。いったい、きみはどういう根拠があっておれたちの結婚に水をさすんだ？」

「……じつはトランプで、あなたたちの結婚を占ったら、『待て。さもなくば急げ。特に来春は凶』と出ましてね」

とぼくはトランプ占いのせいにした。すると彼は、

「きみはおれの番組『生活の中の科学』の担当ライターだぞ。科学番組のライターがトランプ占いをそんなに信じ込んでいていいのか。そんな非科学的な頭でよく科学番組がつとまっているな」

と言い捨てて店から出て行ってしまった。

……彼がぼくを見直したのはむろん、帯広行の転勤の内示が出たときである。

「きみのトランプ占いは恐しいほどよく適中するねえ。放送ライターなんぞよして占いに打ち込んだ方がいいぜ」

彼はつくづくとぼくにそう言った。

それから一〇年間ぐらい、彼はぼくのことを占いの名手と信じていたようで、時どき「よオ、今度、これこれの企画を立てたんだが当ると思うかい」だの「おオ、今度、しかじかの番組を作ったんだが、視聴率どれぐらい取れるかね」だのと聞いてきた。そのたびにぼくは彼に適当なことを答えたが、付け加えるまでもなくそんな答が当るわけはない。このごろの彼はどうもぼくの言うことをほとんど信用していないようだ。

はなしは逸《そ》れたが、下宿屋としてのNHKは、ぼくに小さいけれども香しい良い評判をいくつかもたらした。まず良い評判の筆頭は、《井上某というライターは筆は遅いがじつに熱心である。本読みにも録音にもちゃんと立ち会うが、あれはなかなかできないことだ》

じつは、NHKが棲み家なのだから他所《よそ》へ行きようがなく、それで仕方なしに本読みや録音に顔を出していただけなのだ。

次に良い評判の二番手は、

《井上某は決して打合せの時間に遅れない、あれもなかなかできないことだ》

じつは同じ屋根の下にいるのだから、遅れるほうが変なのだ。

さらに良い評判の三番槍は、

《井上某は決してタクシーの乗車券をくれ、などとは言わない。局で仕事を二、三本持つと、すぐ『帰りの車を用意してください』と言い出すライターが多いのに感心なものだ》

じつはせっかくタクシーの乗車券を貰っても行くところがなかったのだ。

そしてまたさらに……もうよそう。

ただ、ここでひとつどうしても書いておきたいのは、あのころのNHKはすべてのことにとても大らかだったということだ。なにしろ職員でもない男を自分の腹の中に飼っていて、それでも一向に気がつかなかったぐらいだから、その大らかさもただの大らかさではなく大海のようだった。

ディレクターたちは、カメラのアングルひとつ決めるのに、次の朝までテレビのスタジオでああでもないこうでもないと口から泡を飛ばしながらスタッフと議論をしていた。ラジオのスタジオでは、歌を一曲録音するのに九時間もかけているディレクターたちがいた。歌手がとうとう音《ね》をあげてスタジオの横のソファの上に倒れているのを、ぼくは見たことがある。

ぼくらライターも同じことで、二〇分のラジオドラマに三日も局で徹夜したりした。「録音に間に合わなくてもいいから、これはと思う台本《ほん》を書いてください」とぼくらに言うディレクターもいた。録音に遅れたらもう台本は要《い》らないんじゃないですか、とぼくらが訊《か》くと、彼のディレクターはこう答えたものだ。

「スタジオなんか何回キャンセルしてもいいんです。問題は台本《ほん》なのだから」

局の管理が大らかで、スタッフのだれもかれもが放送に狂ったように熱中していたあの時代には「先番組、後管理」が至上の掟だった。そこにぼくのような期限つきの下宿人の生まれる素地があった。

だが、いまのNHKは（というより放送界は、だろうが）冷え切っている。なにせいまや「先管理、後番組」がモットーなのだ。したがって一晩、NHKのどこかで徹夜で仕事をしようとすると、何となく後めたい。スタジオ時間は細かく区切られ、そこでは能率が神である。「録音に間に合わなくてもいいからよい台本《ほん》を」というディレクターが、いまNHKに若《も》しもいたら、彼は休養室で医師の診断を受けることになるはずである。ディレクターたちの常套句《じょうとうく》は「締切第一です。締切に間に合いさえすれば、なに多少内容が落ちてもかまいません」であるようにぼくには思われる。あの白熱の時代の番組がみなそれぞれなにものかであったのは、故のないことではないのだ……。

などと書くと「世の中が変ったのだ」という声がどこからか飛んできそうである。

「むかしはよかったなどと若年寄を気取ることはあるまい」という声もしてきそうだ。しかし、ぼくは「むかしはよかった」と言っているのではないのだ。「むかしは正しかった」と言っているのである。

もっとも、再びシェイクスピアで恐縮だが、「ほどほどの嘆きは死者への義務だが、それが極端に走ると生者の敵となる」（『終りよければすべてよし』）から、あの大らかで、みんなが無我夢中だった時代をあまり懐しがるのは止しにして、下宿のはなしにけりをつけよう。

ぼくが局に下宿していることが露見したのは、部長の机の上や、背後の棚に、洗濯したパンツやランニングシャツを乾していたからだった。朝、職員が出局してくる前に、それらの洗濯ものを取り込んでおけばよかったのだが、ぼくは部長の机の上に突っ伏したまま、午前一時ごろまで寝入ってしまったのだ。はっとして目を覚すと、傍のソファにちょこなんと坐っていた部長が、ぼくに言った。

「すまんが、すぐに机を明け渡してくれたまえ。ついでに、ぼくのサンダルも……。もうひとつ、洗濯物を取り込むのを忘れないで」

その日の午後、ぼくは牛込北町の下宿へ帰った。下宿を出てから、その日はちょうどひと月目で、改築は前日に済んでいた。

ニセモノへの賭け

この十一月で、わたしはまる三十八年、この世というところで生きのびてきたことになるが、この三十八年間に出来《しゅったい》したさまざまな出来事の中で、自分にとって最も重要だと思われることがらがふたつある。

そのひとつは、三十八年前に起った事件で、わたしが呱々の声と共にこの世に生れてきたことがそれだ。わたしの全出来事のとっぱじめにあたるこの誕生事件の重要さは、わたしにとっては大層なもので、この事件がもしも生起しなかったら、以後の無数の小事件群が果して起り得たかどうか、それははなはだ覚束ない。

しかし、わたしはその時あまりに幼すぎ、この一件について一片の記憶をも持っていないので、このことがらについては一行の駄文さえも綴ることが出来ない。そこで、もうひとつの事件について書くことにしよう。こっちのほうは二十一か二のときに起ったことなので、まだ記憶がたしかだからである。

そのころのわたしの身分は学生だったが、学業よりも喰うことに追われて、こっちのアルバイトからあっちの臨時雇へと、飯の種を探し求めてうろつきまわっていた。高校へはカトリックの養護施設から登校していたし、大学へはカトリックの学生寮から通っていたので、まったくの艶聞《えんぶん》なし、女性の裸などは夢の中でしか見たことがないという青臭い堅造だった。赤線青線はまだ健在だったが、残念なことに、金がなかったので、それまではこの魅力的な赤い線や青い線を超えたことがなかった。いってみればそのころのわたしは修道僧よろしく生きていたのである。

ところがあるとき、ふとしたことから、わたしは浅草のストリップ小屋で働くことになった。文芸部員、というと恰好はいいが、その実体は雑役で、踊子たちの注文したラーメンを上げ下げしたり、舞台の袖に陣取って緞帳を上げ下げしたり、舞台中央のマイクを袖からスイッチで上げ下げしたり、暗転の間に素速く舞台の小道具を上げ下げしたり、というように、いやに上げ下げする仕事が多かった。

踊子たちは冬でも、この世に生れ落ちたときそのままの姿で、舞台裏を闊歩していた。彼女たちは出番が近づくと裸身の上に舞台衣裳をまとい、舞台に出てお客を散々にじらしながら衣裳を脱ぎ、脱いで引っこむとあとは次の出番まで、そのままの恰好でいるのである。

この光景をはじめて眺めたとき、わたしの脳裏に次の如き天啓が閃いた。

「この世には、カトリック孤児院や学生寮などの、神が主役を演じている世界のほかに、女の裸身が主役を演ずる世界も確保してあるのだ。そしてどうやら、自分は後者のほうが肌に合っているのではないだろうか」と。

このときの印象は強烈で、いまでも時折夢に見るほどだが、小屋に入って一週間ほどたってから、更に物凄い事件が起った。

そのころの浅草のストリップ小屋の演目《だしもの》は、むろん一時間半ほどのストリップ・ショーが中心で、それに添えものとして一時間足らずのドタバタ芝居がついており、このドタバタ芝居のために、わたしが勤めることになった小屋には数人のコメディアンがいた。失礼にあたるかもしれないが、ここにその名を記すと、渥美清・谷幹一・長門勇・関敬六・和田平助と、今にして思えば錚々《そうそう》たる顔ぶれだった。

ところで、その事件というのはこうである。初日の前々日あたりに、ドタバタ芝居の作者が台本を書かずに失踪してしまったのがそもそもの始まり。作者が残していったのは、「病院を舞台にした好色推理活劇を書くつもりだよ」という漠にして粗な構想と、「渥美清には好色な産婦人科の医師、谷幹一にはやくざの大幹部、長門勇には田舎出の素朴な青年、そして、関敬六には刑事をやってもらおうと思っているのだが」というこれも漠にして粗な役柄の説明だけだった。

初日が切迫していたので代りの作者も見つからず、コメディアンたちが、こうしてあしてこうやって、と口立てで筋をこしらえているうちに、初日がやってきた。口立てだけでどうだろう、と心配七分興味三分で見ていると、これがじつにおもしろいのだ。

コメディアンたちは自分の持っている笑わせる工夫や技術を総揚げし、互いに相手を喰ってしまおうとする。このギャグの博覧会がまず腹をかかえさせた。口立てで筋がなんとなく決まっていたとはいっても、それはいわゆる口約束のようなもので、誰かがひとり重要な台詞を言い損ったり、故意にねじ曲げたりすれば、その口立ての筋はもう役には立たぬ。そうなると各コメディアンは、自分がもっともいきるような、そして栄《は》えるような方へ筋を引っぱっていこうとする。その駆け引き、そして陰謀、力業が、手に汗を握らせる。そうなってくると、これはもう芝居というものではなくなってしまい「人生そのもの」に変ってくる。現実の世界でも、人はそれぞれ身丈に合った役柄で生きている。何処を主な舞台として生きるのかもだいたいは決まっている。だれでもが、すこしでも自分の有利になるほうへ話の筋を引っぱって行こうとするのも、現実の人生では当り前だ。思わず失敗《しくじ》ってそれ以来、他人に合わせて生きて行くことを余儀なくされる者もあれば、ふとしたきっかけで己の手に舞い込んだ話の主筋を、おしまいまで確保し成功への道をひたすら歩む者もある。

あのときの舞台もそうだった。コメディアンたちは手さぐりしながら、誰にも見当のつかない幕切れに向って、必死で生きて行こうとしていた。そのとき、わたしにはニセモノの人生＝舞台のほうが現実の人生よりも、もっとほんものらしく思えたのである。

コメディアンたちも現実の人生を生きる時より、更に充実して、あのニセモノの人生を生きていたはずであるが、いずれにもせよ、わたしはあのときのドタバタ芝居から、ニセモノの方がホンモノよりもよりホンモノであることがあり得る、ということを知ったのだ。そして、その日からわたしは芝居を書きはじめた。つまり、ニセモノの人生に賭ける気になったのだ。このときの回心と匹敵するような回心に、わたしはまだ逢わぬ。

支配人物語

あのころから三十年以上も時がたつのに、まだ忘れることのできない人物が十人はいる。あのころとは浅草のストリップ劇場の文芸部で働いていた時分のことであり、忘れられない人物とは喜劇役者とストリッパーが大部分、そして劇場支配人である。

支配人の仕事のうちには、踊り子の発掘と養成があって、彼は下町の銭湯を踊り子の特産地と考えているようであった。もとより支配人は男性で、直接《じか》に女湯で娘さんたちの身体《からだ》を点検するわけにはいかない。その役目をつとめるのは、彼の奥さんである。奥さんは朝、昼、夕方、そして夜と、日に四度も銭湯の暖簾《のれん》をくぐる。それも朝は神田、昼は小岩、夕方は柳橋、夜は湯島というふうに、隅田川を中心に、東は江戸川、西は四谷までの広域にわたって銭湯のハシゴをするのである。ちなみにそのころ銭湯の湯槽《ゆぶね》には朝から熱い湯がわいていた。さて、申し分のない肉体《からだ》の持主を見つけると、奥さんは全身を目にして、その娘さんの洗い場での股《また》のひろげ方や湯槽をまたぐときの足の上げ具合などを注意深く観察し、そして、「この娘《こ》の性格は小屋向きだわ」と見定めると、その後を尾行し、住居《すまい》をたしかめ、さらに近所のそば屋タバコ屋ラーメン屋を当たって、娘さんの父親のことをあれこれ聞き出す。父親が真面目な働き者であるとわかると、奥さんはあっさり諦めて次なる銭湯へ向う。というのは、「父親らしい父親に育てられた娘はなぜか脱ぎたがらないし、なによりもその前に父親を口説き落すのがむずかしい」からである。だから逆に、これはと目をつけた娘さんの父親が大酒喰らいの怠け者、女房子どもに見放された厄介者とわかると、奥さんはにこにこしながら帰ってくる。「そういう家の娘は早く家から出たいとねがっているので説得しやすいからね。父親も支度金をちらつかせるとすぐ落城する」ということになっているらしかった。そうして今度は支配人の出番、彼は一升瓶《いっしょうびん》と雷おこしを持って娘さんの家を訪ねるのである。

娘さんを預かると、支配人はさっそく踊り子教育にとりかかる。当時、わたしが働いていた劇場は近くにアパートを持っていたから、そこへ入れて、

「酒もタバコもいけません。身体の線がなんとなく崩れてくるから節制なさい」

「男と遊ぶのも出世してからにしなさい」

「もちろん劇場内での恋愛はご法度《はっと》です。清らかに身を保ちなさい。出世さえすればもう玉の輿に乗り放題。ここから浅草一の仏壇屋へ嫁入りした娘もいるぐらいです」

「当分、早寝早起きを励行してください」

「間食を禁じます。ここの賄《まかな》いのおばさんのつくる食事をよく嚙んでたべなさい」

「食事のあとはかならず歯を磨きましょう。真珠を並べたようなきれいな歯、それが一流への近道です」

噛んで含めるように教え込む。こうしてミッション系の女子短大の寄宿舎に入ったのか、病院に入ったのかわからないような、カタイ生活が始まるのである。

日中は振付の先生による基礎訓練と支配人の講義。支配人はよろよろしながら歩く娘さんを――きびしいレッスンで彼女の身体はいたるところから悲鳴をあげているのだ――客席のまうしろの投光室へ連れて行き、舞台を見せながら、

「ここでは一日三回の公演を行っている」

「一回の公演は、一時間の喜劇と一時間四十分のショーの、二つの出し物から成り立っている」

「やがてきみが加わることになるのはショーの方であり、ショーは二十三、四景で構成される」

と説明しながら、折りを見て、

「ごらん。いまはショーのちょうど真ん中の小フィナーレというやつ、十八人の踊り子が全員、舞台に出ている。うしろで踊っている連中は、胸と腰を布《きれ》で隠しているだろう。あのままでは永久に前へ出てくることができないんだよ。当然、給料も上がらない。しかしごらん、前列の左右で胸を出してる連中がいるね。彼女たちは胸を出すだけで、あ

んなに前へ出てこれるんだよ。給料だって四、五倍にもふえているんだ。そして前列のまんなかの三人をごらん。胸を出した上に、腰にあてがっているものも小さいだろう。あの娘たちがスター。給料にしたって大会社の重役さん並みじゃないかな。わかるかい、ここでは、衣裳の面積と給料とは正確に反比例するんだよ」

と、数学の講義のようなものまでほどこすのである。支配人は主任振付師も兼ねていた。彼は娘さんに何度も、

「歩くときは尻の穴をつぼめなさい」

と云っていた。それから、

「尻の穴をつぼめた分、唇を開いて」

「唇はつばで濡らして、いつも光らせておくこと」

「ひとつところに目を据えてちゃいけない。満開の桜並木を、あちこち眺めながらのんびりと歩いているような気分で客席をみてごらん」

と、初歩からはじまって、

「ただ腰を突き出したからって色っぽくもなんともないんだよ。突き出すのは恥骨《ちこつ》」

「ぬーっと突き出すんじゃない。泥棒が庖丁突き出すのと、わけがちがうんだ。いいかい、恥骨は、こう、コックンコックンと弾みをつけて突き出す」

「胸を這《は》わせる手、その手は君の手であると同時に客の手でもあるんだよ。お客さんが

さわりたいように、君が代理となって自分の胸をさわりまくりなさい」と中級技術まで叩き込む。こうして娘さんはみるみるうちにストリッパーらしくなって行くのである。仕上げは道具方の親方にツケを打たせて「型」の稽古。親方は舞台を弟子に任せて朝から晩まで詰《つめ》将棋ばかりやっている小柄な老人だが、支配人から声がかかると、秘蔵のケヤキの板を持ち出してくる。大きさはマナ板二枚分ぐらい。カステラのように厚い。親方はその板を、両手に持った拍子木《ひょうしぎ》みたいな白樫材《しろかしざい》のツケ柝《ぎ》でバタバタと叩く。途方もなく大きな音なので、ストリッパー候補生は、その一挙手一投足をこの音に合せてしまう。舞台への出《で》、舞台上での歩き、すべてこの音に合せて覚え込むのである。この訓練によって候補生たちは、舞台の上をゆっくりと、そして大きく歩き回る「型」を会得するのである。

親方と支配人はさらに歌舞伎の見得《みえ》を教え込む（見得にツケはつきものだ）。柱に手と足をかけてきまる柱巻きの見得、右手で石つぶてを投げたあとのかたちできまる石投げの見得、不動明王の恰好をする不動の見得、横顔を見せて立つ横見得、そして勇ましさを誇示する元禄見得。それにしてもなぜストリッパー候補生に見得を稽古する必要があるのだろうか。親方がこんなことを云っていた。

「歌舞伎の役者もストリッパーも、それまでの動きをぴたっと止めて、凍りついたように動かなくなるときの姿がいいんだよ」

支配人は支配人でこう云った。

「見得を英語で云えばポーズだろう。客に甘えるポーズ、挑発するポーズ、訴えるポーズ、肉体《からだ》の美しさを見せびらかすポーズ。ストリップはこのポーズの連続だよ。ただしポーズばっかりでは、ポーズのありがた味がうすれる。そこでポーズとポーズの間にちょこちょこ動いてみせるわけだ。べつの云い方をすればポーズは型かもしれない。その型をのみこむのに見得の呼吸《いき》を盗《と》るのが有効なんだ」

「……型ですか。型ってそんなに大事ですか」

「型を知らなきゃストリッパーにはなれないさ。ストリッパーに振付師、それとお客さんのこの三者が、どうしたらストリッパーがすばらしいものに見えるかをこれまでさんざん考えてきた。そのあげく、これならすばらしいものに見えるという了解事項が十、二十、三十とできた。つまりそれがポーズであり、型なんだ。しかし、いいストリッパーはやがてこの型から離れる。型通りにやるのがつまらなくなってしまうんだね。だから型にわざとさからってやろうとする。さらにもっといいストリッパーは新しい了解事項を発見する。それまでになかった型をつくり出すのだ。そうなればもうスターだ。この小屋から日劇ミュージックホールへ引き抜かれる日も近い。だがね、奇態《きたい》なことに新しい型は、かならず最初に叩き込まれた型とどこか通じるところがあるんだ。最初に教わった型と決して矛盾しないのだ。わかるかね」

そのときは雲を摑むような話だったけれども、そこは馬齢《ばれい》も重ねてみるもので、いまは支配人の云いたかったことがよくわかる。つまり初めに型をうんと詰め込むことをしないと、次の、さらに質の高い世界が見えてこないのである。

この支配人についてもうひとつ思い出がある。面接のときに彼はいきなりこう訊いてきたのである。

「ストリッパーと遊べると思って試験を受けたんじゃないだろうね」

そんなつもりはまったくないとあわてて答えたが、内心では、半分ぐらいは図星だと思った。人前に裸をさらすぐらいだから、自分のようなものにもたわむれに情けをかけてくれる物好きがいるかもしれないと、夢想していたことはたしかだったのである。しかし実際にその中に入ってみると、世間の普通の会社よりもカタイのでおどろいた。そのとき以来、「見かけと中身はかならずしも一致しない」というのが、わたしの処世訓のひとつになった。もちろんまだ修業が足らなくて、美人を見ると、つい心まできれいにちがいないと思ったりする愚かな癖から完全には抜け切れていないけれども。

ギャグの神様

森川信（一九一二―七二）の名は、山田洋次監督の『男はつらいよ』のおいちゃん、葛《かつ》飾柴又《しかしばまた》の団子屋とらやの六代目主人車《くるま》竜造を演じた俳優として（ただし第八作まで）、たえず揉めごとを引き起こすあの国民的な風来坊車寅次郎の叔父さん役として、かなりひろく知られている。寅さんが一方的に美女に熱を上げるたびに先の困難を予想して頭を抱え込む喘息《ぜんそく》持ちのおじさん、そんなときに寅さんの妹さくらに、「まくら、さくらをくれ。いや、さくら、まくらをくれ」という名台詞《せりふ》を云っては寝込むおじさんとして記憶なさっている方もあるかもしれない。

森川信は、もともとは横浜簿記商業学校卒業の銀行員だが、ある日、役者になると宣言して勘当され映画に走り、昭和七年、二十歳で『肉弾三勇士』（赤沢キネマ）に死体の役でデビューする。そのあと、二、三の実演劇場に出ているうちに女出入りで揉めて大阪へ逃れ、弥生《やよい》座というところの専属レビュー劇団ピエル・ボーイズに加わった。ここにはのちの田崎潤や清水金一がいて、かなり水準が高かった。ここで修業を積んだあと、名古屋、福岡、京都などの劇場を転々としながらぐんぐん腕を上げて行く。

坂口安吾の読者なら、昭和十三年三月、京都の新京極の国際劇場に出演していた森川信を安吾が激賞していたことはご存じだろう。

そしてついに昭和十九年一月、松竹と契約していた森川信は「新青年座」を率いて浅草国際劇場に出演する。副座長は山茶花究《さざんかきゅう》。文芸部には淀橋《よどばし》太郎と竹田新太郎がいた。

このときが絶頂期、一ヵ月間の興行で約二十万人の観客を完全に笑殺し去った。「おもしろさではエノケン、巧さでは森川信」といわれたのもこの頃のことだ。

戦後は岸井明と「のらくらコンビ」なるものを組んで松竹映画に出ていたが、ほとんど話題にのぼることもなく、昭和三十年代初めのころの森川信は、〈下り坂にかかって転げ落ちる一方〉だった。それなのになぜ、当時の浅草の喜劇役者や文芸部員たちの尊敬を集めていたかといえば、彼がギャグ（笑わせる工夫）の作り手として神様に近い存在だったからだった。

そのころ、東宝ミュージカルスの成功を見て松竹も浅草常盤座《ときわざ》でミュージカルを始めたが、その第六回が森川信一座の『水戸黄門』（昭和三十二年一月）で、常盤座がわたしたちの劇場の斜め向かいにあったせいもあって、毎日通って、せっせとギャグをノートに採った。それまで噂でしか聞いていなかった名作ギャグがつぎつぎに目の前で演じられるのを観て、夢の中にでもいるような気分だったことをいまでもよく覚えている。

たとえば「瀕死の蚊」というスケッチ。これはサン＝サーンスのバレエ『瀕死の白鳥』のパロディ《もじり》で、楽しそうに踊っていた蚊（もちろん森川信がタイツ姿で踊るのである）が、舞台下手《しもて》に押し出されてきた巨大な蚊取り線香の煙（ドライアイス）を吸って、次第に苦しみ出して、壮絶に苦悶しながら死んで行く。しかもその苦悶のさまが、ちゃんとバレエになっているのだからよほどおかしい。

あるいは「島の娘」というコミックダンス。森川信が娘姿で登場、勝太郎のヒット歌謡『島の娘』に合わせて優雅に踊るうちに、その踊りの手がいつのまにか怪しげな花札賭博や野球の球審の身振り手振りに変って行き、観客が「オヤ？」と思った瞬間に、正しい日本舞踊に戻っていた。

あんまりおもしろいので、楽屋に押しかけて文芸部長の淀橋太郎さんに「どうしてあんな神業《かみわざ》に近いような踊りができるのでしょうか。うちの小屋の渥美清さんでも、あれほどうまくは行きませんが」と聞くと、四十年近く森川信の脚本を手がけてきたこの温厚な作者が「彼は銀行に勤めながら神田の東京演劇バレー学校の夜間部に通っていたんですよ。もともとはバレエダンサー志望だったみたいですね」と答えてくださった。

そういえば、こんなギャグもあった。公園のようなところで、なにか悩みごとを抱えているらしい森川信があれこれ思案に没頭して歩き回っている。そのうちにベンチにぶつかりそうになるが、彼は無意識のうちに、しかも自然に、片足でベンチの上を、別の足で地面の上を歩いて行く。これなどは、よほどしなやかな体がないとできないギャグである。

こんなタイミング・ギャグもあった。森川信が相手役と縁側に腰を下ろしてなにか話をしている。そのうちに相手役がとんでもない事実を云ってお茶へ手をのばす。森川信の方は驚きのあまり縁下に転げ落ちてしまうが、間髪を入れずに跳ね上がり、茶碗を手にした相手役が視線を戻したときには、元の姿勢に戻って何食わぬ顔をしている。

いま、『男はつらいよ』を見直すと、彼がこの微細な時間のズレを基本に、おいちゃんを演じていたことがよくわかる。つまらないコトバのギャグ（じつはギャグにもなっていないのだが）を連発して澄ましている近ごろのテレビのタレントたちを見ていると、ふと、森川信の体を使ったギャグがつくづく貴重なものに思えてくる瞬間があるのだ。

意味より音を

コトバにも、魚と同じように、獲れたてのぴちぴちしたやつと、冷凍のぱさぱさしたやつとがある。誤解をおそれずに大ざっぱな独断の斧を振り下ろすと、ぴちぴちしたコトバは意味よりも音の響きを大切にしたものであり、ぱさぱさしたコトバは音の響きを犠牲にして意味をより重視したもの、といえるのではないかと思われる。小説や戯曲の中に立ち現われるコトバは、どちらかというと、音よりも意味を重くみたものが多く、「重厚な力作」とか「堂々たる大作」などと称えられる作物はたいてい、ぱさぱさと乾燥した死んだコトバの羅列があるだけで、五、六行も読まぬうちから退屈してしまうのだ。学術論文ならば、意味だけが大切なのだから、退屈しても知識＝意味を得るために、無理をしても読んでしまうが、小説や戯曲は論文とは違う、やはりそこにぴちぴちと生きたコトバが躍っていなくては芸術＝芸の術とはいえないのではないか、と余計なお節介のひとつも焼いてみたくなるのである。

私がコトバの音に気を惹かれたのは、テレビ主題歌などの作詞をやっていたときのことで、出来上がった歌が不評だと作曲家たちは判で捺したように「日本語は歌にしにくい。ほかの国のコトバにはリズムがあるが、日本語にはそれがないからね」という紋切り型の逃げ口上を弄するのであった。「はたしてそれは本当か。日本語にはリズムはないのか」私は彼等の逃げ口上を聞くたびにそう思った。コトバだけは舶来品は上等品と飛びつくわけには行かない。日本人は日本語を使うほかないのだ。「それなら、日本語の悪口を言う前に、日本語でリズム感を出してみようじゃないか。作曲家先生のありがたがる韻律とやらを捻り出してみよう」こう決心し、私は頭韻や脚韻を揃えた詩をずいぶん作った。たとえばこんな歌詞である。

水夫はナイフをポケットに
そしてサイフをジャケットに
あてもない旅に出た
鼻をヒコヒコ　ハラはペコペコ
だけどニコニコ　山をノコノコ
丘をトコトコ　船はドコドコ
水夫ははるかな旅に出た

たいした歌詞ではないが、声を出して読めば、「スイフ」=「ナイフ」=「サイフ」、「ポケット」=「ジャケット」、「ヒコヒコ」=「ペコペコ」=「ニコニコ」=「ノコノコ」=「トコトコ」=「ドコドコ」、などあっちこっちでコトバが類似の音を響かせ合い、下等ではあるが、そこにリズムが出来つつあることはたしかである。しかし、作曲家たちはこの種類の歌詞を聞くと、「なんですか、これは。語呂合わせと駄洒落ではありませんか。下品ですよ」と冷笑した。そこで、わたしはまた考えたのだ。「なぜ語呂合わせはいけないのか。なぜ、駄洒落は下品なのか。ひょっとしたら語呂合わせや駄洒落こそ、日本語に向いているのかも知れないのに」。考えたというよりは居直ったというべきなのかも知れないが、この設問はある程度まで正しかったのではないかと今だに信じている。

なにしろ、日本語では、どんなコトバも語尾を引音すると「ア」「イ」「ウ」「エ」「オ」の五つの母音に戻ってしまうのだ。別にいえば、すべてのコトバの語尾は五通りしかないのだ。だからあるコトバがもうひとつのコトバの語尾と一致する確率は二〇%と大変な高率になる。世界でこれほど語呂の合うコトバは珍しかろうと思われる。

そういえば、日本語のコトバ遊びは、殆どがこの語呂合わせを基本として成立している。〈洒落たものいい〉というのがそうだ。「きょうはめかしてどこへ行く」「狐の挨拶でコン礼へ行く」

〈地口〉もむろん語呂合わせだ。

「案ずるより生むがやすし」→「アン汁より芋が安し」

それから〈へらず口〉。「汚い」といわれて「キタ（北）がなければ日本三角」

数え上げると際限がないのでもうよすが、日本語ほどコトバ遊び、もっと正鵠《せいこう》を期するとコトバの音遊びの豊富な言語はないだろう。意味より音を、といったのはこのことで、小説や戯曲の中の死語の氾濫を防ぐ有力な便法のひとつは、この日本語に顕著な音遊びを、コトバの音としての機能を、意味と同じぐらいは重んずることだろうと思うのだ。他は知らず、私はそう考えて、小説や戯曲を書いている。

いわゆる差別用語について——朝日ジャーナルの匿名批評家に寄す

去年の初演の終了後、『朝日ジャーナル』にこの芝居（「藪原検校」）についての批評が掲載された。その要旨をわたしなりに要約するとこの芝居では「盲という差別的なコトバが連発されている。これははなはだけしからぬことであり、盲人を不当におとしめるものである。わたしはここに作者の志の低さを見た」というようなことになる。当時の記録がどこかに散逸してしまっているので、その批評文を正確に引用できないのが残念だが、その批評の雰囲気はまあそのようなものであった。この評の執筆者の態度はNHKのそれとてもよく似ている。NHKで台本を書いているころ、わたしはこれと同じような趣旨の批判を毎週のように考査室というところから喰って閉口していたものだ。

「盲というコトバは目の不自由な人に対して失礼であるから削ってください」

「片手落ちというコトバは片手のない人に気の毒ですからカットしてください」

「禿山というコトバは禿頭の人に悪いですから遠慮してください」

「漁師も百姓もいけません。漁師は『漁船従業員』に、百姓は『農民』に書き改めてください」

わたしは右のような馬鹿馬鹿しい申し入れにまともに応ずるのがいやになり、放送の世界から足を洗うことに決心したのだが、「馬鹿馬鹿しい」というコトバが出たついでに言えば、すでにNHKでは古典落語が放送できなくなりつつあるようである。「ええ、毎度、馬鹿馬鹿しいお笑いを」という冒頭の切口上がすでに、馬鹿な人たちに悪いというので敬遠されているからである。その他「与太郎」「奉公人」「めくら」「あんま」「唖」などのコトバも差別用語だからいけないらしい。こうなると、「心眼」「らくだ」「三人旅」「あんまの炬燵」「景清」「麻のれん」「唖の釣」「おかふい」「三人片輪」「せむし茶屋」「鼻ほしい」などの名作はすくなくとももう放送では聞けなくなるわけだが、先の批評文は、こういった噴飯もののエセ人間的情況とぴったり見合っているといえるだろう。

「漁師」「百姓」「めくら」「片輪」「白痴《ばか》」（＝精神病患者）などすべて、高度成長の過程で、政府やわたしたち健全人（！）が、見放し、切り捨て、突き飛ばしてきた人たちである。海岸への大工場の進出によって漁師たちは生活の基盤を奪われ、いい加減な農政によって百姓たちは棄民化され、標準以下はすべて切り捨てるという思想（つまり機械万能の考え方）によってめくらや片輪や白痴たちは人間以下のものにおとしめられ、繁栄から差別されてきた。わたしたちも、そして当然わたしたちの選んだ政府も、このことを心のどこかでいけないことだ、非人間的行為だ、と考えているらしく、もっとも金のかからない方法で彼等を慰めようとした。それがこの差別用語の貼りかえというちかごろ流行の福祉文化政策なのだ。めくらの人たちは「目の不自由な人」と耳ざわりでないことばで呼ばれたからといってそれだけで仕合わせになれるか。もとよりなれるはずはない。実体はそのままでレッテルだけを貼りかえられたにすぎないのだから。盲人のための舗道、盲人のための図書館、盲人のためのたくさんの働き口、そして盲人のための年金、そういったものが、盲人たちの生活をすこしでもよい方へ向けることによって、彼等もすこしは仕合わせになれるのである。方法はそれだけしかないのだ。盲や盲人などというコトバを辞引から削ったところで、彼等のためには屁の支えにもなりやしない。

この芝居でこの芝居に関わったものたち全員、つまりわたしたちが言っているのは、まさにそのことである。『朝日ジャーナル』の匿名批評家さん、あなたはこんどこそ心眼を見開いて、もう一度、この芝居を虚心に見てください。そしてこの芝居を盲人にたいする差別だという見方が、かえってどれだけ差別的であったかにいまこそ気づいてほしいと思うのです。

演劇をつづける理由

七年前の冬、二週間ばかりニューヨークにいた。ブロードウエイの作曲家で『ドリームガールズ』で大ヒットを飛ばしたヘンリー・クリーガーさんとミュージカルをつくることになり、その打合せのために滞在していたのである。

話はさかのぼるが、その二年ばかり前、クリーガーさんは吉川英治の『宮本武蔵』英語版を読み、「これこそミュージカルにすべきである」と考えて、ひそかに脚本家を探しはじめていた。同じころ、わたしはこまつ座のために宮本武蔵を戯曲にしようとしていた。わたしの方は吉川武蔵とは関係のないオペレッタ武蔵を狙って資料集めをしていたのだが、ここに二人の仲人が現れた。

一人はクリーガーさんと親しい大平和登《おおひらかずと》さん、もう一人は当時、新宿コマの支配人をしていた北村三郎さんである。

大平さんはニューヨーク常駐の東宝社員で、ミュージカルの買い付けや宝塚のニューヨーク公演などに腕を振るっておいでだが、わたしはそのころ「キネマ旬報」に連載されていたブロードウエイ通信の大ファンで、読むたびに「こういう見識のある人が日本にいて芝居の批評をしてくれたら、ずいぶん日本の演劇のためになるだろう」とため息をついていた。なによりも文章がいい。平明で深いのだ。

北村さんは新宿シアターアプルを発進させ、日本ミュージカルは成立するのか、成立するとすればどのような方法論をもってすればよいのかを模索していた、そして北村さんはわたしの作品をよく観ていてくださっていた。このお二人が、「武蔵に興味を持っている作曲家と作家がいる。一緒に仕事をさせてみてはどうだろうか」と思いつき、クリーガーさんとわたしがその申し出を受けて、ニューヨークで打合せということになったわけだ。もっともここでは、ムサシ（というのがその題名である）についてはふれない。この四月、七年がかりで書き上げた戯曲をもとにニューヨークで打合せがあるということだけを申し上げて、七年前のニューヨークに話を戻そう。

ある午後、思いがけず暇ができたので、ブロードウエイからちょっと外れたところにある演劇書の専門店に出かけた。書物に興味があったのはもちろんだが、じつはそのあたりの変わりようにもっと興味があったのである。その前にきたときは「あのへんには立ち寄らないように」ときびしい注意を受けた。スラム化など通り越して泥棒や追いはぎの巣窟になっており、白昼でも危ないということであった。そんなことをいわれるとかえって行ってみたくなるのが人情でへっぴり腰で見て回ったが、へんな匂いとゴミの山、目の色あやしい麻薬常用者がうろうろしていて、その街を抜けたときはびっしょり冷汗をかいていた。ところが、その街が面目を一新している。住みやすそうな街に変わっていたのである。

なぜそんな奇跡が起こったのか。調べた結果を報告すると、そのへんには市有地が多く、スラム化するにつれて地価が下がり、当然のことながら市の財産が目減りしていった。ニューヨーク市のお役人はこういうときに演劇を道具に使う。すなわち、演劇を使ってその地区の評判を高めようと考えたのだ。手始めに市はそこに五十階のビルを二棟たて、入居者を募集した。条件はたった一行。

「家賃は年一ドル。演劇関係者に限る」

俳優が、ダンサーが、製作者が、装置者が、作曲家が、演出家が、そして裏方さんたちが住みはじめた。芝居者は夜が遅い。平気で徹夜をする。打合せにわんさと人が集まってくる。彼らをあてにしてレストランやバーができる。すしバーが進出し、デリカテッセンが軒を並べる。放置されていた劇場が稽古スタジオとして再生する。こうして一年もしないうちに打ち捨てられていた街に血が通い始め、その地区は息を吹き返した。だれも活気のある街が好きだから普通人も繰り出してくる。二年後、廃墟のようだった街が高級住宅地に生まれ変わった。地価も上がった。そこを見計らって市は高い値段で市有地を売却し、その分、市税を安くしたという。

「文化は、とくに演劇は、確実に利益を生み出す」

市のお役人はそう信じている。もちろんその演劇書の専門店も年の家賃一ドルで入居しているのである。

こういう例はニューヨークにはざらにあるらしい。もっとも有名な例は、ニューヨーク・シェイクスピア・カンパニイ（以下、NSC）のパブリック・シアターであろう。何十年か前、市に新しい図書館ができて、それまでの図書館がいらなくなった。その古い図書館を市はどうしたか。若手劇団のNSCに貸すことにした。それも年の家賃一ドルで。

NSCはここを、いくつもの劇場や映画館を含む演劇センターに改造し（その費用はむろん市が提供した）、全体をパブリック・シアターと命名、経済的な心配なしに演劇に打ち込んだ。ここからたくさんの名舞台が誕生するが、『コーラスライン』はそのうちの一つである。この舞台を観るために国内国外から一千万人もの人びとがニューヨーク市へやってきたが、市はホテル宿泊者から一日二ドルの市税を徴収した。つまり不要の建物をやる気のある演劇人に提供することで、じつは市は巨大な税金徴収装置をつくったのである。

新しい都庁ができたら、有楽町の旧庁舎を都がどうするか、興味深く観ていたが、やはり日本では、劇団なんぞに貸しませんな。日本のお役人の頭の中に演劇の「え」の字もないだろうし、もしもお役人がそうしたとすれば、こんどは世間が黙ってはいないだろう。

「もったいない」

「なにを考えているんだ」

「都と浅利慶太（劇団「四季」に貸した場合）とは癒着している」

という具合に、都も浅利さんも袋叩きになるだろう。お役人もそうだけれども、日本人一般が演劇をその程度のものとしか見ていないわけで、逆にいえば、だからこそ演劇をつづける意味があるのかもしれない。自分の人生にとって演劇は大事な一部分である、とそう日本人が考えざるを得ないような舞台をつくりつづけること、そうすれば事情も変わるはずだ。最近の日本人は、全員ではないが、少なくともその大多数はだいぶ程度が落ちているから、文化や演劇に目を向けてくれないかもしれないが、しかしとにかくやってみなければわからない。

小説、映画・テレビ、そして芝居

水谷良重様

先月いただいたお手紙には、とても大切なことがらが書いてあったように思います。それも二つも。

まず、映画と芝居の演技のちがいについて書いておいででしたね。内田吐夢《とむ》監督の『花の吉原百人斬り』のお鶴に扮した良重さんはこんな体験をなさった。

〈撮影に入って私はすぐに分かりました。演技をするために連れて来られたのではないのだと。監督の脳裏にあるものを、具体化するための素材でしかないのだと。自分で何かを演じようとすると、監督のあの非情のひと声、／「カーット‼」〉

翌年、同じ素材を舞台に乗せることになり、さて、その初日、

〈……「私は鉄砲洲の隠し売女で、名はお鶴」ひと声セリフを発した瞬間、私はたまらない自由を感じました。35ミリのフレームの中から解き放たれた思いがいたしました。

自分でお鶴を生きられる幸せに震えました。「鬼の内田監督ザマーミロ。カットの大声でもう私を止めることなんかできやしない。私はお鶴なんだ。私のお鶴なんだ」この時まで、お客様の拍手がこんなにも嬉しいものとは知りませんでした。……芝居ってまさに「俳優と観客のもの」なんですね。その時、まさに、それを感じたのでございますわ。〉

すなわち、映画と芝居の演技は明らかにちがうということ、そして芝居とは俳優と観客のものであるということ、良重さんはこの二つのことをはっきりとお感じになったわけです。体験者の証言ですからまことに貴重、その上、この証言には本質的な問題が含まれていると思いました。

劇の形式を、いま仮に（物語＋ことば）ということにします。（物語＋ことば）形式を基本とするものには様ざまなものがありますが、その中から小説、芝居、映画・テレビの三つを代表選手に選んで考えてみますと、小説には、（物語＋ことば）がそっくり当てはまります。読者はことばの線列を追いながらことばと物語を楽しみ、そしてその作品を書かずにはいられなかった作者の思いに辿り着いて、その思いを作者とともに共有します。読者が作者の思いを共有したとき、まさにそのとき、感動が生まれます。

ところが芝居では、（物語＋ことば）はそのまま受け手に渡されるのではなく、物語もことばもひとまず俳優の身体に叩き込まれ、それぞれの俳優の個性や才能や技術でいっそう磨き上げられて表現されます。

映画・テレビでは、(物語+ことば)が俳優の身体に蓄積され、その上で表現されることは芝居と同じですが、この[(物語+ことば)+俳優の身体」は、いちいち「監督の目」を通して表現されます。ここがエライちがいです。つまり、俳優も観客もたえず監督の目に拘束されているのです。ここは大事なところですので、もう一度、繰り返しますと、監督はカメラの枠やレンズの種類を選びながら、観客に、「ここはこの角度から、これぐらいの大きさで、このレンズで見るように。それが一番いいんだから、文句はいわない」と強制してくるのです。俳優もまた監督から、「ここはこの角度から、これぐらいの大きさで、このレンズで撮すから、それに合った演技をするように。それが一番いいんだから文句はいわないこと」と強制されているのです。観客は「監督の目」を通して見るしかありませんし、俳優も「監督の目」を通して表現するしかありません。

もちろん、そうだから映画・テレビはつまらないと言っているのではありません。すぐれた監督は、これしかないという絵を撮ってくれます。こう演じたら一番、こう見るのが一番という絵を次つぎに重ね合わせて、わたしたちに提供してくれます。しかしダメな監督にかかったら悲劇です。俳優はつまらない絵の中に閉じこめられてしまい、観客は見たいと思う絵が見られなくなります。

内田吐夢はすばらしい映画をたくさん遺してくれました。『花の吉原百人斬り』もその一つです。がしかし良重さんにとっては「内田吐夢の目」が煩わしかったのでしょう。でも、映画は、一口に言えば、監督のもの、窮屈でも、それは仕方がなかったのではないでしょうか。

ところで、芝居には小説や映画・テレビとたいへんにちがうところがあります。小説は活字で、映画・テレビはフィルムや電気的装置で、丸ごと固定されて、その上で受け手に提供されますが、芝居はちがいます。台本はもとより固定されたものですが、それをもとにした上演はつねに流動的です。そしてその流動的な部分を俳優と観客とが支配しているのです。ここがちがいます。つまり一回一回がオリジナルなのです。すばらしい固定部分（台本）とすばらしい流動部分が揃うと奇跡がおきます。

いまはつまらない例しか思いつきませんが、十何年ぶりで親子が再会するとします。うまく書かれ、うまく撮られていれば、それが小説であれ、映画・テレビであれ、わたしたちは感動に包まれます。しかしその場合でも、すべては固定されていますから、どこかひとごとのような気がしないでもない。観客の感動がいかに大きなものであっても、活字やフィルムがそれに動かされて、さらにすばらしい再会場面をつくってしまうということはない。簡単に言えば、往復修正機能《フィードバック》が備わっていない。これまた、だからダメということではありません。小説も映画・テレビも芝居にない利点をたくさん持っているのですから。

さて芝居では、「それが、まさに、いま、目の前で起こっている」のです。そこが芝居の利点です。いま目の前でことが起こっているのですから、観客の感動はすぐさま俳優を鼓舞し、その場面はいっそう感動的なものになって行く。芝居は、あらゆる表現形式の中で、「もっとも抽象度の低い芸術」（マーチン・エリスン）です。抽象度が低いということは、つまり具体的であるということです。ですから感動も具体的なのです。逆にブレヒトは、こういうところが芝居のもっとも危険なところであると考えて、観客をつねに冷静な状態においておく方法を探求しましたが、それはまた別の話、とにかく芝居は、つねに「現在形」で表現されるところに値打ちがあるように思います。良重さんが江戸期の吉原のオイランに扮すると、その劇場が現在形で江戸吉原になってしまう。そのあたりが小説や映画・テレビよりもうんとはっきりしていると思います。

この手紙、後半はなんとなく駆け足になってしまいましたが、そのうちに詳しく説明する機会があるかと思います。また、体験談をお聞かせください。寒くなってきました。お体にはくれぐれもお気をつけください。

一九九三年十月

観客は芝居を創る力

水谷良重様

「拍手、これはお客さまが下さる愛なのです」と、良重さんは前号で書いていらっしゃる。まことにその通りで、この名言に誘われて、わたしも観客について考えてみることにしました。

芝居を書き出して間もなくのころは、観客のことなどまったく眼中にありませんでした。いや、もっとはっきり言いますと、観客を敵視していました。これは浅草のストリップ劇場の文芸部から演劇の世界に入ったことにどうやら原因がありそうです。御存じかどうか、昭和三十年前後の浅草のストリップ・ショーは、一時間前後の芝居と一時間半のショーの二部形式で構成されていました。文芸部ですから両方に係わりますが、こちらは演劇がやりたくて劇場に入ったわけで、どうしても重心を芝居においてしまいます。それになによりもすばらしい役者が揃っていました。「綺羅《きら》、星の如く」とはまさにあのころの浅草フランス座の楽屋のこと、たとえば昼などに、渥美清、長門勇、谷幹一、佐山俊二といった役者たちが車座で関敬六のつくったカレーライスをたべていました。関さんは別にボランティアで食事を拵《こしら》えていたわけではなく、それが彼の内職だったのです。劇場の近くにセントルイスという洋食屋さんがあって、ここのカレーは浅草一という評判、たしか一皿七十円、わたしなどもここで永井荷風を見かけたことがあります。荷風はここのカレーを愛していたのです。国際通りのお肉屋さんの特大コロッケが五円で、地下鉄田原町駅の焼きそば十五円のころの七十円ですから、これは高い、めったに食べられない御馳走です。関さんはこのカレーを一人前、買ってきて、それにウドン粉や水を混ぜて十人前ぐらいまでのばしたものを飯盒《はんごう》で炊いた御飯の上にかけ、楽屋中を、「セントルイスのカレーが一杯三十円だよ」とふれながら売り歩いていました。カレーのほかにも関さんはチリ紙なども扱っており、こんなことをしながら舞台にはちゃんと出るのですから、たいしたものです。しかも舞台の上で、決められた芝居をしている最中に、突然、「渥美やん、あんたにまだ四十円、貸しがあるんだからな。わかっているんだろうな」と貸金取り立てにかかったりしていました。

もともと関さんは税務署のお役人だったらしいのです。その支署が国際通りの小さなビルの二階にあって、彼はそこへ出勤していた。ところがある日のこと、一階に「百万弗劇場」というストリップの小屋ができて、それからは、朝、出勤簿に判をおすとすぐ

「外回りに行ってまいります」と出てしまう。そして一階下の劇場に潜り込み、そのうちに役者見習で、舞台に出るようになった。舞台に出ていないときは階上に行って、しかつめらしく帳簿なぞ眺めている。つまり税務署のお役人と喜劇役者見習の一人二役。そのうちに支署長がストリップを見学にきて露見と、フランス喜劇のようなことを地でやっていたわけです。関さんは元税務署員ですから取り立てにきびしく、舞台の上でさえも催促せずにはいられなかったんでしょうね。

こういう役者たちがやるのですから、芝居がつまらないわけがないのですが、たいていのお客が「女」を見物にきているので、頭から芝居を邪慳《じやけん》に扱う。たとえば、ショーを見物しながら弁当をつかう客はまず絶対におりませんが、芝居となると、あちらでもこちらでも弁当をつかい出すのです。場内がタクアンの匂いでむっとなって……。そんなことがあって観客を敵視するようになったのです。そんなわけで、初期の作品は、「弁当をつかいたければつかってみろ。居眠りがしたければしてみろ。こっちは絶対そんな勝手な真似はさせないからな」

とまるで喧嘩腰の作劇術、語呂合わせはのべつまくなし、どんでん返しに次ぐどんでん返し、観客の目を惹きつけておくために、ありとあらゆる算段をつくしていました。

つまり作者である自分は、舞台のホリゾントあたりに仁王立ちになり、真っ正面を睨《にら》み据えながら、油断なく術策をめぐらし力ずくで観客席をねじ伏せようとしていたのです。

様子が変わってきたのは、はっきり覚えていますが、樋口一葉を評伝劇にした『頭痛肩こり樋口一葉』のときからです。このときも自分の意識をホリゾントのあたりにおいて、あれこれ策をめぐらせながら筆を進めていました。そして内心では自信満々、「これだけお化けをうまく使った芝居は日本では初めてだ、いや、世界でも最初だろう。とりわけ最初一人だったお化けが劇が進むにつれて少しずつふえて行き、最後に一人をのこして全登場人物がお化けになるという趣向は前人未踏じゃ。ワッハッハ」

こう呟やいてそっくり返っておりました。ところが劇場では、もちろんお客さんはこの趣向を気に入ってくれたのですが、彼等がほんとうに楽しんでいたのは別のことで、たとえば、夏子（一葉）と妹の邦子とのなんでもないやりとりに体を乗り出すようにして同化し、没入し、二人の喜びを喜びとし、悲しみを悲しみとしていたのです。もちろん女優さんたちや演出の力もあるのですが、どうもそればかりではなさそうです。もっと云えば、劇場に集まったお客さんが全員、力を合わせて、舞台の進行と微妙に前後しながら、もう一つの、パラレルの『頭痛肩こり樋口一葉』を創っている、そんな感じでした。そのパラレル一葉では、わたしの書いた台詞が、原稿用紙の上にあったときの百倍も千倍もすばらしい響きで聞こえているのです。

良重さんもきっと同じ体験をなさっているはずです、役を演じるというような次元をはるかに越えて、ご自分が司祭になって、お客さんと共に、人生の真実のようなものにふれているのだというその瞬間を。言葉にはならないが、たしかにいまここに人間の本質がはっきり形をなして表れているのだという瞬間を。

このときからわたしは観客を創造者だと信じるようになりました。わたしたちはほんのお手伝い、芝居を、それもすばらしい芝居を創るのは観客の力だ。このごろはそう考えているのです。そこで最近、戯曲を書くときは、自分を観客の一員と思うようにしています。力ずくで観客を振り回そうとしてもだめだということに、ようやく気がついたところなのです。

お母さまの水谷八重子さんをいよいよ芝居になさるとか。それも一人芝居で！　その戯曲をお書きになる青井陽治さんによろしくお伝えください。期待しています。

一九九四年二月

いまはただ祈るのみ

俗に「新劇」と呼ばれ、少し改まって「近代リアリズム演劇」と呼ばれているもの、それはいったいどんな演劇なのだろう。定義しようとする人の数だけ定義があるにちがいないが、とりあえずわたしはこう考えることにしました。「クライマックスが、山場が対話でなされるとき、それを新劇と呼ぶ」と。

大衆演劇では、涙が、殺陣が、または「これまでのナントカは仮の姿で、じつはカントカ」という見顕《みあら》わしが山場になることが多いようです。前衛劇では、逆に山場を抑えることで山場をつくり、小劇場になると、照明を変え、音楽を異様に高め、スモークを焚いて、劇的な時空間を変質させて山場をつくります。しかし、新劇はそれを対話で、人間の声で行う。劇の山場を対話で書くことを好むわたしは、この定義に当てはめれば、新劇の書き手の末流につながっているはずです。

その新劇が、初めて常設劇場を持ったのは、関東大震災の翌年、いまから七十三年前の一九二四（大正十三）年のことで、御存じのように、それが築地小劇場でした。この定員四九七名の急造バラック劇場が、演出、演技、舞台装置、照明、音響効果などの技術を研究し、わが国における対話劇の実質的な基礎を築いたことも、周知のとおりです。

歌舞伎でもなければ新派でもない、これまで存在しなかった対話という方法で、いま現に生きている人たちの悩みや悲しみや喜びをどのように表現するのか。築地から本式に始まったこの大事業は、あの大戦争によっていったんは頓挫しました。命を断ち切られてしまった演劇人も多い。また、対話劇という新手法で、自分たちが生きていることの本当の意味を知りたいと願っていた観客たちの多くも生を断たれてしまいました。さぞや無念であったろう。……その思いをどんな対話で受け止めれば、後の世代にうまくお渡しできるのか。この戯曲を思案し、書いていた一年間、作者の念頭にあったのは、そのことだけでした。

わたしたちの今度の仕事が、国民をパトロンとするこの国初めての新劇常設劇場の開場にふさわしいものかどうか、それはパトロンの皆様がお決めになることですが、とにかくわたしたちの仕事が、この劇場の未来を邪魔することのないようにと、いまはただそのことだけを祈っております。

（『紙屋町さくらホテル』プログラム原稿）

七十四歳までに五十本

熊倉一雄様。

公演パンフレットに、演出家にあてて手紙を書くなど、他人様の前で喋々喃々の睦言を得意そうに囁く夫婦者に似て、ひどく悪趣味なものですが、どうせ悪趣味で売ってきたわたしです、この期《ご》に及んでお上品に構えても仕方がありません、生れついての趣味の悪さを、ここでまた発揮することにしました。

じつはこんなところが、劇作家何某さんや評論家何某さんの言う「井上ナニガシの志の低さ」なのでしょうが、ここで脱線させていただくと、蟹はその甲羅に似せて穴を掘る、のたとえ通り、他人を「志が低い」ときめつける手合いほどじつは志が低いものであることはその例、枚挙のいとまもありません。「何某の作品は盗作だ」と騒ぎ立てる人間が、じつは盗作常習犯であることが多いのです。もっと下世話な言葉で申せば「屁は屁元から騒ぎ出す」のです。あるいはやや上品に申しますと「犯罪者はいつも犯罪現場に戻ってくる」のです。

それはとにかくとして、熊倉さん、あなたとは一生のあいだに五十本の仕事を共にする、と約束しましたが、この「珍訳聖書」はその五本目の仕事になります。「日本人のへそ」「表裏源内蛙合戦」「十一ぴきのネコ」「道元の冒険」、そしてこの「珍訳聖書」と、五本の仕事を通して、わたしが心掛けてきたのは「分散と集約」でした。

ある主題について思いついた事柄を、まず第一幕ですべて投げ出してみる。そして、第二幕では、第一幕で投げ出され、抛り出され、分散された事柄を出来るだけ手早く掻き集めてみせる、これがこの第一期工事の五本に共通した方法でした。

これまでの戯曲の第一幕が、ヴァラエティやヴォードビルのやり方と似た並列方式をとることが多かったのは、ヴァラエティやヴォードビルの形式がこの「分散」には最良だったからであることは言うまでもありません。また、第二幕が推理劇の形式をとることが多かったのは、「集約」という作業が探偵たちの得意の技だったからに外なりません。この「珍訳聖書」では「分散と集約」という方法を、非力ながら、可能な限り押し進めてみました。あらかじめ分散して置いたたくさんの事柄が、一回目の集約で、二回目の集約で、そして三回目の集約でどう変るか、別に言えば同一の材料で、いったいいくつの集約が可能かを試してみました。

この「分散と集約」方式が鼻についてきた、という批難をよく耳にします。じつはわたし自身、もういやだ、たくさんだというのが正直な感想ですが、「日本人のへそ」を書いたとき、この手であと四本はやってみよう、と決心したこともあって、歯をくいしばってこの方法にしがみついてきたわけです。

わたしの戯曲は語呂合せの多いことで悪評が高く、江戸の戯作者たちも語呂合せを主要な武器としていたため、わたしは「昭和元禄の戯作者」などという有難いレッテルをおでこに貼っていただきましたが、これはじつはレッテルを貼ってくださった方の早とちりというもので、もしもわたしが「戯作者」を僭称《せんしょう》したら、本物の戯作者たちが化けて出て、「レッテルを剝がせ」と騒ぎ立てるにちがいありません。そんな大それたものでわたしがあるわけはないのです。

ただ、なぜわたしが戯作者たちの得意技である「語呂合せ」を多用したかと言いますと、じつはこの「語呂合せ」こそ「分散と集約」にほかならないからで、釈迦に説法ですが、簡単にいえば、まったく関係のないふたつの言葉、たとえば「警視総監」と「近親相姦」は、発音の仕方によっては殆ど同じ音の響きになります。つまり、同じ音に集約されるのです。そうしてその途端、「警視総監」と「近親相姦」は切っても切れぬ間柄となり、ここに一種の価値の変動が生起します。猥褻行為を摘発する総元締である警視総監が、役所からわが家へ帰れば、実の娘に猥褻なことをしかかる、なんだか変です、なぜかおかしい、なんだか笑えてくる、これが「分散と集約」＝語呂合せです。（この「分散と集約」については作田啓一氏の好論文があります。「松本清張全集」第三十六巻の解説として付けられたものですが、こんどお逢いするときに持って参りましょう）ところで、熊倉さん、この「珍訳聖書」で「分散と集約」という方法を、わたしは一応打ち切るつもりでおります。次回作からの五本は別のやり方で書くつもりでいるところです。どんなやり方かと申しますと、どんなやり方も方法論もなしで、その都度、右往左往し、泥の中を這いずり廻りながらやってみよう、と思うのです。

あまり期待しないでお待ち下さい。

いずれにしても「日本人のへそ」から「珍訳聖書」まで四年かかりました。五本で四年です。この計算で行くと、残りの四十五本を消化するまでにあと三十六年の歳月が必要となります。三十六年後、すなわち西暦二〇〇九年には、わたしは生きていれば七十四歳で、あなたはたしか八十歳。だんだん世の中、生き難くなりますが、どうぞお元気にお過しくださいますように。

珍案非特許井上式年表の作り方

三十五本の横罫の入ったB4判の用紙を、お好みの枚数だけ作ります。考案者であるわたしは二百枚用意しました。むろんコピー印刷でかまいません。

次にこの紙を二枚、縦つなぎにします。すると横罫が七十本になります。一本を一年に割当てて、調べる都度、蠅の頭ぐらいの字で記入して行きます。

もっとくわしく申しますと、横罫七十本の用紙の天辺に、ゴキブリの頭ぐらいもある大きな字で、自分が興味をもっている人物の名を前もって記入し（わたしの場合ですと、たとえば江戸の戯作者ということになりますが）、机の前の壁に鋲でとめておき、重要な情報を得るたびに、書き込んでおくわけです。

この年表の長所は、各人物の関係が一目でわかるというところにあります。たとえば百枚の（百人の）年表ができたとします。この百枚を、休日の幼稚園の講堂かなんかを借りて、文化三年（一八〇六）の欄で横に揃えて行く。すると、式亭三馬の家が火事で焼けたときに、唐来参和は最後の洒落本『通言東至船』を出板し、恋川春町はとうの昔に死んでいる、というようなことが一目瞭然となります。

ほかに利点は……、あんまりないですな。細く切って棒の先にくくりつければ、ハタキになるぐらいでしょうか。リコピー用紙は丈夫なので、このハタキは数回の使用に充分、耐えることができます。

山東京傳／京山／黒鳶式部			京山		黒鳶式部	
		木場生れ。	I-6 / II-7			「紫式部のもじり 「黒鳶」は当時の流行色。
宝暦11 1761	当	8/15 本名：岩瀬醒《さむる》・幼名：甚太郎。京屋伝蔵。				
12 '62	2	別号：菊亭。画号：北尾政演《まさのぶ》。狂号：身軽織輔。		岩瀬百樹／字は鉄梅／通称＝利(理)三郎／利市(二)／号＝涼仙／涼山／蜘山／覧山／臂山／鉄筆堂／酔々亭／たゞ陸士／山東宮／山東庵／狂山人／涼仙堂／瑩隆院自默京山居士		
13 '63	3					
明和元 6.2 '64	4	妹：きぬ生れる。（京伝の先妻：お菊生る）				
2 '65	5					
3 '66	6	「京伝割」という遊びの勘定。				
4 '67	7					
5 '68	8					
6 '69	9	深川伊勢崎町辺の御家人行方《なめかた》角太夫方に寺入り（入学）。父に、天「天神机を買ってもらう。	当	弟相四郎（京山）生る。		
7 '70	10	「孟子」を抄写。／春信の絵本をよろこぶ／赤本・青本・黒本を読む。	2			
8 '71	11		3		当	なまよね（黒鳶式部）生る。
安永元 11.16 '72	12	①新裕人②両国橋北で「[illegible]努力」を売る店屋の看画。	4	キレンガン	2	
2 '73	13	父：伝左衛門、書家をはなれ銀座一丁目（新両替町）へ転居。伝蔵となる。	5		3	
3 '74	14	長唄、三味線、浮世絵（北尾重政につく）	6		4	
4 '75	15	北尾重政門下 政演《まさのぶ》／窪俊満（南陀伽紫蘭）／北尾政美	7		5	
5 '76	16		8		6	

期	年	西暦	年齢	事項	年齢	備考	年齢	備考
	6	'77	17		9		7	
①画工政演…（役者似顔…）	7	'78	18	処女作：黄表紙『開帳利益札遊合《かいちょうりやくのめくりあい》』。（京伝の弟妹：百合生る）	10	身はかろく持こそよけれ軽業の綱の上なる人の世わたり	8	
	8	'79	19	遊里に通いはじ[illegible]。→菊園（お菊）をしる。	11		9	
	9	'80	20	「米饅頭始」（よねまんじゅうのはじまり）	12		10	
	天明元	'81	21		13		11	
②画工も兼ねた開花全盛期	2	'82	22	『御存知商売物』	14		12	
	3	'83	23	李阿弥の宝合の会に［女の髪にてよれる糸］を出品。身軽の織輔	15	←	13	
	4	'84	24	「不案配即席料理」 6月：黒鳶式部を主催者として手拭合せの会	16		14	→ 黒鳶式部の名を借りた客女。
	5	'85	25	洒落本初作「息子部屋」／「●从全盛廓中丁子」「江戸生れ浮気のかば焼き」	17		15	
	6	'86	26	「江戸春一夜4両」	18		16	
	7	'87	27	『通言総籬』。／「三筋緯客気植田」（みすじだちきゃくきのうえだ）。	19		17	
	8	'88	28	「会通己恍惚照子」（かいとうおのれうぬぼれかがみ）。	20	黄表紙…35%　洒落本…44%	18	死
	寛政元 1.25	'89	29	石部琴好の「黒白水鏡」の画工・政演は過料。／菊園年期明け	21			
	2	'90	30	2月 扇屋の新造・菊園（お菊）と結婚。／馬琴、弟子入り。	22	← 扇屋の主人は墨河。江戸町一丁目：扇屋宇右衛門墨河。		
	3	'91	31	手鎖50日。	23	外叔母鵜飼氏の養子となり［助之丞］と改名。		
③	4	'92	32	［子宮血腫］	24	母の妹。医師鵜飼幸伯の養女。青山下野守忠高の側室。お勢—第4代忠講、第5代忠裕を生む。		
五	5	'93	33	秋：煙草入れ店。／冬、お菊、血塊にて死す。（30才）	25	青山下野守、十三人扶持を与え、隠居付きの近習とする。		
画…	6	'94	34		26			

黄表紙時代	7	'95	35	(無常所)	27	
	8	'96	36		28	
	9	'97	37	百合、玉の井となる。(19才)	29	
	10	'98	38		30	
	11	'99	39	読本へ方向転換。 伝左衛門死す。(78才)	31	佐野東洲方へ婿に入る。「学助」と改名。
	12	1800	40	玉の井の妹・鶴 9才	32	
	享和元 2.5	'1	41	新吉原・弥八玉屋の玉の井を落籍す。(玉の井 23)	33	
	2	'2	42		34	又出でて町人となり、浅草馬道辺に住み、新吉原江戸町長島屋の遊女を妻にする。
	3	'3	43		35	
	文化元 2.11	'4	44	母、死す(76才)	36	
合巻時代	2	'5	45	紀州御守殿の部屋子へ上る。[illegible]	37	
	3	'6	46	3月4日江戸大火。京伝の家火焼失。 [illegible]	38	
	4	'7	47	京伝の養女鶴死亡(16才)/百合の外叔母を引きとる。[illegible] 百合に髪結床の株を買って与える。150両	39	
	5	'8	48		40	
	6	'9	49		41	
	7	'10	50	京伝・馬琴論争。	42	京山調製「十三味薬洗粉 水晶粉」/「[illegible]」
	8	'11	51		43	

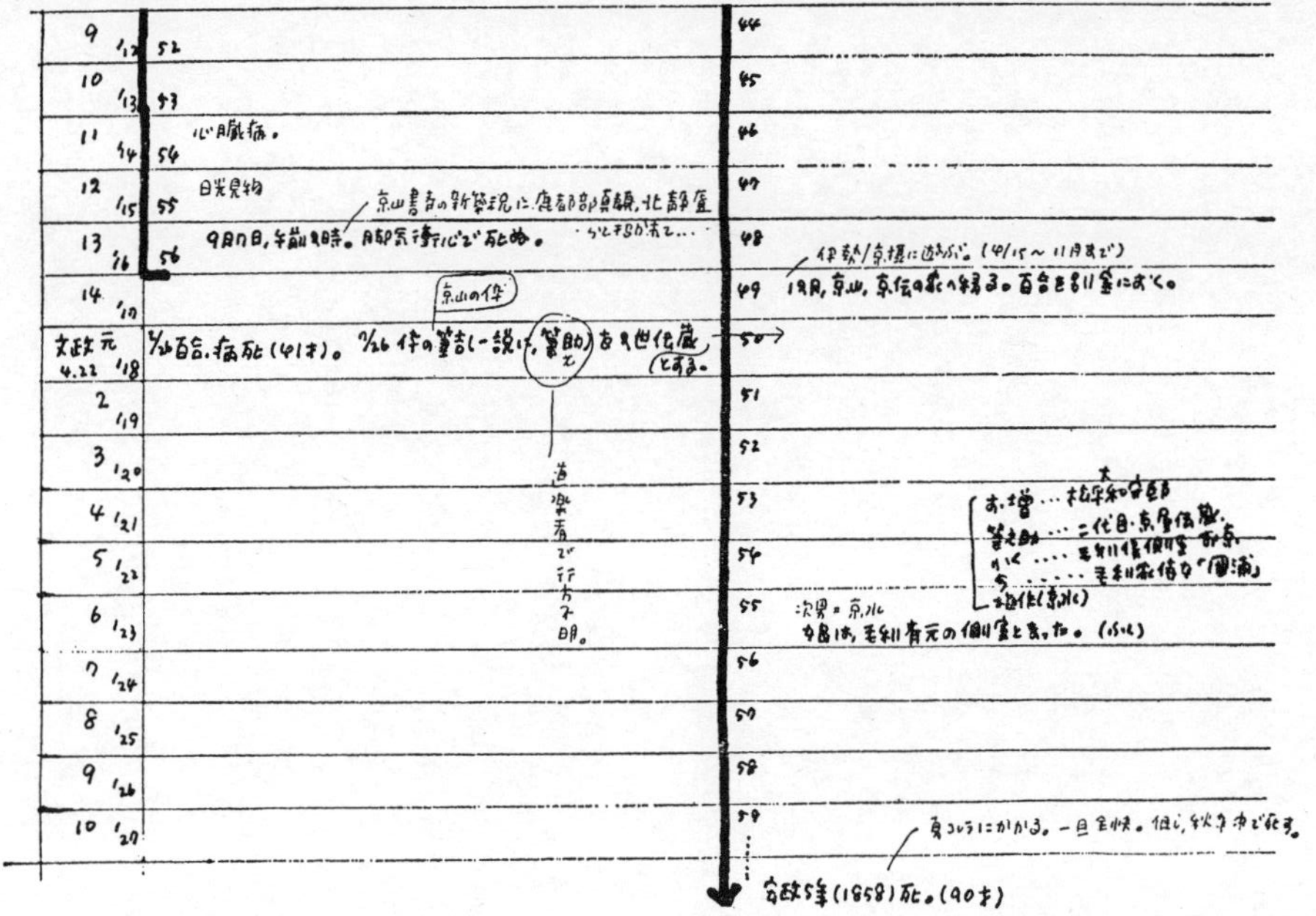
心臓病。
日光見物
京山書斎の新築祝に鹿都部真顔、北静盧…らと招かれて…
9月7日、午前9時。脚気衝心で死ぬ。
京山の倅
2/24 百合、病死（41才）。7/26 倅の筆吉、一説に、筆助 改め、世代蔵とする。
道楽者で行方不明。
伊勢／京摂に遊ぶ。（4/15〜11月まで）
12月、京山、京伝の家へ帰る。百合を引窓におく。
お増…松平和泉守
筆之助…二代目・京屋伝蔵。
りく…毛利信側室
次男＝京水
娘は、毛利有元の側室となった。（ふさ）
夏コレラにかかる。一旦全快。但し、秋再発で死す。
安政5年（1858）死。（90才）

むずかしいことをやさしく

心の内 昭和は続く

私人としての昭和天皇は、拝眉《はいび》の栄に浴したことがないので、記者会見全記録（高橋紘『陛下、お尋ね申し上げます』文春文庫）を読むかぎりという条件がつくが、飾らぬ、正直なお方であるようにお見受けする。お言葉遣いにややぞんざいな印象を受けるが、長い間、敬語を使わないでいい生活をすごしてこられたのだから、あれこれ申しあげるのは見当ちがいということになるかもしれない。記者とのやりとりの中での、たとえば、

「（フグはおいしいという）話は聞くけど、医者がどうしても食べちゃいけないというから食べないんです」

「普通の人のようにゴルフ場に行けないから。そういうようなことで、ゴルフを今せずに、運動はしなければなりませんので、植物の観察とかによってそのゴルフのかわりをしています」

といったお答えを読むと、なるほど、天皇も大変なんだ、自分で自分の人生をお選びになれないというのはさぞかしお辛いことだろうなと、僭越《せんえつ》の極みであるが、そのさだ

めについ同情申しあげてしまう瞬間さえある。

だが、次のようなお答えに接すると、私はたちまち判断中止の状態になってしまう。

「(戦争中) 私が自分で決断したのは二回でした。(二・二六事件と、いわゆる御聖断)」

「開戦時には閣議決定があり、私はその決定を覆すことはできなかった」

昭和十二 (一九三七) 年八月、第二次上海事変によって日中戦争が拡大、全面化したとき、陛下は軍令部総長と参謀総長にこうはおっしゃらなかっただろうか。

「斯クノ如クニシテ諸方ニ兵ヲ用フトモ戦局ハ永引クノミナリ　重点ニ兵ヲ集メ大打撃ヲ加ヘタル上ニテ我ノ公明ナル態度ヲ以テ和平ニ導キ速ニ時局ヲ収拾スルノ方策ナキヤ即チ支那ヲシテ反省セシムルノ方途ナキヤ」(防衛庁防衛研修所戦史室編『戦史叢書・支那事変陸軍作戦1』)

あるいは対米英との戦争の第一原因となった南部仏印進駐の際の、そのご裁可のときのお言葉はどうなるのか。

「国際信義上ドウカト思フガマア宜イ (特ニ語尾ハ強ク調子ヲ高メラレタリ)」(『杉山メモ』)

あるいはシンガポール陥落のときのお言葉。「次々に赫々たる戦果の挙がるについても、木戸には度々云ふ様だけれど、全く最初に慎重に充分研究したからだとつく〴〵思ふとの仰せり《ママ》」（『木戸幸一日記』）

どの仰せにも、軍隊の統帥権を直接お握りになっているという気合がこもってはいないか。こういった仰せをほかにもたくさん残しておいでになるけれど、ひょっとしたらそれらは防衛庁戦史室や杉山元《はじめ》参謀総長や木戸内大臣たちの偽造か。そのことがはっきりしないうちは、少なくとも私の心の内では昭和は終わらない。

もちろん開戦前の御前会議で天皇が、明治天皇の御製「よもの海みなはらからと思ふ世になど波風のたちさわぐらむ」を引用されたり、近衛首相や杉山参謀総長に、戦争準備よりも平和的な外交を先行させるようにと仰せ出されたことを知っている。しかし同時に私たちは帝国憲法の第十一条「天皇ハ陸海軍ヲ統帥ス」や第十三条「天皇ハ戦ヲ宣シ和ヲ講シ及諸般ノ条約ヲ締結ス」を諳誦したし、「統帥系統がかかわる軍のすべての行動は、天皇の裁可した大命によるものであった」（藤原彰）ことも知っている。

私人としてはよいお人柄のお方だろうと拝察申し上げるが、公人としてはどうか。はっきりと責任をお認めになれば、それこそ内に醇風《じゅんぷう》を育て、外に信頼をかちとられたのではないか。かつて少年飛行兵になって大君の辺にこそ死なめと決意したこともあった私としてはそれが口惜しくてならぬ。この口惜しさがおさまらぬうちは私の昭和は決して終わらない。

過ぎたことをいつまでもくどくど言っているものではないとお叱りになる方もあるか

もしれぬ。しかし「すべては昔のこと」と思っているのは、私たち日本人だけなのではないか。

天皇おかくれ給うの報を私はたまたまロンドンの宿のテレビの英国国営放送（BBC）のニュースで知ったのだが、天皇が常日頃、「私の第二の家庭である」となつかしくお思いの英王室のあるその国でさえ、アナウンサーははっきりと、「天皇はイギリスに対する宣戦布告にサインをした」と言い、画面に骨と皮に痩せ細った英兵戦時捕虜の写真が何枚も映し出された。また、タイムズ紙は戦後の天皇のお仕事に一定の評価を与えながらも、「当時、世界でもっとも憎まれていた男だった」と書いていた。

日本の国の中で、私たち日本人同士がいくら総懺悔《ざんげ》をしあってもあまり効き目はないらしい。私たちが外から注がれる視線に気づかぬうちは昭和は終わらない。外からの視線からさまざまな教訓を引き出すときこそ、私たちは大人《たいじん》への道を歩み出すはずであるが、そのときまで心の中の年号は昭和のままだ。

九日付のタイムズ紙やBBCは、大葬へ英国からだれが参列するかで議論が湧いていた。女王は「参列したい」と言い、それに対してある国会議員は「それはグレート・ミステイクということになるだろう」と釘を刺すという塩梅で、なるほどと思った。女王に向かってでも気がねなくものを言い、王室は王室でそれを考慮に入れ、やがてどちも納得の行く結論を出す。そのことに新聞やテレビがきちんと議論の舞台を提供する。こういったスタイルを平成の世が生み出すことができれば、昭和が終わったとしてもよい、私はそう納得しながら帰ってきた。——ひとりの日本人のこのような感想を昭和天皇はどうお思いになるだろうか。いつか記者団におっしゃったお言葉を思い出す。それはこうであった。

「わが国にさまざまな人がいることは事実です」

ジャックの正体

第一次大戦のさなか、赤道直下のアフリカ奥地を流れる幅二米の小さな川をはさんで、フランスの植民地とドイツの植民地とが隣り合っていた。フランス領には九人のフランス人が、ドイツ領には三人のドイツ人がいて、これら十二人の白人たちは、それぞれ自分の本国が交戦中であることをまだ知らず、適当に仲よくやっている。が、さて、この奥地に、大戦がはじまっているのだぞ、という知らせが届いたらどうなるだろうか。というのが、コートジボアール（象牙海岸共和国）とフランスとの合作映画で、七七年度のアカデミー外国映画賞を受けた「ブラック・アンド・ホワイト・イン・カラー」の設定である。思わず「まいった」といいたくなるような出だしだが、展開はそれ以上にみごとで、白人たちはそれぞれ原住民の黒人たちを〈義勇兵〉なる美名のもとに召しあげ、自分たちは高みの見物、黒人たちを戦わせて、もうひとつ別の大戦をはじめる。フランス側には二十数挺の銃、ドイツ側には十挺足らずの銃に機関銃一挺、あとは棒切れに落とし穴という牧歌的な、寓話風のとぼけた戦争ではあるが、しかし人死《ひとじに》は出る、黒人たちは赤い血を流しながら次々に倒れて行く。

ところで九人のフランス人の内訳はこうである。はじめのうちは「黒人の劣等感は白人の優越感が原因です。彼等原住民は人間という美しい名に値いします」などとわけのわかったようなことをパリの恩師あてに書き綴っているが、途中で戦局が劣勢になるや、あっという間に豹変して全軍の指揮をとる社会主義者の、若い地理学者。五年後に退役を控えた酒びたりの老軍曹。二人の神父。奥地の白人を相手に雑貨を商う兄弟と、衣料店を開く夫婦、そして、雑貨商兄弟の共有の妻であるらしい肥った女。

寓話仕立てであるので、これらの人物がどのようなものの記号になっているか、ほとんど一目瞭然である。地理学者＝知識人、老軍曹＝軍隊、神父＝宗教、雑貨商と衣料商＝資本家、という対応がたやすく見つかる。だが、わたしがおもしろく思ったのは、兄と妻君を共有するジャックという雑貨商の弟だ。鼻下に毛虫のように不恰好な髭を生やし、いつも口をポカンとあけ、おどついた目付きで他人の顔色ばかり窺っているこの男はシナリオ（大條成昭・採録）によれば、「知能指数が低い感じ」、たのしみといえば、食うことと、例の肥った女をベッドの上に転がすこと、それから店員の黒人の隙を狙っていきなり蹴とばし、仰天した黒人が思わず正面を向いたところへ平手打ちを喰らわすこと、以上の三つだけだというのだから他愛はないが、いったいこの男はなんの記号なのか、観ているうちにだんだん気になりだした。

このジャックが中心になる場面は、一時間三十二分のこの映画で、全部で七個所ある。①が前述した黒人店員を平手打ちしてうれしがる場面（つまりこの男は、弱者に対しては強いのだ）、②は本国フランスがいまドイツと交戦中であるというニュースを聞いて間髪を入れず「ドイツ植民地の連中はこのことをまだ知らない。いますぐ攻めればこっちに歩があるぞ」と呟くところ（小ずるさ）、③はいよいよ進軍、国境がわりの小川を三色旗担いでうれしそうに渡るところ（おみこし担ぎが大好き）、④はドイツ側に手ひどくやられて「降参したい」とまっさきに弱音を吐くところ（虫のよさ）、⑤はもしものときのために食料をこっそりかくすところ（抜け目のなさ、他人は悪かれ我よかれ主義）、⑥はおだてに乗って現地民兵の徴募に出かけるところ（おだてに乗りやすい）、⑦はイギリス軍が到着して「ドイツ軍のアフリカ本部は全面降伏した。連合軍政府の話し合いによって、この地方はイギリス軍が支配することになった」と宣言するが、なにを勘ちがいしたのかジャックは「おれたちがドイツを負かしたぞ」とよろこぶ（大局が見えない）。

このあたりでようやくわたしはジャックの正体に思い当たった。弱者には強く、小ずるくて、おみこしをかつぐのが好きで、虫がよくて、自分さえよければよいというのが処世訓で、おだてに乗りやすく、大局が見えないというこのウスラトンカチはわたしたちのことではないか。いわゆる「ひとびと」のことではないか。だいたいが、ジャックという名前は農民に対する蔑称で、日本向きに直せば田吾作、杢兵衛といったところ、この映画の監督のジャン＝ジャック・アノーは、このウスラトンカチによって「ひとびと」をあらわそうとしたのだ。

だがふしぎなことに、ジャックというのは、じつはジャックの抜け作ぶりをみて笑い転げているわたしたち自身である、と気がついても、すこしも不愉快ではない。というのはほかでもない、この映画をごらんになった方ならたやすくお気づきになったように、アノー監督はジャックを徹底して戯画化しながら、その目付きはこのウスラトンカチにだけはどことなく温かいのだ。その温かさは「ジャックよ、いつか立ち直ってほしい。そうすればこんなばかげた戦争はしないですむかもしれない」という監督自身の祈るような気持ちから発しているように思われる。もっといえば、ジャックというウスラトンカチはアノー監督自身なのだ。とこう言い切るのには、証拠がある。ジャン＝ジャック・アノーという名前にちゃんとジャックが含まれているではないか。ジャックが（ということはアノー監督自身が、そしてわたしたちが）、強者に強く、ずるくなく、すぐになにかをかつぎ出して騒ぎ立てることもせず、自分を大切に思うように他人をも大切にし、おだてに乗らず、いつもしっかりした大局観を持って世の中を眺めることができるようになれば、十の戦争は五にも三にも減るだろうとアノー監督が祈っているのではないかと気づいたとき、ちょうど映画も終わったが、その途端、この映画はわたしにとってデ・シーカの「ミラノの奇蹟」以来の名画になった。

軍事裁判に三つの意義

第二次世界大戦直後の一九四五年十一月に開廷されたニュルンベルク国際軍事裁判は、翌年五月開廷の東京裁判と並んで、ふつう二大国際軍事裁判と云《い》われていることは、どなたもご存じのところ。どちらも勝った連合国が負けた枢軸国を裁いたことから、

「あれは勝者の復讐《ふくしゆう》劇にすぎない」

という批判を浴びてきました。

「連合国にしたところで、大量虐殺に等しいことをやっている。お互いさまではないか」

そんな声も聞こえないではない。たとえばアメリカは、東京下町大空襲で一晩で十万の市民を焼き殺し、ヒロシマではその日だけでも九万、ナガサキではその日のうちに七万の市民を殺《あや》めている。いったいそんな国に裁判をする資格があるのか。この問いに、アメリカは「戦争を早く終わらせるためだった」と答えるばかりで、だれもが納得できる解答をいまだに出せずにいます。

もう一つ、あれは事後制定法による誤った裁きではなかったかという疑いもかけられています。大戦が始まったとき、平和に対する罪などというものが存在しただろうか。昨日やったことを、今日つくった法で裁くのはおかしいというわけです。

こういった疑問を、わたしもいくつかの作品を書きながら考えている最中ですが、同じ疑問をお持ちの読者におすすめしたいのが、アメリカの歴史家で伝記作家、ジョゼフ・パーシコの『ニュルンベルク軍事裁判』（白幡憲之訳、原書房）です。十一ヵ月間にわたる大裁判の過程が物語仕立てで、じつに面白く書いてある。むずかしい法理論をよく嚙《か》み砕いてわかりやすくした上で、無数の挿話をちりばめ、読者を一秒も退屈させません。上下合わせて六百五十ページの大作ですが、いったん読み始めたらもう止まりません。

この二大国際軍事裁判には、いくつかの重大な欠損があるものの、少なくとも三つの意義があったと、わたしは考えていました。

「お互いさま」とは云っても、ナチスドイツも大日本帝国もまったく非道なことをした。それが裁判を通して明らかにされた。これが第一。

次に、検察側と弁護側が競って法廷に提出した最高機密文書が、わたしたちにまたとない第一級の史料をのこしてくれた。つまりわたしたちは本当の歴史を手にすることになった。

第三に、平和に対する罪で日独を裁いた連合国はそれ以後、逆に平和に対する罪で裁かれることになる。こういったことが、この本によって意外な視点から証明されて、とてもうれしくなりました。

この本でとりわけ精彩を放っているのは、ヘルマン・ゲーリング（航空相・国家元帥）で、たとえばこんなことを云っています。

〈もちろん、国民は戦争を望みませんよ。運がよくてもせいぜい無傷で帰ってくるぐらいしかない戦争に、貧しい農民が命を賭けようなんて思うはずがありません。一般国民は戦争を望みません。ソ連でも、イギリスでも、アメリカでも、そしてその点ではドイツでも同じことです。政策を決めるのはその国の指導者です。……そして国民はつねに、その指導者のいいなりになるように仕向けられます。国民にむかって、われわれは攻撃されかかっているのだと煽《あお》り、平和主義者に対しては、愛国心が欠けていると非難すればよいのです。このやり方はどんな国でも有効ですよ。〉

この名言（？）に接しただけでも、四六〇〇円払ったかいがありました。

（二〇〇三年十月二十六日）

被爆した父と娘を描いて――人類史、あの時折り返した

人類史は、ヒロシマ、ナガサキで折り返し点にさしかかったのです。自分の作ったもので自分が存在しなくなるかもしれない。これは世界観を根本から変える出来事でした。それ以前の人間の邪悪さなど、たかが知れている。現在の環境破壊や公害なども、自らが作ったものが自らの生存を脅かすという基本構造は原爆と共通しており、そうした構造が、あの瞬間に地球上に現れたのです。ヒロシマ、ナガサキは、世界史がたとえ一億年続いたとしても、フランス革命やアメリカ独立などよりも重要な日付でありつづけるでしょう。そして、その特別な日付を刻まれた日本人が、戦争放棄を含む憲法によって、二十世紀の人類の希望を背負わされた、とぼくは考えています。

原爆は今なお、被爆した人の体の中で爆発を続けている。というのは、今年もまた原爆症で亡くなった方がいるからで、半世紀以上たった今でも被爆の全体像が見えないのです。こうして、この兵器は未来を考える人間の力を封じてしまう。原爆とは、そんな、

特別な爆弾です。あのとき、どんな人類史的な出来事があり、人の意識がどう変わったか。それをさまざまな人がさまざまな形で再構成して伝えていく必要がある。ぼくもこの点にこだわってきたが、なかなか作品にできませんでした。

やっと書き上げたのが、被爆した父と娘を描いた「父と暮せば」(一九九四年初演)だった。あの芝居を書く直接のきっかけは、二つの言葉でした。ひとつは、広島の原爆投下に関する昭和天皇の「広島市民に対しては気の毒であるが、やむをえない」という一言(一九七五年十月三十一日)。もうひとつは、中曾根康弘首相(当時)が広島の原爆養護老人ホームで原爆症と闘う方々に「病は気から。根性さえしっかりしていれば病気は逃げていく」と語ったこと(一九八三年八月六日)。これを聞いたときにキレて、どうしても書かねばと思いました。

芝居や小説は、原体験に比べれば何億分の一の体験でしかないが、記憶の片隅にとどまるだけでもいい。人類の「折り返し点」という記憶をリレーしていく必要がある。広島で修学旅行シーズンにこういう芝居を上演して若い人たちに見てもらおうという話も進んでいるし、米国やロシアでの上演の企画もはじまっています。

冷戦時代には、核弾頭が五万発存在したと言われる。その爆発力は、一説によると高性能火薬二百億トン分で、人類は一人あたり三トン以上の火薬を背負って生きてきたことになります。その三トンの火薬をどうやって二トン、一トンにし、なくしていくか。

自らが作ったものが自らの生存を脅かすという基本構造をどう解体していくか。

特別な日付を記された「日本人」という思いを持ち続ける一方で、自分たちを、国境を超えて地球上に生きている「人間」と規定し直す。そして、志を同じくする人々と一緒に動く。一人一人は六十億分の一でも、たくさん集まれば力になる。対人地雷全面禁止条約のように、非政府組織（ＮＧＯ）が頑張って政府を動かし、核兵器禁止に関する、国家間の取り決めまでもっていけるかどうかが、二十一世紀最初の十年の課題だと思います。

（一九九九年八月）

接続詞のない時代に

ヒトは脳を持つ生物

ヒトは平均して三五〇グラムの、まっさらな脳をもって母の胎内から〈涙の谷〉へ旅立つ。このあと、十二歳前後で脳は八割方できあがり、十七、八歳で、平均一三五〇グラムにまで生育し、ついに完成にいたる。つまりヒトの脳は、長い時をかけながら四倍にも増えるのだ。

十二歳前後までがとりわけ重要で、この期間に、ヒトは脳の生育と歩調を合わせながら言葉を習得する。喃語《なんご》期をへて幼児期に入った彼ら新しいヒトは、なによりも先に、【あっ、う、うん、いや】などの感動詞を身につける。感動詞は一語文《いちごぶん》、それなりに意味は含んではいるが、孤立した一語文でモノを考えることはできない。そのときそのときの感覚や感想を一方的に表出するだけである。

やがて彼らは人称代名詞の使い方を会得する。ボクという代名詞を覚えることで、母と一体の至福のときに別れを告げる。ボクと母とは、ちがう存在だと、ボクという代名詞を使うことで知ってしまうのだ。こうして自我意識が芽生え、彼らはゆっくりと「自己」というものをつくりはじめる。

接続詞で考えるヒトに

そうするうちにも、基本的な生活語彙《ごい》はすさまじい勢いで増えてゆき、就学前後に彼の辞書はほとんど完備されるが、その総仕上げは接続詞の習得である。「でもさ」で文脈を転換し、「それからさ」で前の文に新しい意味を加え、「それでね」で先行文を後へとつなぎ、「だから、そうすると、そうしたら」で考えを先へ先へと展開する。接続詞を駆使することでコトガラの意味を確定し、継続し、否定し、仮定し、補足し、ひっくるめて〈考えるヒト〉になる。こうして「人間」が誕生する。

獲得した膨大な語彙群を整理するのも接続詞の役目である。雑然とした集まりの語彙群を、たとえば、【宇宙―銀河系―太陽系―地球―アジア―東アジア―日本国―○○県―○○市―○○町―○○番地―自分の家】というふうに秩序づけることができるのも、接続詞や接続助詞があればこそだ。こうして接続詞を駆使することで秩序づけられた世界観、「世界とは、どうやらこういうものらしいぞ。それならばこう生きて行こう」という見方をもとに、彼らはそれぞれの人生観を築きあげる。万が一、ここまでの作業にしくじると、「十四歳の犯罪」を起こす張本人になってしまうおそれがある。彼らも必死だ。

ここまでを、まとめれば、接続詞はまことに偉大、接続詞こそが〈考えるヒト〉をつくる。

失われた接続詞

ところで、最近のわたしたちは、考えるための最良の武器である、この接続詞をあまり使わなくなった。超高層ビルが二棟も自爆テロで崩れ落ちるという世の中だからムリもない。あんなおぞましい光景を目のあたりにすれば、感動詞を絶叫しながら呆然《ぼうぜん》としているしかないではないか。そればかりか、むかしなら十年に一回というような大事件がつづけざまにおきるので、そのたびに思考が断ち切られ感動詞を叫ぶだけ、接続詞を使う余裕を失ってしまった。

接続詞の失われた時代の象徴の一つに、優勝力士を讃《たた》えた小泉首相の談話がある。

「感動した」

感動文がそのまま談話になる時代にわたしたちは生きている。

「個人的で、感情的で、断定的な一語文、つまり感動詞を、きっぱりした口調で繰り返し、聞く者に強い印象を与える。そうしておいて、最後は、言っていたこととはちがう、修正した政策を行う」

小泉首相のこの感動詞的政治を高い支持率で応援しているのがわたしたちであってみれば、わたしたちもまた感動詞で考えようとして、考えあぐねている人間になっていることになる。つまり、わたしたちはそろって幼児に退行してしまったのだ。

小泉首相のよさも認めないわけではない。日本の政治的リーダーには珍しく禁欲の匂《にお》いがするし、その身辺は清潔であるらしい。そうでない人物ばかりを首相に迎えなければならなかった国民が、彼の「聖者性」に期待するのは無理からぬことだが、しかし、いつまでも思考の道具としては使えない感動詞でモノゴトを考えていてはあぶないのではないか。

言葉を駆使して困難に立ち向かう

①株価が半値以下に下落し、②円安が進み、③金融機関が不良債権に苦しみ、④政府の赤字がふくらみ、⑤大中小企業がつぎつぎに崩壊し、⑥全土に失業者が溢《あふ》れだし、⑦その一方で官僚や政治家の不手際がつづけば、フツーの国なら、革命……は大げさでも、大政変がおこるところだが、そうならないのは、わたしたちが、ただびっくり系の感動詞を発するだけで、因果の構造を考える接続詞を棚の上に置きっぱなしにしているからにちがいない。①から⑦までの各項目を、せめて小学生なみに接続詞を駆使して、一つの大きな文脈にまとめることが、今年の優先順位第一の仕事である。

今年は、わたしもたいていの情報を遮断して、モノゴトの本質を、じっくり考えるつもりだ。【わたしは人間である。そして、アジア人であり、それから、もちろん日本人の一人でもある。いっぽう、わたしは、自分と、家族と、近所と、友人と、仲間と、大勢の人たちと、人並みに生きていきたいと願っている。ところが、それがむずかしくなってきている。しかしながら……】というように、いくつも接続詞や接続助詞を使いながら小学生にかえる。

（朝日新聞　二〇〇二年一月一日）

遅れたものが勝ちになる——吉里吉里人イサムくんへの手紙

吉里吉里国の元少年警官にして、吉里吉里国無形文化財ストリッパー、アベ・マリア嬢の実弟でもあるイサム安部くん、君からの長い手紙をいま読み終えたところです。「吉里吉里人は一人もあまさずに全滅した」と諦めていたところへ君の手紙、ほんとうにうれしくて仕方がありません。

お手紙によれば、君はずいぶん長い間、記憶喪失症にかかっていたらしい。そしてまだ充分な回復をみていないと云う。そこでこれから、ここ数年のあいだに東北で起ったこと、また起りつつあることについて、思いつくまま、書いてみることにいたしましょう。これから書くことが君のボロボロに破れた記憶の網をいくらかでも繕う手助けになるならば仕合せです。

東北の問題は、ある意味では農業の問題です。これは七年前の七五年（昭和五十）の数字でちょっと古いのですが、東北六県のコメの生産量は三四六万五千五百トンでした。全国の総生産量が一三〇八万五千トンですから、その二六・五％、つまり四分の一強を東北六県がつくっていた勘定になります。昭和三十年代のなかばまで、東北地方のことを日本人たちは「日本の米櫃」だの、「日本の食糧基地」だのと呼んでいました。ですから、「東北の問題は農業問題である」といっても決して間違いではないと思います。ところがこのところ農業に対して世間の風当りが強い。私はここ数年来、新聞や週刊誌の農業関係の記事を切り抜いておりますが、そのごく一部をここに書き写してみましょう。もう農業はくそみそに云われている。

わが国農業は米作にかたより、保護政策によって農産物価格は国際水準からかけ離れている。これが対外摩擦、財政負担、さらに国民の生活コストなどの問題を招いている。農産物の輸入を自由化し、農業を効率化して価格を国際水準に近づけねばならない。(経団連　七九年一月)

今や農業保護政策は国民経済的に大きな負担になっている。政府は問題解決のための第一歩をふみだすべきである。(経済同友会　七九年一月)

いたずらに財政負担を招く、効率の悪い作物を生産し、自給率を高めておく必要はない。(経団連　八〇年七月)

国土資源の制約、開放経済体制をとるわが国の立場等を考えれば、すべての農産物を完全自給化することはできないし、また生産性やコストを無視して農産物の自給率を高めようと考えるのは非現実的であり、国民の合意も得られない。（閣議了解「八〇年代の農政の基本方向」八〇年十一月）

日本が食糧自給率の水準を高めることは非現実である。高い社会的代価を払わないかぎり食糧安全保障は確保できない。日本政府が輸入規制を撤廃する努力を継続するよう提言する。（日米賢人会議　八一年一月）

日本農業を守り、日本の食糧自給率を上げる本道は、輸入障壁を防衛することではなく、日本農業に国際的競争力をつけることだ。……国際競争力のない産業はしょせん衰退してゆかざるをえない。いつまでも「米価は農民の賃金だ」とばかり、貿易障壁と高農産物支持価格に寄りかかって、甘えているようでは、日本農業は国民から見放される。（毎日「記者の目・甘えちゃいけない日本農業」八二年五月）

わが国は現在ほとんどの農産物を外国から輸入している。消費者の立場としては、農業保護のために何も高い米を食べておらねばならない理由など毛頭ない。この際、いっそのこと、お米も米国産米（内地産米とあまり変らない）の輸入に踏み切ってはどうか。こうでもしなければ、農家が生産の合理化に努力しない。（東京「投書欄」八二年五月）

貿易摩擦が日々問題化されている現在、わが国の農、畜産業者は、自由世界の基本原則を少しも理解せず、利己主義の塊である。（同前）

イサムくん、切り抜きはこの百倍もあるのです。しかしどの記事も、

①日本の農産物は効率が悪い
②農業保護はやめて自由化せよ
③農民は甘やかされている

という三点で一致していますから、その全部を引用する必要はないでしょう。東北の農村に生れ育った君には、それこそ釈迦に説法でしょうが、右に引用した財界のおえら方や大臣諸公や大新聞の論説委員や都市生活者たちの意見は、すべて誤りです。ものごとの上っ面しか見ない浅薄なことこの上ない意見です。すくなくとも純農村にはまったく当てはまらない。

まず、「農民は甘やかされている」という意見には、憎まれ口で応じましょう。「甘や

かされている」のなら甘い汁が吸えるはずです。甘い汁が吸えるとなれば希望者が殺到するにちがいない。ところが現実はどうでしょうか。なぜ農家の長男は家を継がないのでしょう。なぜ専業農家が減る一方なのでしょう。なぜ農家に嫁の来手《きて》がないのでしょう。甘やかされているどころではない、辛くて仕方がないからそうなるのです。

ついでに云えば、自動車産業の方がよほど甘やかされています。手厚い保護を受けています。自動車が売れるためには立派な道路がなきゃならない。そこでたとえば五カ年計画（一九七八―八二）では二八兆五〇〇〇億円という膨大な設備投資がおこなわれていますが、この財源は三〇％が自己資金で、残りの七〇％が公的助成ということになっていますが、この三〇％の自己資金というのも道路公団分で、なんのことはない一般道路の設備資金は一〇〇％、国と地方自治体が負担している。自動車はその道路をすこしずつこわしながら走る。事故がおこれば警察が出動する。どんな車も排気ガスを撒いて走る。それから気の遠くなるほどたくさんの道路標識。これらはすべて社会全体に及ぶトバッチリであり、このトバッチリを処理するのに大変なお金がかかる。だがこのトバッチリ処理費（つまり社会的費用）を運転者は全額負担するわけではない。それどころかほとんど全部を国や地方自治体が引き受けている。だからこそ自動車が売れるわけです。また大企業や大商社が専門に使っている港湾に対する設備投資にしても、その八五％が公的助成です。ちなみにあの「可哀想な国鉄」の場合は投資全額が自前《じまえ》、公的助成があったとしても僅かの三・八％（八〇年度）、あとは借金をして工事をしなければなりません。じつにまったく可哀想を絵に描いたようなものです。なお空港にも公的助成金が出ます。八〇年度の場合でいえば三五％。国鉄が赤字になるのは理の当然です。とまあこういう次第で、農民が（そして国鉄が）甘やかされているなどはデマもいいところです。

イサムくん、君は国際分業論という考え方のあるのを知っていますね。財界人の十八番《おはこ》とも云うべき考え方で、日本国の立場に即して申せば、「国際的競争力のある工業製品を輸出して外資を稼ぎ、安い食糧を輸入する。そのために国内農業が不振になっても仕方がない」とでもなるでしょうか。この国際分業論は財界主導のもと見事に実行に移され、たとえば七九年度には、

コムギ	五五四万トン
大豆	四一三〃
トウモロコシ	一一四一〃
コウリャン	五三六〃
オオムギ	二一三〃

と合計二八五七万トンの穀物を輸入しています。現在わが国で毎年生産される米の量は一二〇〇万トン前後ですから、国内産米の二倍半近い穀物を外国に仰いでいることになります。たとえばコムギが日本国で穫れないのなら輸入してもそれは仕方がありませ

ん。しかし、イサムくん、かつての日本国はコムギの名産地でもあったのです。私の調べたところでは、昭和三十年に一四六万トンもの収穫があった。本腰を入れてコムギをつくれば（死んだ子の年を数えるようなものですが）いまごろは三〇〇万トンぐらいは穫れていたと思います。君は農家の子だから私の言う意味を理解してくれるでしょうが、念のため、私見を書きつけておきましょう。江戸時代、コメの裏作である麦類には年貢がかかりませんでしたから、農民たちは一所懸命にこれを育て、品種の改良にはげみました。この伝統は明治大正昭和と引き継がれ、立派な品種がいくつも生れています。江戸期に、江戸郊外で人気のあった品種に白達磨というコムギがありました。明治二十四年（一八九一）、アメリカからフルツというコムギの種子が輸入され、「フルツ達磨」なる新種が生れた。やがて、これは寒さに強いらしいという評判が立ち、さらに米国産のターキーレッドⅡという種子とかけ合され、「本育四九号」になりました。岩手県の農事試験場が、この本育四九号にもう一回、フルツ達磨をかけ合せました。昭和十年（一九三五）のことで、このとき出来たのが農林一〇号という名品です。

さてイサムくん、ここからがおもしろいのですが、占領軍総司令部にサムソン准将という保健行政担当者がいて、この人は、

「今次大戦は、米を食う民族が強いか、麦を食う民族が強いか、つまり米と麦との対決であった。そして麦を食う民族の優秀性が証明されたのである」

と演説したことで有名ですが、彼が、ずんぐりむっくりした農林一〇号に目をつけ、アメリカに持ち帰ったのです。農林一〇号はワシントン州の農事試験場に移植されました。その頃、メキシコ政府は必死になって背の低いコムギを探しておりました。メキシコのコムギは病気には強いけれど、背丈が高いために肥料をたくさんやるとすぐひっくり返ってしまうのです。イサムくん、この後の話は君にも見当がつくでしょう。そうです、メキシコの品種に農林一〇号がかけ合されたのです。かけ合せた人がノーマン・ボーログ博士、博士はこの功績によって七〇年のノーベル平和賞を受けました。なにしろ、この新種はそれまでの二倍もよく稔り、アジアやラテンアメリカやアフリカにも輸出され、食糧不足に悩む国々に光明を与えたのです。世界の人びとはこれを「緑の革命」と呼びました。

ところが日本の指導者たちは、農民がコムギをつくれば損をするような農政を行い、農林一〇号を生んだ伝統を根だやしにしてしまったのです。なにせコムギの買入れ価格をコメの三分の一以下にしてしまいましたから、作りたくても作れません。イサムくん、最初の引用記事を読み返してみて下さい。経団連のおえら方が「わが国農業は米作にかたより」などと脳天気なことを云っていますが、「米作にかたよる」ようなシナリオを書いたのは、誰あろう、彼等自身なのです。

国際分業論は、どんなときでもどこかの国がきっと食糧を売ってくれる、ということを前提にした考え方です。「どこかの国」というのは、日本国の場合、アメリカのことですが、私は、アメリカが日本国に食糧を売らなくなる日が今世紀のうちにきっと来る、と睨んでいます。その理由は次の五つです。
一、世界のパン籠であるアメリカの地下水が枯渇しつつある。アメリカ農業は、いわゆる「水かけ農業」です。地下水を汲みあげて撒水するやり方です。地下水が涸《か》れたら一巻の終りです。
二、表土の流出がこのところ目立っている。その量は毎年二〇億トンという膨大なものです。農務省に土壌保全局（局員一万二千人）というのがあるぐらい問題化している。
三、都市化が進んで毎年四〇万ヘクタールの優良農地がつぶれている。
四、米国内の人口がふえ、国内用の食糧をより多く確保しなければならなくなる。世界人口もふえて、現在のように多くの食糧を日本国に回せなくなる。
五、世界の人々の肉食への嗜好がますます進む。家畜にたべさせる穀物はふえる一方で、人間には回らなくなってくる。
この五については、もっと詳しい説明がいるかもしれません。肉を生産するには穀物がいりますが、鶏肉一キロを作るためには穀物が二キロ必要です。豚肉一キロには穀物が四キロ、そして牛肉一キロを作るとなると穀物が八キロもいるのです。世界的な肉食化の進行は、やがて間違いなく穀物不足へ行きつくことでしょう。そういうわけで私は、国際分業論が危っかしく見えて仕方がありません。つけ加えるならば日本国を除いて、あらゆる工業国は、同時に農業国でもあります。イサムくん、農業がちゃんとしていないかぎり、工業立国もへったくれもないのです。

最後に、日本の農業は効率が悪い、ということについて考えてみます。ま、結論から先に云ってしまえば、効率は抜群にいい。明治十五年にマックス・フェスカ（Max Fesca 1846-1917）というドイツの農学者が農商務省の招きで来日しました。このフェスカが「日本には正確な意味での沖積平野がない」（『日本地産論』）と云っている。「日本の川は、川ではない。むしろ滝である。こんなに流れの速い川の下流に沖積平野が発達するわけがない」というのですね。イサムくん、私が何を云おうとしているか、君ならわかるでしょう。水田の水は、気温の低下の際は保温の装置になり、同時に地温の上昇をも防ぎ、雑草を生えにくくし、またイネの根の出す有害物質を洗いきよめ、イネの連作を可能にしてくれます。さらに、これが一番大切なことですが、水田の湛水機能は豪雨を貯めて土地を守り、土中にしみ込ませて地下水を養います。つまり雨量が多く地形のけわしい、フェスカにならって云えば滝のような川ばかりの私たちの国では水田が（畑もそうなのだが）、巨大な貯水池、ダムの役割を果してくれているのです。この仕事を金に換算すると、東北の田畑だけで、毎年二〇兆円になるといいます。どこがどう効率悪いのか、私にはちっともわかりません。

これからの日本国の課題の一つに、水不足をどうするか、ということがあります。三年後の八五年には農業用水、工業用水、上水あわせて年間約四二億トンも不足するといわれています。とくに工業による過剰揚水で、これまでの工場地帯の地下水はほとんど枯渇している。東北新幹線はいくつもの工場を東北に引き寄せたようですが、狙いは東北の水田がこれまでに涵養した地下水でしょう。

イサムくん、東北の農民はここらで本気になって考えなくてはなりませんね。農協もだめ、農業議員も頼りになりません。異論のようですが、数年間、他人《ひと》のために一切食糧を作らないようにしたらどうでしょうか。自分のためにだけコメを作るのです。家族のためにのみ農林一〇号を、大豆を作るのです。財界は財界で自分のことばかり考えて、最後はコメまで潰そうと云っているのですから、それぐらいのことは許されるはずです。超近代的なエレクトロニクスの工場の隣りに立派な水田を、自分の家族だけのために作るのです。そのときこそ「遅れたものが勝ちになる」という逆説が正説にかわるでしょう。

東京では「ほっかほっか亭」という白米弁当屋さんが大当りしています。いや東京ばかりではなく全国的に売れ行きをのばしています。二年前に三〇二店だったのが、現在、全国に八一〇店。毎月四〇店ずつふえているといいますから物凄い。しかも「ごはんだけください」という客が多いそうです。一パック二八〇グラム入って百二十円ですが、炊く前の米ですと約一九〇グラム。「ほっかほっか亭」ではササニシキやコシヒカリを使っているといいますから、米代が六十円。つまり家庭で炊けば水代ガス代を加えても七十円ですみます。これに味噌汁と漬物があればなんとか生きて行けると思います。そして、そうなる日が今世紀中にきっとやってくるはずです。そのときまで東北の田園を工業に喰い荒されぬよう、おたがいに目を皿にしていようではありませんか。君の一日もはやい回復を祈っております。

あっという間の出来事

「太平洋戦争の開戦責任が、日本国民にあろうとは思えない」といったアメリカの倫理学者がいる。彼の名はジョン・ロールズといい、二十四歳のときにアメリカ陸軍の一員として敗戦直後の日本の焦土《しょうど》を踏んだことがある。そのロールズがつづけていう。「開戦時の大日本帝国議会が国民によって正しく選ばれた議員で構成されていたなら、それならば国民に開戦責任があるが、どうやらそうではなさそうだ。つまりそのころの日本はちゃんとした選挙をやることができないでいた。したがって国民に責任を問えるとは思えない」

のちに『正義論』(一九七一年)という、出版されたとたんに「新著にしてすでに古典」といわれた本を書くだけあって、ロールズの論理は(その主旨に多少の違和感を持つものの)とても明快であり、『正義論』の中で展開されている「格差原理」という理論もまたすこぶる明快で、ひとことでいうならこうである。

「よりたくさん手に入れる人びとは、より少なく手に入れる人びとから見ても、なかでも一番少なく手に入れる人びとから見ても納得できるような条件で、よりたくさん手に入れるのでなければならない」

ここにある企業があり、その工場へ、ネットカフェで夜を明かしながらカップ麵《めん》で空腹をなだめ一足九十九円の靴下《くつした》をはいて働きにくる日雇《ひやと》いの若者がいる。このとき、この企業の経営者の報酬は、その若者が「ああ、それなら納得できる」という範囲内に収まっているべきである……と、これがロールズのいう「正義」である。『ロールズ　正義の原理』（講談社「現代思想の冒険者たち」第二十三巻　一九九七年）を書いた川本隆史《かわもとたかし》さんは、この「正義」を「まともさ」と言い換えておいでで、これは名定義であるが、それにしても経営者たちはなんのためにそんなことをしなければならないのだろうか。

ここからしばらくロールズからはなれよう。さて、なにが起こるか、まったくわからないのが人の一生である。たとえば、ついこの間まで、「一億総中流」という流行語があり、「悪平等」という言葉があった。ところがあっという間に「貧乏」という厄介《やっかい》な怪物がこの国に棲《す》みついてしまった。こうなることをいったいだれが予想していただろうか。

新しい憲法のもとで、何十年もかかって国民全員で築いてきた「貧困、失業、病気、高齢といった人生の途上に待ち受けている危険を防ぐための安全網」が、あっという間にずたずたになった。「教育、医療、住宅、公共施設、年金といった社会的な基盤」が、これまたあっという間に崩《くず》れてしまった。まったく先のことはわからない。

そしていまは、以前の三倍から五倍に収入をふやした富裕な上層と、過労を強《し》いられながら正社員の席に必死でしがみついている人たちの中層と、そして年間所得が二百万円に充たない非正規社員の下層の、三層に分かれてしまった。その下層にしても、ネットカフェ難民やホームレス難民と境を接している。

ほかにも、ひと月の手当五万円（そのうちから三万円も強制的に預金させられている）という東南アジアからの研修生や技能実習生がいて、全国の中小企業や零細企業に派遣され、休む間もなくミシンを踏み、魚を獲り、田畑を耕している。こうして雇用者五千二百万人のうち、三人に一人が非正規社員という不安定な社会ができてしまった。これがわたしたちの国の真の姿である。

おまけに狡賢《ずるがしこ》い人たちが「自己責任」という自分たちには都合のいい言葉を発明して、「きみたちが貧しいのは、きみたち自身の責任である」ときめつけてくる。そこで下層にいる人たちはたいてい自尊心を失い、意欲を欠き、そして居場所さえ失って、この「人にして人にあらず」というひどい状況のもとでやっと息をしている。わたしたちはあっという間に「他人は死ぬままにしておけ」という社会を作ってしまった。

この富と貧乏との偏在をなんとかしなくては、日本という国の持続的な維持はむずかしい。そこで先ほどのロールズの言葉が生きてくる。富裕な上層の人たちは下層の人たちが納得できる範囲の報酬を受け取り、余ったお金は社会へ戻すべきだ。その方が結局は上層の人たちのためになる。

またもやお前は理想論の寝言をいっている……と笑う読者もおいでだろうが、世界の金持たちはロールズ以前からロールズ式のやり方をしている。たとえば、アメリカの鉄鋼王カーネギーは「わたしたちの鉄が売れたのは、それを買う人たちがいたおかげだ」といって、図書館を毎年一館、アメリカのどこかに建てるように遺言《ゆいごん》した。そのおかげでニューヨークだけでもカーネギー財団の建てた図書館が八十館もある。富裕な者たちは、いまこそ社会に参加しなくてはいけない。そうしたら世の中はあっという間に……やはり寝言だろうか。

大きな広場《ピアッツァ・グランデ》

ボローニャの中心街の南にあるサン・ドメニコ教会には、見たいものが三つありました。さっそく説明をはさむと、一二二一年、スペイン生まれの聖職者、聖ドメニコ（一一七〇頃―一二二一）が、その死の寸前に、この場所でドミニコ修道会を興《おこ》し、加えてこの教会の中の礼拝堂には彼の遺骨を納めた石棺もあって、いうならばこの教会はドミニコ会の総本山です。

どんな「功績」があって彼は聖人になったのでしょうか。十一世紀ごろから、南フランスではカタリ派の教えが勢力をふるっていました。その教義の要《かなめ》は極端な清浄思想です。たとえば性交なんかとんでもない。結婚による性交でさえ重罪になるというのだからすごい教えです。礼拝にしても、聖堂も十字架も聖画もいらない、ただ聖書を朗読すればいいという。まさにのちの宗教改革の一部を先取りしたような教義で、カトリック教会から見るならこれは明らかに異端の説ですから、教皇は司教や神父を送って改宗させようと懸命になりました。そのとき、これら異端カタリ派を「教化」した功労者の一人がこの聖ドメニクスでした。ついでながら、高校一年のときに、わたしはマリア・ヨゼフという洗礼名を授かったのですが、名付親が仙台のドミニコ会神父でしたから、ドミニコ会には恩のようなものを感じています。そこでその会の創始者の遺骨に一度、手を合わせておきたかったのです。

もっとも遺骨を拝むことはできなかった。ただのこる二つは、しっかりとこの手で触ることができた。一つは、石棺を納めた墓碑《ぼひ》の飾りのミケランジェロの彫刻三体（聖プロクルス、聖ペトロニウス、燭台《しょくだい》を持つ天使）で、彼が十九歳のときの作。いずれも五〇センチほどの小品ですが、あんまり長いあいだ撫でさすっていたので、案内役の神父さんから、「いくら大理石でも、そんなに撫でられたらすり減ってしまいます」とたしなめられました。でも、おかげであのときの清々《すがすが》しくすべらかな感触はいまも掌《てのひら》にのこっています。ミケランジェロは十九歳の秋（一四九四年）から一年間、政変のフィレンツェを逃れてボローニャにいたことがあって、聖ドメニクスの墓碑の彫刻三体はそのときの仕事です。

もう一つ、主祭壇の後ろの聖歌隊席にあった小型据置きオルガン《ポジティーフ》にも触ってきました。一七七〇年の夏、イタリア楽旅の途中、ボローニャに滞在した十四歳のモーツァルトが自作の「主よ、憐れみたまえ《ミゼレレ》」を弾いた由緒あるオルガンですから、これも丹念に撫でさすりました。もちろん案内役の神父さんにきつく睨まれましたが。

この日は朝からうららかな小春日和で、教会前庭の陽だまりでミケランジェロとモーツァルトに触った手を撫でてうっとり日向ぼっこをしていると、十七、八くらいの娘さんが目の前に、タブロイド判の新聞を静かにさしだしてきました。顔も着衣も全体になんとなく煤《すす》けています。

「ひょっとしたら、ボローニャ名物、教会の前や繁華な通りに付きものの『大きな広場《ピアッツァ・グランデ》』紙の売り子の一人ではないだろうか」

ぴんときて、全十二ページ、定価一ユーロの新聞を二ユーロで買いました。どうしてこの十二ページのタブロイド新聞がボローニャ名物なのか、やはり説明が要るとおもいます。

いまから二十年近く前、ボローニャの街のそこここにホームレスの姿が目につくようになったが、それに鋭く反応したのがボローニャ大学の三人の学生だったそうで、「ホームレスの出現によって街の風景が変わりはじめた。この事実を早く市民たちに伝えたい。それには新聞を出すのが効果的だ」と考え、企画書を書いて市役所に提出しました。こういうことにすぐ予算を付けるのがこの街のいいところで、さっそく新聞が発行されることになりました。

普通の市民がどうして仕事と住まいを失ってホームレスになってしまったか。明日にも我が身に起こりかねない切実な主題を、細密なインタビューや鋭い社会分析で問い詰める編集方針にたちまち評判になりますが、この新聞の真価はじつは最終ページにありました。バックナンバーを出来得るかぎり手に入れて伊和辞典と首っ引きで読んでみると、たしかに「最新お助けニュース」と名付けられた最終ページはおもしろいのです。

仕事と住まいを失ったとき、まずどこへ相談に行くべきか、どこへ行けばシャワーが浴びられるか、洗濯はどこですればいいか、無料宿泊所はどこか、衣類はどこで入手できるか、体調をこわしたらどこへ駆け込めばいいか、法律相談はどこですればいいか……そういった情報がぎっしりと詰まっている。そんな情報紙ならどこにでもあるさとおっしゃる方もおいででしょうが、しかし、その内容と文体が傑作で、たとえば、「食事」という欄を見ると、

〈インディペンデンツァ通りの高級料理店ディアナでは、水曜と木曜はパンやハムがあまるから、閉店間近かの午後十時すぎに裏口へ行くのがいい。ただし、給仕のジュリアーノはケチな上に無愛想なので、彼を避けるのが賢明である。ジュリアーノは大男で、若いのに禿げているからすぐわかる。〉

名前を出されたジュリアーノ君には気の毒ですが、こういう書き方なら、みんな喜んで読みますね。ジュリアーノ君にしても無愛想はそのままでも、ケチなところが少しは改まるかもしれません。情報にも、細部と文体は大切なんですね。

無料宿泊所の欄にはいつも、〈マレッツラ神父協会《オペラ・パードレ・マレッツラ》。ラヴァロ通り十三番地。午後九時

から翌日正午まで。清潔なシーツと朝飯付き。〉という案内が載っています。ここでちょっとマレッラ神父の話をしましょう。

聖母マリアがキリストの遺体の前で、あるいはキリストを抱いて嘆き悲しむ図像のことをピエタというのは、どなたも御存じです。その傑作中の傑作がミケランジェロの最初の「ピエタ」（一四九八年）で、これはローマのサン・ピエトロ大聖堂にあります。もう一つのピエタの傑作が、ニッコロ・デッラルカの「死せるキリストへの哀悼」（一四六三年頃）で、これはイタリア美術史の常識のようです。そしてこの傑作がボローニャの目抜き通りの裏のサンタ・マリア・デッラ・ヴィータ聖堂の小礼拝堂に陳列されています。

十字架から地面に下ろされてもう硬直の始まっているキリスト。その横で身をよじりながら悲しむ聖母マリア、その顔は苦悩にゆがみ、大きく開かれた口からは今にも腸《はらわた》の千切れる音が聞こえてきそうです。そして右端に急を聞いて駆けつけてきたマグダラのマリアがいる。駆けつけてきた勢いが横になびく頭巾や着衣にみごとにあらわれています。この劇的な迫力に満ちたピエタが、賽銭箱に〇・二ユーロ銅貨を一枚入れるとボーッと光の中に浮かび上がり、銅貨のご利益《りやく》が切れると闇の中に沈み込む。わたしは美術のことはなにも分からない男ですが、このピエタが闇の中から忽然《こつぜん》と現われたときは、思わず足がふるえました。

さて、マレッラ神父はこのサンタ・マリア・デッラ・ヴィータ聖堂付きの司祭でしたが、彼が四十代の初めに事件が起こりました。そのころのボローニャはドイツ軍に占領されていて、ある日のこと、市民のパルチザンがドイツ兵を一人、射ってしまった。前にも述べましたが、ドイツ軍は自軍の兵士が一人、殺されるとその仕返しに、無作為に選んだ市民を十人、射殺することに決めていました。朝の広場の銃殺隊の前に、たちまち市民が十人、引き立てられてきた。その中に、お腹を空かせて泣く赤ん坊を抱いた若い母親がいて、「死ぬ前にこの子に一度だけお乳をあげたい」と、ドイツ兵に取りすがった。かまわずにドイツ兵が赤ん坊を取り上げようとしたとき、「わたしが身代わりになります。あなたはゆっくり赤ちゃんにお乳を上げてください」と進み出た男がいた。これがマレッラ神父でした。

まさか神父さまを射殺するわけにはいかない。そこでこのときにかぎり処刑は中止になったとボローニャ市史が記録しています。市民がドイツ軍を追い出してからは、雨の日も風の日も、神父は街の中心部にある大きな食料品店の壁の前に坐り、通りかかる市民に黒い帽子を差し出して喜捨を乞い、そのお金で孤児院や母子寮をたくさん建てました。もちろん無料宿泊所も。食料品店の煉瓦の壁は、長い間、神父の背中でこすられて、すっかり凹《へこ》んでしまっていました。その凹《へこ》みを撫でながら案内役のニーノ教授の説明をうかがうと、神父が亡くなってからも、代わりの神父さんや修道女たちが同じ煉瓦壁の前に坐って、たくさんの施設の運営資金を集めているそうです。そんなわけで無料宿泊所の費用もこの煉瓦壁の前で集められた献金で賄われているのです。

自分のせいでもないのに仕事や住まいを失ってしまうことがあります。ボローニャでは、こんなとき、「自己責任」なんて冷たいコトバは使わない。困っている人間がいたら、とりあえず手を差し出してあげる。ボローニャの街づくりのやり方を「ボローニャ方式」といい、世界のあちこちの都市が手本にしていますが、じつはこの方式の基本にあるのは、このマレッラ神父の精神なのでした。

ところで、初めはホームレスの友の会発行の新聞として始まった「大きな広場」紙は、そのうちに社会的協同組合に発展していきます。一九九八年、友の会の十五人の有志が、「大きな広場の道」という組合を設立しました。新聞を買った次の日、その組合本部を訪ねてびっくりしました。サッカー場が一面、そっくり入りそうなほど広い空地の向こうに、煉瓦建ての倉庫が三つ、棟《むね》つづきで並んでいます。内部はバスケットのコートなら優に二十面は取れそうなほど広い。

案内してくれたのは、ホームレスの劇団を率いる演出家にして劇作家と俳優をも兼ねるマッシモ・マキャベリさんで、年の頃は三十代の半ば、がっしりした体つきで、彫りの深い顔の好漢です。職歴を訊いたけれど、「ボローニャ大学で演劇を教えていたことがある」と答えただけで、ほかのことは一切、教えてくれませんでした。そばに背のひ

よろりと高い、歯の欠けた四十男がいて、劇団で舞台装置をやっているとのこと。職歴を訊くと、

「この年になるまで、仕事についたことがなかったな。ずーっと無職だった。生まれたところは南イタリアの田舎町だ。南には太陽があり、ボローニャには自由がある。太陽と自由と、どっちがいいか考えた末、結局、ここの自由を選んだんだよ」

と答えてくれました。

「それにしても、広い建物ですね。マッシモさん、ここはもと何の工場だったんですか」

「工場じゃない。バスの車庫だったんだ。使わなくなった公営バスの車庫を、市役所が貸してくれているんだよ」

「それで、家賃は？」

「ただに決まっているじゃないか」

使わなくなった公共の建物や土地を無償でボランティアグループや社会的協同組合に提供するというのも、これまた「ボローニャ方式」です。

奥が仕切ってあって、そこには劇場がありました。椅子を並べると二百人ぐらいは楽に入りそうです。俳優たちが仮面を顔に稽古の真っ最中。台本のようなものは、紙切れ一枚、題名は『カピタン・フラカッサの空威張《から》り』。

「十六世紀から十八世紀にかけて流行していた即興仮面劇、コンメディア・デッラルテですね」

「そう。シェークスピアもモリエールも、偉大な劇作家はみんな、このコンメディア・デッラルテを観て芝居を勉強したんだよ。いうならばコンメディア・デッラルテは世界演劇の基本のようなものだな。筋書が一千本ほど残っているが、そいつを全部読んで、その中で気に入ったものを、現代風につくりなおして舞台にかけているところだ。今週も近くの町から招かれているので、必死で稽古をしている」

「どうしてホームレスの皆さんが芝居なんてものをするんですか」

「仕事がなくなる、住むところもなくなる。すると人間はどうなるだろうか」

「……どうなりますか」

「自分の殻の中に閉じこもるようになる。自分と外部との間に厚いシャッターを下ろす。ところで芝居というものは、みんなが力を合わせることをしないと、できあがらない」

「つまり、芝居の熱が殻やシャッターを溶かす？」

「その通り。みんなでわいわいやっているうちに、心がやわらかくなり、自分と外部との境がなくなる。そして、そこへ観客の笑い声や拍手が加われば、自分と外部とが完全に溶け合って、だれもがもう一度、外部を信じようという気になるんだよ。芝居にはふしぎな力があるんだ」

そう云うとマッシモさんは、ホラ吹きで、臆病なくせに女という女はみんな自分に惚れると信じ込んでいるカピタンの役を演じるために舞台へ上がっていきました。

その日一日、組合本部を見学しましたが、そのあらましは次のようです。

こわれた家具、錆びた自転車、いらなくなったテレビ受像機、古くなった衣類など、ボローニャ中の廃品がすべてここに集まってくる。それを修理してふたたび使えるようにして、売りに出すのがホームレスの人たちの仕事で、たとえばわたしは、古ジーパンの使えるところを切り取って、それを巧妙に縫い合わせたトートバッグを二〇ユーロで買ってきました。洒落ている上に使いやすくてとても重宝しています。それから、商品の配達や公共緑地の掃除、そして市内の浴場や例の無料宿泊所の管理などもホームレスの人たちが引き受けています。市内のオフィスやアパートの清掃もこの組合の請け負い。なによりも大切なのは、夜間の見回りで、夜、道ばたで眠っている人たちに会いに行き、情報を提供したり援助の手を差しのべたりする。つまり市は、不要になったバス車庫を提供することで、ボローニャ中の廃品を再生させ、市街のいたるところをきれいにし、ホームレスの人たちを立ち直らせていることになります。助けることで助けられる。この仕組みにすっかり感心してしまいました。

ときに例の新聞ですが、ホームレスの人たちは、初回は十部、組合から無料でもらうことができます。定価は一ユーロですが、いくらで売ってもよい。二回目からは一部〇・五ユーロで引き受けて、それを一ユーロ以上で売り捌く。こうしてホームレスの人たちはこの組合本部を拠点にして心と体を養い直して、ふたたび社会へ出て行くのです。中には、こういった仕事をしながらボローニャ大学で電子工学を学び、一流会社に再就職した人が何人もいるそうで、もちろんこれもボローニャ方式です。

子どもにつたえる日本国憲法 より

はじめに

いまでは信じられないことですが、昭和二〇（一九四五）年の日本人男性の平均寿《へいきんじゅ》命《みょう》は、たしか二三・九歳でした。戦地では兵士たちが戦って死ぬ（あとでわかったのですが、戦死者の三分の二が餓死《がし》でした）、内地では空襲《くうしゅう》で焼かれて死ぬ、病気になれば薬がないので助かる命が助からぬ、栄養不足の母親を持った幼児たちは栄養失調で死ぬ。そこで大勢が若死《わかじ》にしたのです。女性の平均寿命も、三七・五歳だったはずです。

そんな時代ですから、私たち国民学校生徒も先生たちから、「きみたちも長くは生きられないだろう」と言い聞かされていました。「兵士となって戦地へ行くのか、防衛戦士として本土で戦うのか、それはわからないが、とにかく二十歳《はたち》前後というのが、きみたちの寿命だ」。

ところがあの八月一五日を境《さかい》に、なにもかも変わった。「きみたちは三〇、四〇まで生きていいのです」というのですから、頭の上から重石《おもし》がとれたようで、しばらく呆《ぼう》としていました。この状態を大人たちは「解放感」というコトバで言いあらわしておりましたが。

その呆とした気持ちがシャンとなったのは、敗戦の翌年、日本国憲法《にほんこくけんぽう》が公布されたときです。「きみたちは長くは生きられまい」と悲しそうにしていた先生が、こんどはとても朗《ほが》らかな口調で「これから先の生きていく目安《めやす》が、すべてこの百と三つの条文に書いてあります」とおっしゃった。とりわけ、日本はもう二度と戦争で自分の言い分を通すことはしないという覚悟《かくご》に、体がふるえてきました。

二度と武器では戦わない。——これは途方《とほう》もない生き方ではないか。勇気のいる生き方ではないか。日本刀をかざして敵陣《てきじん》へ斬《き》り込《こ》むより、もっとずっと雄々《おお》しい生き方ではないか。度胸もいるし、智恵もいるし、とてもむずかしい生き方ではないか。そのころの私たちは、ほとんどの剣豪伝《けんごうでん》を諳《そら》んじていましたが、武芸の名人達人たちがいつもきまって山中に隠れたり政治を志したりする理由が、これでわかったと思いました。剣より強いものがあって、それは戦わずに生きること。このことを剣豪たちはその生涯の後半で知るが、いま、私たちはそれと同じ境地に立っている。なんて誇《ほこ》らしくて、いい気分だろう。

この子どものときの誇らしくていい気分を、なんとかしていまの子どもたちにも分けてあげたいと思って、私はこの本を手がけました。

この国《くに》のかたち（前文《ぜんぶん》）

国民《こくみん》がみな、ひとつところに集《あつ》まって
話《はな》し合《あ》うことはできないし
たとえできたとしても
やかましくてなにがなんだかわからなくなるだろう
そこで私《わたし》たち国民《こくみん》は
決《き》められたやり方《かた》で「代《か》わりの人《ひと》」を選《えら》び
その人《ひと》たちを国会《こっかい》に送《おく》って
どうすれば私《わたし》たちの未来《みらい》が
よりよいものになるか
それをよく話《はな》し合《あ》ってもらうことにした

私《わたし》たちが、同《おな》じ願《ねが》いをもつ
世界《せかい》のほかの国国《くにぐに》の人《ひと》たちと
心《こころ》をつくして話《はな》し合《あ》い
そして力《ちから》を合《あ》わせるなら
かならず戦《いくさ》はいらなくなる
私《わたし》たちはそのようにかたく
覚悟《かくご》を決《き》めたのだ
今度《こんど》の戦《いくさ》で
つらく悲《かな》しくみじめな目《め》にあった私《わたし》たちは
子《こ》どもや孫《まご》たちと
のびのびとおだやかに生《い》きることが
ほかのなによりも
大切《たいせつ》であると信《しん》じるようになった

そこで私《わたし》たちは
代《か》わりに国会《こっかい》へ送《おく》った人《ひと》たちに
二度《にど》と戦《いくさ》をしないようにと
しっかりとことづけることにした
この国《くに》の生《い》き方《かた》を決《き》める力《ちから》は
私《わたし》たち国民《こくみん》だけにある

そのことをいま
世界《せかい》に向《む》けてはっきりと言《い》い
この国《くに》の大切《たいせつ》なかたちを
憲法《けんぽう》にまとめることにする
私《わたし》たちは代《か》わりの人《ひと》たちに
国《くに》を治《おさ》めさせることにした

その人《ひと》たちに力《ちから》があるのは
私《わたし》たちが任《まか》せたからであり
その人《ひと》たちがつくりだした値打《ねう》ちは
私《わたし》たちのものである

これは世界《せかい》のどこもそうであって
この憲法《けんぽう》もその考《かんが》えをもとにしている
私《わたし》たちは、この原則《げんそく》に合《あ》わないものは
なんであれ、はねのけることに決《き》めた
私《わたし》たちは、世界《せかい》の人《ひと》たちがみな
こわがったり飢《う》えたりせずに
ただおだやかな生《い》き方《かた》をしたいと
願《ねが》うのは
当《あ》たり前《まえ》だということを

いま一度《いちど》
自分《じぶん》に言《い》い聞《き》かせ
どんなことがあっても
そのじゃまをしてはならないと
たしかに決《き》めた
自分《じぶん》たちのためになることばかり言《い》い立《た》てて
ほかの国《くに》をないがしろにしてはならない

これはいつどんなときでも
守《まも》らなければならない決《き》まりごとである

この決《き》まりごとを私《わたし》たちもきびしく守《まも》って
日本国《にほんこく》のことは、国民《こくみん》である私《わたし》たちが決《き》め
ほかの国国《くにぐに》の主人《しゅじん》になろうとしたり

家来《けらい》になろうとしたりせずに
どこの人《ひと》たちとも同《おな》じ態度《たいど》でつきあうことを誓《ちか》う

どんな国《くに》でもそうしなければならないと
信《しん》じるからだ
日本国民《にほんこくみん》は
これから築《きず》きあげようとする
私《わたし》たちの国《くに》のほまれのために
ありたけの力《ちから》を振《ふ》りしぼって
これまでに書《か》いたことを
やりとげる決心《けっしん》である

もう二度《にど》と戦《いくさ》はしない（第九条《だいじょう》）

私《わたし》たちは、人間《にんげん》らしい生《い》き方《かた》を尊《とうと》ぶという
まことの世界《せかい》をまごころから願《ねが》っている
人間《にんげん》らしく生《い》きるための決《き》まりを大切《たいせつ》にする
おだやかな世界《せかい》を
まっすぐに願《ねが》っている

だから私《わたし》たちは
どんなもめごとが起《お》こっても
これまでのように、軍隊《ぐんたい》や武器《ぶき》の力《ちから》で
かたづけてしまうやり方《かた》は選《えら》ばない

殺《ころ》したり殺《ころ》されたりするのは
人間《にんげん》らしい生《い》き方《かた》だとは考《かんが》えられないからだ
どんな国《くに》も自分《じぶん》を守《まも》るために
軍隊《ぐんたい》を持《も》つことができる

けれども私《わたし》たちは
人間《にんげん》としての勇気《ゆうき》をふるいおこして
この国《くに》がつづくかぎり
その立場《たちば》を捨《す》てることにした

どんなものごとも
筋道《すじみち》をたどってよく考《かんが》えて
ことばの力《ちから》をつくせば

かならずしずまると信《しん》じるからである
よく考《かんが》えぬかれたことばこそ
私《わたし》たちのほんとうの力《ちから》なのだ
そのために、私《わたし》たちは戦《いくさ》をする力《ちから》を
持《も》たないことにする
また、国《くに》は戦《たたか》うことができるという立場《たちば》も
みとめないことにした

全部面白いのに… 編者あとがき

井上ユリ

井上ひさしのベストエッセイを選んでください、と言われたとき、「あれこれ考えず好きな爆笑エッセイを順に並べればいいだけじゃないか」と気軽に選者を引き受けた。

まず全部で約五十冊あるエッセイ集を片っ端から読みながら、掲載したいものにしるしをつけていく。半分ぐらいのエッセイに付箋がついた。二度目、絞り込むつもりで読み直したら、「あら、なぜこんなに面白いのを抜かしたのかしら」と付箋は逆に増えた。そんな無限ループを繰り返しながらも三か月後には何とか百本まで絞りこんだ。何度も読み返していると、ひさしさんが執筆時間を削ってまで奮闘したコメのこと、憲法のことを書いたエッセイを入れないわけにはいかない、日本語のことをあれほど考え、「言葉の魔術師」とまで呼ばれていたのに、日本語論を載せないと申し訳ない、と考えるようになり、さまざまなジャンルをできるだけ紹介する方針に軌道修正した。

まず大まかに、かつ無理矢理にエッセイを五つに分類した。

お話をつくる人が好き

評伝劇を数多く書いたことからもわかるように、ひさしさんは物語を作る人が大好きだ。その人たちについて、思い出を綴ったもの、言葉の使い方、時代背景、など異なったアプローチで書いた作品を選んでみた。

ことば・コトバ・言葉

井上ひさし独特の題材の選び方、論の展開の仕方が楽しい。なお章題の「ことば・コトバ・言葉」は講演を頼まれたときによく使ったタイトルである。

こころの中の小さな宝石

ひさしさんの戯曲の中で私が一番好きなのが『人間合格』だ。文学の仕事とは、誰も知らない「こころの中の小さな宝石」を発見して人にそっと示すことでは、という太宰の『惜別』の話を織り込んだ場面が心に沁みる。この章では、井上ひさしの心の中の大切なものを並べた。

ユートピアの時間

ひさしさんは、「時のたつのを忘れる」というその時間こそがユートピアであると考えていた。そして自分の書く作品が観客や読者の「ユートピアの時間」になることを願いながら執筆をした。井上ひさしが自身の創作の方法に触れているエッセイを選んだ。

むずかしいことをやさしく

国鉄、コメ、憲法……ひさしさんは社会問題に深く関わって生きた。常に弱者の側に立って発言し、行動した。その際、物事の本質を単純化せず、なおかつだれにでもわかるやさしい言葉にする、というのが井上ひさしの変わらぬ姿勢だった。

今回すべてのエッセイを読み返す機会をいただいたが、一部しか紹介できないのが残念でならない。そこで編集部にお願いして、井上ひさしのエッセイの出版物一覧を巻末に載せていただいた。

全部面白いから。

出典一覧

お話しをつくる人が好き

『ハムレット』と『かもめ』『ふふふ』2009年1月　講談社文庫／チェーホフの机「國文學　解釈と教材の研究」2002年2月号／魯迅の講義ノート『文学強盗の最後の仕事』1998年3月　中公文庫／風景はなみだにゆすれ『風景はなみだにゆすれ』1982年3月　中公文庫／忘れられない本『風景はなみだにゆすれ』同前／人文一致のひと『文学強盗の最後の仕事』同前／みごとな音の構築『遅れたものが勝ちになる』1992年6月　中公文庫／太陽の季節『完本　ベストセラーの戦後史』2014年2月　文春学藝ライブラリー／「先生」と呼ぶわけ　CD「こまつ座の音楽」ブックレット／作曲家ハッター氏のこと『餓鬼大将の論理』1998年4月　中公文庫／藤沢さんの日の光『井上ひさしの読書眼鏡』2015年10月　中公文庫／池波さんの振り仮名『ニホン語日記』1996年7月　文春文庫／あの黄金週間『ふふふ』2013年1月　講談社文庫／フウ『文学強盗の最後の仕事』同前／迂闊迂遠『巷談辞典』2013年2月　河出文庫／定期預金『巷談辞典』同前／漱石の「浪漫主義」『ニホン語日記2』2000年1月　文春文庫

ことば・コトバ・言葉

わが言語世界の旅『パロディ志願』1982年2月　中公文庫／ガギグゲゴ『ニホン語日記2』2000年1月　文春文庫／擬声語『私家版　日本語文法』1984年9月　新潮文庫／夢想『ふふふ』2013年1月　講談社文庫／十二年前の怪事件『ニホン語日記2』同前／新しい辞典の噂『死ぬのがこわくな

くなる薬』1998年2月　中公文庫／書物は化けて出る　『本の枕草紙』1988年6月　文春文庫／現在望み得る最上かつ最良の文章上達法とは　『死ぬのがこわくなくなる薬』同前／不動産広告のコピーは、いま　『ニホン語日記』1996年7月　文春文庫／ボディ敬語　『ニホン語日記』同前／一語一義　『にほん語観察ノート』2004年4月　中公文庫／お役人の外来語好き　『にほん語観察ノート』同前／職業的恋文　『にっぽん博物誌』1986年8月　朝日文庫／悪態技術　『巷談辞典』2013年2月　河出文庫

こころの中の小さな宝石

春のハモニカ　『ふふふ』2009年1月　講談社文庫／自分の好きなもの　『ふふふ』同前／母君の遺し給ひし言葉　『死ぬのがこわくなくなる薬』1998年2月　中公文庫／弟の手　『井上ひさしから、娘へ』2017年4月　文藝春秋／わたしはわたしをまだ許さない　『井上ひさしから、娘へ』同前／主題歌　『さまざまな自画像』1982年5月　中公文庫／ビデオ漬け　『餓鬼大将の論理』1998年4月　中公文庫／どこにも売っていない本　『本の枕草紙』1988年6月　文春文庫／死ぬのがこわくなくなる薬　『死ぬのがこわくなくなる薬』同前／わが罪状　『聖母の道化師』1984年4月　中公文庫／夢見る月　『ふふふ』同前／野茂の噂　『ニホン語日記2』2000年1月　文春文庫／地図ゲーム　『聖母の道化師』同前

ユートピアの時間

NHKに下宿したはなし　『ブラウン監獄の四季』2016年8月　河出文庫／ニセモノへの賭け　『パロディ志願』1982年2月　中公文庫／支配人物語　『餓鬼大将の論理』同前／ギャグの神様　『ふふふ』2009年1月　講談社文庫／意味より音を　『パロディ志願』同前／いわゆる差別用語について　『パロディ志

願』同前／演劇をつづける理由『餓鬼大将の論理』1998年4月　中公文庫／小説、映画・テレビ、そして芝居『往復書簡　拝啓　水谷八重子様』1995年9月　集英社／観客は芝居を創る力『往復書簡　拝啓　水谷八重子様』同前／いまはただ祈るのみ　1997年10月「紙屋町さくらホテル」プログラム原稿／七十四歳までに五十本『パロディ志願』同前／珍案非特許井上式年表の作り方『聖母の道化師』1984年4月　中公文庫

むずかしいことをやさしく

心の内　昭和は続く『餓鬼大将の論理』1998年4月　中公文庫／ジャックの正体『ジャックの正体』1982年4月　中公文庫／軍事裁判に三つの意義『井上ひさしの読書眼鏡』2015年10月　中公文庫／被爆した父と娘を描いて「朝日新聞　山形版」1998年8月4日／接続詞のない時代に『あてになる国のつくり方』2008年8月　光文社文庫／遅れたものが勝ちになる『遅れたものが勝ちになる』1992年6月　中公文庫／あっという間の出来事『ふふふ』2009年1月　講談社文庫／大きな広場『ボローニャ紀行』2010年3月　文春文庫／子どもにつたえる日本国憲法　より『子どもにつたえる日本国憲法』2006年7月　講談社

井上ひさしエッセイ集一覧（除く編・共著、含む品切れ。文庫化されている作品は文庫版のみ記載）

『家庭口論』（1976年　中公文庫）
『続家庭口論』（1976年　中公文庫）
『日本亭主図鑑』（1978年　新潮文庫）
『新東海道五十三次』（画・山藤章二　2013年　河出文庫）
『ブラウン監獄の四季』（2016年　河出文庫）
『パロディ志願』（1982年　中公文庫）
『風景はなみだにゆすれ』（1982年　中公文庫）
『ジャックの正体』（1982年　中公文庫）
『さまざまな自画像』（1982年　中公文庫）
『巷談辞典』（画・山藤章二　2013年　河出文庫）
『私家版　日本語文法』（1984年　新潮文庫）
『聖母の道化師』（1984年　中公文庫）
『ことばを読む』（1985年　中公文庫）
『本の枕草紙』（1988年　文春文庫）
『にっぽん博物誌』（1986年　朝日文庫）
『自家製　文章読本』（1987年　新潮文庫）

『遅れたものが勝ちになる』（1992年　中公文庫）
『悪党と幽霊』（1994年　中公文庫）
『コメの話』（1992年　新潮文庫）
『どうしてもコメの話』（1993年　新潮文庫）
『ニホン語日記』（1996年　文春文庫）
『死ぬのがこわくなくなる薬』（1998年　中公文庫）
『文学強盗の最後の仕事』（1998年　中公文庫）
『餓鬼大将の論理』（1998年　中公文庫）
『往復書簡　拝啓　水谷八重子様』（水谷良重共著　1995年　集英社）
『本の運命』（2000年　文春文庫）
『ニホン語日記2』（2000年　文春文庫）
『自選ユーモアエッセイ1　わが人生の時刻表』（2000年　集英社文庫）
『自選ユーモアエッセイ2　日本語は七通りの虹の色』（2001年　集英社文庫）
『自選ユーモアエッセイ3　吾輩はなめ猫である』（2001年　集英社文庫）
『にほん語観察ノート』（2004年　中公文庫）
『井上ひさしと141人の仲間たちの作文教室』（文学の蔵編　2002年　新潮文庫）
『あてになる国のつくり方』（2008年　光文社文庫）
『井上ひさしの日本語相談』（2011年　新潮文庫）

『井上ひさしコレクション　ことばの巻　人間の巻　日本の巻』全3冊（2005年　岩波書店）
『ふふふ』（2009年　講談社文庫）
『子どもにつたえる日本国憲法』（絵・いわさきちひろ　2006年　講談社）
『ボローニャ紀行』（2010年　文春文庫）
『わが蒸発始末記』（2009年　中公文庫）
『ふふふふ』（2013年　講談社文庫）
『この人から受け継ぐもの』（2010年　岩波書店）
『井上ひさしの読書眼鏡』（2015年　中公文庫）
『初日への手紙Ⅰ・Ⅱ』（古川恒一編　2013年、15年　白水社）
『完本　ベストセラーの戦後史』（2014年　文春学藝ライブラリー）
『井上ひさしから、娘へ―57通の往復書簡』（2017年　文藝春秋）

解説　井上ひさし氏に学ぶこと

佐藤　優

井上ひさし氏（1934～2010年）は、戯曲、小説、エッセイなどの分野を横断して縦横無尽な活躍をした知識人だ。個人的に職業作家に転身するにあたって私は井上氏にとてもお世話になった（このことについては、拙著『宗教改革の物語』角川ソフィア文庫に詳しく書いた）。本書の解説の機会が与えられたことをとても光栄に思っている。

このコレクションには、井上氏の多面的な活動を伝える秀逸な作品ばかりが収録されている。母親への想いは涙をさそう。カトリック系の児童養護施設での生活の辛さも皮膚感覚で伝わってくる。NHKに1カ月間住んでいた経験をユーモラスに描いているが、そこから仕事の鬼だった駆け出し時代の姿が伝わってくる。エッセイ一つ一つについて感想を記していたら、紙幅がいくらあっても足りない。この解説では、井上氏の世界観、書物への愛、さらに文章術について記したい。

世界観に関して、井上氏がカトリック作家であることを再認識した。カトリックの本来の意味は普遍性ということだ。井上氏は、普遍的な価値観にこだわり、偏狭なナショナリズムに囚われぬように細心の注意を払っていたことが「魯迅の講義ノート」から読み取れる。

〈魯迅の五十六年の生涯を貫くものの一つに「一般論は危険だ」という考え方があったのではないかと、私は思う。「日本人は狡滑だ」、「中国人は国家の観念がない」、「アメリカ人は明るい」、「イギリス人は重厚だ」、「フランス人は洒落ている」という言い方は避けよう。日本人にも大勢の藤野先生がいる。中国人にも売国奴がいる。日本人はとか、中国人はとか、ものごとを一般化して見る見方には賛成できない。彼の膨大な雑感文には、この考え方がつねに流れている。火事場泥棒風に中国大陸に「進出」してくる日本を彼は心底から憎んだ。がしかし、晩年の九年間、国民党政府の軍警の目を避けるために、郵便物の宛先を内山完造が経営する書店にしていた。百四十の筆名を使って書き分けていた雑感文の原稿料の振込み先も内山書店だった〉（本書24～25頁）。

ここでいう一般論は普遍性に裏付けられていない。民族に対するレッテル貼りだ。一人一人の人間の固有性をたいせつにすることで、自由、希望、愛などの普遍的価値観が実現されるのだ。このような信念を持つ井上氏は、あらゆる権力や権威から解放されている。そのことが、「被爆した父と娘を描いて」というエッセイに端的に示されている。〈あの芝居（引用者註＊「父と暮らせば」）を書く直接のきっかけは、二つの言葉でした。ひとつは、広島の原爆投下に関する昭和天皇の「広島市民に対しては気の毒であるが、やむをえない」という一言（一九七五年十月三十一日）。もうひとつは、中曾根康弘首相（当時）が広島の原爆養護老人ホームで原爆症と闘う方々に「病は気から。根性さえしっかりしていれば病気は逃げていく」と語ったこと（一九八三年八月六日）。これを聞いたときにキレて、どうしても書かねばと思いました。

芝居や小説は、原体験に比べれば何億分の一の体験でしかないが、記憶の片隅にとどまるだけでもいい。人類の「折り返し点」という記憶をリレーしていく必要がある。広島で修学旅行シーズンにこういう芝居を上演して若い人たちに見てもらおうという話も進んでいるし、米国やロシアでの上演の企画もはじまっています。

冷戦時代には、核弾頭が五万発存在したと言われる。その爆発力は、一説によると高性能火薬二百億トン分で、人類は一人あたり三トン以上の火薬を背負って生きてきたことになります。その三トンの火薬をどうやって二トン、一トンにし、なくしていくか。自らが作ったものが自らの生存を脅かすという基本構造をどう解体していくか〉（前掲書336〜337頁）。

核廃絶という普遍的価値観が揺らぐことがないので、井上氏は天皇もタブー視せずに優れた戯曲を書くことができたのだ。

「書物は化けて出る」というエッセイに井上氏の書物に対する愛が溢れている。要約すると重要なニュアンスが伝わらなくなるので、少し長くなるが関連箇所を正確に引用する。

〈食べること以外に金を使える余裕ができてはじめて数冊の書物を手に入れたよろこびを小生はいまだに忘れないのであるが、うれしいと思ったのはほんの束の間だった。いまでは家中を書物に占領され、こっちの方が小さくなって生きている。「エイ、面倒くさい」と、のさばり返った書物を叩き売ればどうなるか。きっと化けて出る。売ったとたん、その書物が入用になる、というのもその一例だが、たとえば次の如き化け方すらすることがあるのである。

株式会社世界文庫が『圓朝全集』(全十三巻)を復刻発行したのは昭和三十八年のことであるが、小生、これを全巻買い揃えたものの、どうも好きになることができなかった。紙質が硬すぎ、いつも頁が踊っているからだ。そこでひととおり目を通し、重要と思うところはノートをとってさる古本屋に、たしか五千五百円で買い取ってもらった。昭和四十二、三年のことだったと思う。

ところが今年になってこの全集におさめられている、『蝦夷錦古郷之家土産』と『椿説蝦夷なまり』とを読まねばならぬ必要が出来て、どこかの図書館へ出掛けて行かなくてはなあ、と考えていたら、さる古書展に二万円で出ているのを発見、さんざん思案した末、購入することにした。さて届けられた『圓朝全集』をめくっているうちにいらいらしだした。というのはところどころに赤鉛筆で傍線が引いてあるのだが、それがきまって妙な、トンチンカンな箇所にほどこしてあったからである。この全集の前所有者はかなりの愚物にちがいないと思いつつ、さらに頁をめぐるうちに出てきたのは、「日本放送協会」のネーム入りのテレビ用原稿用紙一枚。見覚えのある筆蹟で「もしもぼくに翼があったらなあ、空はぼくのもの、高く高く高く、飛ぶんだ……」と走り書きしてある。忘れもしない、これこそは亡くなった山元護久さんと一緒に作った『ひょっこりひょうたん島』の挿入歌。するとこの全集は……。

なんのことはない、小生はかつて自分が売った書物をまた買い込んでしまったのである。手放したときは安く買い叩かれ、また手に入れれば結構な高値で、だいぶ損をした。がしかし、金銭的なことよりも、「やられたな」と思って気分が沈む。なにしろこの全集は「この全集の前所有者はかなりの愚物にちがいない」と小生自身に小生の口から悪態をつかせたのだ。叩き売られた恨みを十年間も忘れずいまごろ化けて出るとは、女、いや書物というやつもずいぶん執念深いではないか〉（本書137〜139頁）。

井上氏は蔵書家だったが、その動機は書物が化けて出ることが怖かったからだ。私も同様の怖れから逃れられない。だから蔵書が増えていく。2005年に作家として第二の人生を始めた頃の蔵書は5千冊程度だったが、既に4万冊を超えていると思う。怖いので数えることもしていないが、本棚の数から推定するとそれくらいになる。私もかつて読んだ本を読み直すと、「なんでこんな場所に傍線を引いたり、トンチンカンな書き込みをしたりしたのだろう」と恥ずかしくなることがある。職業作家を続けていると、読解力がついてくるからだと思う。

井上氏の文章上達法も、実用性が高い。

〈好きな文章家を見つけたら、彼の文章を徹底して漁り、その紙背まで読み抜く。別に言えば、彼のスタイルを自分の体の芯まで染み込ませる。これが第二期工事である。

そして次に、彼のスタイルでためしにものを書いてみる。もっと詳しくは、たとえば自分の親友に「おい、おもしろい話があるぞ」、「おもしろい発見をしたぞ。小さな発見かもしれないけど、おもしろいだろう」と、どうしても聞かせてあげたいと思うことを、彼のスタイルで書く。自分にとっては宝石のように尊いこと、それをだれかに打ち明けずにはいられないというところまで練り上げて、好きな文章家のスタイルで書く。

そんな書き方をしては、お手本の文章と似てしまうではないかと首をお傾げの方もおいでだろうが、これが不思議と似ないのだ。同じ人間が二人といないように、引き写しや、盗作をしないかぎり、同じ文章ができあがるということはない。たとえお手本通りに書こうと、もちろんその影響がここかしこに認められるにしても、できあがった文章にはあなたの個性も刻印されているはずだ。そしてこれを繰り返しているうちに、あなたの個性はかならずお手本を圧倒していく。

そこで大切になるのは、いったいだれの文章が好きになるかということで、ここに才能や趣味の差があらわれるのだ。だからこそ日頃から自分の好みをよく知り、おのれの感受性をよく磨きながら、自分の好みに合う文章家、それも少しでもいい文章家と巡り合うことを願うしかない。つまり文章上達法とはいかに本を読むかに極まるのである〉（本書142～143頁）。

外交官時代、優れた公電（公務で用いる電報）を書き写すという手法で、私は文章の訓練をした。職業作家になってからも、優れた作家の文体を真似るようにしている。ときどき書き写すテキストの一つが、井上氏の戯曲『箱根強羅ホテル』だ。敗戦直前の絶望的な状況をユーモアたっぷりに描く文体から学ぶべきことが多い。

（2019年4月23日記）

本書は文庫オリジナルです。